文如烟 / 著

水净香自远

SHUI JING XIANG ZI YUAN

合肥工业大学出版社

图书在版编目(CIP)数据

水净香自远/文如烟著. —合肥:合肥工业大学出版社,2017.10
ISBN 978-7-5650-3620-0

Ⅰ.①水…　Ⅱ.①文…　Ⅲ.①散文集—中国—当代　Ⅳ.①I267

中国版本图书馆 CIP 数据核字(2017)第 260170 号

水净香自远

文如烟　著		责任编辑　张　慧	
出　版	合肥工业大学出版社	版　次	2017 年 10 月第 1 版
地　址	合肥市屯溪路 193 号	印　次	2017 年 11 月第 1 次印刷
邮　编	230009	开　本	710 毫米×1010 毫米　1/16
电　话	人文编辑部:0551-62903205	印　张	15.5
	市场营销部:0551-62903198	字　数	263 千字
网　址	www.hfutpress.com.cn	印　刷	安徽昶颉包装印务有限责任公司
E-mail	hfutpress@163.com	发　行	全国新华书店

ISBN 978-7-5650-3620-0　　　　　　　　　　定价:29.80 元

如果有影响阅读的印装质量问题,请与出版社市场营销部联系调换。

心温软了，眼光自会温软

许　辉

　　读王永红女士散文集《水净香自远》，不由间脑海中便跳出这么一句话，叫"心温软了，眼光自会温软"，这是说王永红女士的散文，有一种温软的特质，读来叫人感觉温润和自静。

　　她的散文，有女性散文作家的那种细腻、周到、善解人意。或许温软、细腻、周到、善解人意是女性散文作家特有的文质？但也不全是。有的女性散文作家温软得过了头，有些女性散文作家强说愁绪，有些女性散文作家过度地放大了琐屑。王永红女士的散文作品，却是实在的，又是温软和细致的。

　　王永红女士似乎不喜欢叙事，她似乎偏爱抒情，她谈爱情，谈男女，谈草木，谈感情，谈情趣，谈读书、谈女人，谈音乐，谈收藏，谈银幕，谈旗袍，谈生活的准则，常常是一些跳跃的画面、听闻、感觉，叫人觉得似乎见到了真人，却又恍然不见，仿佛看到了故事，却又是淡化的情节，似乎有些模糊，却又好像清晰。有一些朦胧的美。

　　她的散文又有点象英国女作家伍尔芙，但她不是意识流，而是那种对事物细节的关注、对感觉细节的偏爱，对阴柔美学的靠近，对情感生活的钟情，对品赏场面的厚爱，对人物内心的好奇，对绵软生活的沉醉。

　　王永红女士对独处的情有独钟，是她文学的一个基础，在这本《水净香自远》里，时见她独处的脚迹，或向往独处的心迹。所谓独处，就是自个儿单独存在。一种独处是独自呆着，这是独处最常见的形式；另一种独处却是在繁华、喧嚣和众人中，让自己的灵魂独自呆着，这是最不常见也最不容易达到的状态。不过有独处的向往，这就好了！

　　她还钟情介乎散文与诗之间的散文诗的文体。她可能想要散文，想要那种略带纪事的文本，她可能又同时想要抒情致意，想要那种诗态的宣泄，因此她常常选择散文诗的那种形式，来作一个即时的出口。是诗，又不是诗，是散文，也不是散文。诗的心，散文的形式，有时成为一个人的最爱。

　　她又似乎喜欢草木，用很多的篇幅描写草木。在草木面前，许多人都有类似的感觉，就是人的心容易静下来，人的心容易欢喜不禁。心的静，人的静，当然可以是无处不在的，但在草木面前，人的静，心的静，就更容易实现了。这是一个女人的爱，是她的爱。这是很好的品质。

2017 年 11 月 4 日星期六上午
于合肥淮北佬斋

目 录

指尖华尔兹

水净香自远

且 行 且 思 量

奔放的旋律

　　也许，我的前身就是一束无名的草儿或者一朵素朴的花儿？否则我怎么会如此的倾心这自然的世界？又为什么会在沉浸自然的时光里，心绪如奔放的旋律，婉转悠扬，自在轻盈呢。

◎ 想你的时候，即为重逢

想你的时候，即为重逢

　　习惯在晨间梳洗的空隙，和我的花花草草亲昵一番，给它们洒洒水，整理一下枝叶，或是盯着一片叶子发会呆，出神入化间心一下子就被打开了。随着清香的潜入我会听见枝叶的拔节，随着莹莹的光影我会看见无数颗亮晶晶的粒子烁烁闪闪地涌来。

一

　　我承认自己是自恋的，可我更相信花儿也是懂我的。

　　就像我的这盆小茉莉，缘于节气的转换，我曾一度失望过，甚至想到了放弃。面对凋零，我清楚地知道，怎样的惋惜都无济于事，可我不忍面对繁盛之后的憔悴。毕竟那精灵般的花骨朵让我体会到花开满枝的丰盈，那蚀骨的清芬给我带来了一段静好时光。何况我从来就没有太多的贪恋，毕竟怎样的久长也不过是回首时的一瞬间。

　　小茉莉生病的那段日子，我隔三岔五地给它洒水，偶尔也会极小心地搬动一下，挪个较好的位置让它晒晒太阳，吹吹风。那时候它全身除去斑驳的叶片没有一丝绿意。日子一天天地划过，我的爱抚从没有间断。是怎样的惊喜呀，当我轻轻抖落那枯黄的叶片，竟发现枯枯的枝干上泛出茸茸的绿意，一天，两天，三片，五片，嫩嫩的绿芽芽冒出来了，娇柔的小叶子长大了，小小的茉莉像是被染上了一层绿绿的光晕，在夜月下烁烁闪闪，在晨光里娉娉婷婷，更有那小小的透着月白色的花苞儿悄悄地探出了头。茉莉，莫离，想象着粉嘟嘟的小白花儿，想象着幽幽淡淡的清香，想象着花枝摇曳的瞬间，一抹温软拂面而来。

感谢生活，让我懂得珍惜的同时学会了淡然面对。感谢我的小茉莉，让我知道了凡事尽力就不会留有太多的遗憾。

二

午后的静谧，是需要音乐来填充的。

清凉凉的风儿自窗前飘过，恍惚了我的眉心，抿一口红酒，听一段琴音。或眯缝起眼睛小睡一会，或随意地翻阅喜欢的书籍；时针滴滴答答地摇摆着，心儿随着音乐的节拍翩跹起舞。

音乐的世界，每个女子都是柔肠婉转的，何况是这细雨飘飞的幽寂里？清风摇曳，雨丝低吟，伤情别离的怅然浅滋暗涌。一些纷扰无法释然，一些落寞无从启口，一些情绪又岂是三两句能够道清的。

什么时间开始，一些嘈杂濡染了单纯，潮湿了净美，以至于纷至沓来的忧患，无从拒绝。什么时间开始，恬淡失了颜色，孤傲落入俗套，清净跌入尘埃。

身心倦怠，不是因节气的转变，不是因红酒的催化，更不是外界的繁复强加而来的。

其实，怎样的孤独都会被渗入，怎样的清高都会被打磨，何况是心性柔弱的人儿。

也罢，所谓美好不过是一时的兴起，一些执念更适合隐匿心底。就像聆听，轻轻一点，可以让心境倏然闪亮，轻舞飞扬出万千旖旎；也会让千般情绪戛然而止，重重地坠入深渊。只是，怎样的赤诚才能抵得过最初的澄明？

袅袅余音间，有一个声音叩击心扉，腾空唱响。

三

夜晚，看一个个字符安静地盛开，该是最好的享受了。

循着熟稔的气息，随着文字的韵脚，兜兜转转在美丽与哀愁中徘徊，在缥缈和素朴间流连，在热烈或低迷中游弋，于我，是极好的消闲。

喜欢温婉的字迹，沉迷柔暖的情致，向往淳美的意念，更欣喜那孜孜不倦抒写的人儿。是的，我一直相信文字是最好的依托，可以让心变得踏实也生动，可以让想象变得饱满也真实。

文字里的遇见，如同在大自然中游走，有青山绿水可依，有清风冷雨磨砺，更有如初的柔暖抚慰。

无声胜有声的情韵里，即便只是过客，重逢的欢喜，依旧会在眉间心上燃亮。

最好的遇见

进门，她用了足足三秒钟的光景，立在那儿，一动不动。

她刚刚回来，是从她的"小屋"回来的。确切地说，小屋是个昵称，有着独属于她和小屋之间的秘密。小屋的全名叫"枫庭水岸"，而她一直称它为"小屋"，就像称呼某个闺蜜的小名一样。

小屋距离她的住所，不远也不近。风里来雨里去，这些年小屋成了她的一个习惯，几乎是每隔一段日子，就会想起，要去看看。

当初是怎样遇见的，已经忘记了。后来，她成为小屋的常客，纯粹因着那里的氛围，那种小资情调，还有那位极具亲和力的女主人。

而今，所谓的小屋，除了地址没有变，所有的都不同以往了。

小屋是过去式。

一个细雨绵绵的午后，她再次走近小屋。推门的刹那，有些犹疑。眼前，硕大的牌子，大红烫金的"如家茶社"四个字，就像暗夜里突然亮起的一束灯光，逼仄而来，让她极不适应。眯缝起眼睛，细细地瞅着，说不清，总觉得是哪里不对劲。是这跳跃到几近刺眼的色彩？是因突然改变的模样？一时半会儿她找不到答案。

"欢迎光临。"热情的服务生，将恍惚中的她唤醒。定了定神，她露出习惯性的微笑，小心翼翼地绕过人群，走向最后的那个座位。

较之于其他座位，这里光线不佳，视线极好，可以看到店堂的每一个角落，包括进进出出的客人。

曾经，她喜欢坐在这个位子，伴着舒缓的音乐，任温暖的气息如影相随；朦胧的灯光柔和也浪漫，暧昧的感觉似有若无，很适合想心事。通常她会点一杯红茶，一个人品茗，一个人看书或静坐，偶尔也会盯着墙面的某一幅油画，想入非非。

今非昔比。

记忆里的幽雅，不见了。心中的水岸，去了哪儿？

她四下寻望着，吧台边那架钢琴，换成了几把有点破损的椅子。之前悬挂在店堂里的那几幅油画没了踪影，布满墙面的是各种大小不一、色彩缤纷、五花八门的广告宣传画。那些盛放甜品的碟子以及那些让她爱不释手的茶具，全部被撤下了。坐在习惯的位置，她却怎么也找不到熟悉的感觉了。

端起茶杯，轻抿一口，不知道是红茶的质地不同，还是盛放茶水的杯子不同，手感，口感，总之各种的陌生感让她有点不适应。

搁下杯子的刹那，左手座位上一对小情侣你侬我侬，窃窃私语的甜蜜，让她的心一下子柔软起来，昔日重现的感觉倏然漫涌。

"怎么可能，不至于吧。""真的，我亲眼看见的。"这欢笑声，硬生生地将她从记忆里拉出，循声望去，邻座那三个打扮入时的年轻女子，浓重的口音和浓艳的口红颜色一样让她无法回避。她们忽而交头接耳，谈兴正浓；忽而大声说笑，不知道是怎样的桥段，惹得她们如此兴奋，如此的无所顾忌。朋友间的久别重逢，寒暄一阵倒也无妨，只是怎能一直这样的兴致盎然，一直这样的袒露心声，一直这样的毫不遮掩？

什么时间开始，这里变得如此"纯粹"，纯粹得连一点儿隐秘都没有了？

她，如坐针毡。她，无法安宁。

她用余光搜寻着，她在心底呼唤着。那个淡定从容的"她"，在哪儿？那个有着民国风味的女主，去了哪里？

记得之前这儿也就十来张桌子，店里的摆设如同女主的妆容素雅中透着品位。而眼下，四周除了嘈杂还是嘈杂。有那么一个瞬间，她感觉到自己像是身处某个热闹的集市，百般无奈却又举步维艰。更让她诧异的是：原来每一个走进这里的人，都是大咧咧的，即便是喝茶，也能发出刺溜溜的声音，这让她不得不联想到门前那四个金光闪闪的大字"如家茶社"。

水岸，记忆中幽谧清雅的水岸，荡然无存。

或者，真正的生活，就是朴素的，就是凡俗的。唯这样的热闹，才足以撑起一片荒芜？只是，如此又能走多远，就像一度风靡的"农家乐"，最后留下的有几个，能让人们记住的又有几个。

苟且或者诗意，凡庸或者精致，活出自己的方式，就好。小资不能当饭吃，品质需要温饱的支撑。可是，诗意不是矫情，优雅不是凹造型，而精致不是无病呻吟，是品位，是格调，是以朴实和纯美来打动人心的、来脉脉传承的。

就这样，她看着，想着；想着，看着，淡淡的愁绪弥漫了心间。

她开始怀念那些音乐飘飘的日子，那些茶韵幽幽的时光；她开始想念那个温婉知性的女主，那个微笑盈盈地漫步在店堂里的"她"；还有围桌听曲、品读书画的他们。只是那个"她"去了哪儿？她很想知道，那个曾陪伴着她度过一个又一个日子的"她"，如今可好。她甚至会在某个瞬间，涌起这样的冲动：寻找，为了心中那份默契，那魂灵相惜的柔软。

她很想来一场说走就走的远行，只为寻"她"。

她悄悄地告诉自己：倘若寻得，一定要让"她"知道，曾经的相伴，让她度过了那一段茫然也躁动的日子，让她懂得了生活的真谛！

可惜，想象只能是想象，远去的终究要远去。所谓美好，只是曾经。好在，那些温暖的细节，任凭岁月的磨砺，依旧会在记忆的深处，不离不弃。

水岸不在，"枫"情依然。小屋不再，温暖依旧。

这样想着，竟觉得轻松了许多。

随手端起茶杯，一饮而尽。起身的刹那，有服务生正在竭力地招呼着一位新到访的客人，她轻轻地叹了口气。

谁又能是永远？做个路人，只是经过，甚好。

也许，不再遇见，才是最好的遇见。因为没有后来，只有最初那满含着温情又饱蘸着欣喜的初相遇。

走出店堂。雨停了，风轻轻地吹，微凉，舒爽；她，扬眉浅笑，步子轻盈，一路朝着来时的方向。

我在春天等你

请继续吧。轻踏春色，横笛一曲，看陌上花开。

——题记

敲下这个题目的时候，指尖的光影如精灵般跳跃着，耳畔的音乐不紧不慢，轻叩心扉。弦乐幽婉，琴音铿锵，彼此的交融，仿若娇柔女子与俊逸男儿间不可言说的情绪。

乐音飘飘，情意绵绵，忽而对影成双，化蝶翩然；忽而落花成冢，繁华谢幕；忽而两两相忘，你侬我侬；忽而狂风浩浩，人如飞絮。

是音乐的诱引吗？空旷也凉薄的镜像里，一曲《杨柳》舒缓轻漾，一些心事次第缤纷，一些毫不搭界的情节，硬生生地被牵扯到一起，丝丝缕缕、盘根错节。钢琴在流淌，大提琴在舒展，只是那舞动的身影，忽远又忽近，轻浅也模糊。只是那幽幽的旋律，飘来又荡去，撩拨着我的思绪。

花开幽香，花落情殇。一枚叫作"沉净"的字眼横亘心上。

又是一年春来到。

某时，窗外有鸟儿啾啾，似是远道而来，叽叽喳喳，好不热闹。起身，隔着玻璃远远地望去，几只叫不出名儿的鸟雀，前呼后拥，交头接耳，那阵势似乎要将整个春天抬来。

此情此境，怎不让我酣然？

想起桃花源里的那一场邂逅，他一袭青衫，横笛吹箫在繁盛的花海里；她衣袂翩翩，独自漫步在幽僻的林荫。是袅袅的清音抑或是淡淡的清芬，踏歌而行的途中，无约而至的盛宴，就此拉开了帷幕。

清风与欢歌铺就的小径上，他的儒雅，她的纤细，渲染出绮丽的风景。就像这一刻我眼前葳蕤的绿意，摇曳的花枝以及可爱的小生灵。

日子实在匆忙。这不，身上的棉衣还没来得及换下，春，就忙不迭地涌来。抬眼望去，哪儿哪儿都是桃花红、菜花黄的娇美。就连我的阳台上也是绿染满眼，春意融融。那盆茉莉花，一改之前的形容憔悴，在明净的阳光下抖擞着身姿，舒展出可心的神韵。茉莉，莫离，多么暖心的字眼呀，忍不住就想到了花影丛丛、幽香袅袅间那宛若仙子的她以及儒雅清俊的他。

故事里的春天，炫美也温润，好似三月的花朵，风一吹就开了；自然界的春天绚烂也美丽，不用邀请它就来了，在路人的面前花枝绚丽，娉婷妖娆。而我心中的春天呢？你，是不是正在一路颠簸着靠近再靠近？

我在春天等你。

面对喜欢的风景，一直自私也幼稚地想让它不染纤尘地保留着，在我目光所及的地方。只是花开花落，是自然界的定律，又有谁能更改。所谓美好，只是一种感觉，会随着环境的不同而改变，亦会随着时光的流失而转化。

曾以为文字是我的亲密爱人，离开了文字我的生活就会像花儿离开了阳光雨露一般没有了生机。随着日子的流逝，我惊觉曾经的自己认知是那么的浅薄，那么的孤陋。

其实，离开了生活的本质，怎样的抒写都是空乏无味的。就像写字，本是一场灵魂的舞蹈，需要有特定的气场支撑。就像温暖的情谊，蛰伏在生活的每一个琐碎里，稍稍触及便会悄然绽放、灵动生香。就像梦中的旖旎，若不能静心安守，若不愿尽力付出，如何能抵达。

一曲《杨柳》，一场邂逅。

感谢这美妙的音乐，让我有了曼舞轻盈的思绪；感谢那一场邂逅，让我的心绪如此婀娜。

花开春暖的日子里，总有那么一瞬，会倏然想起，会无端怅然；而你，会不会也有那么一瞬，因了一瓣素心留步，为了一地残红而疼惜？

总有些风景，让我们恋恋不舍

我想，我还是要说出来的。这样的感觉或许只是笨拙和孤陋的再现，可它真真切切地给我带来了精神气，以至于让我的好奇心得到了无限的蔓延，让我慵懒的身心有了满满的憧憬，让我的小情绪不知不觉地丢失，让我的小欢喜在一不留神里就蠢蠢欲动。

走近它成了我每天的功课。

晨间，它们是刚刚探出头来的嫩芽芽，被露珠轻点，被风儿轻抚，盈盈弱弱的神情让我好生疼惜。向晚，它们挤挤挨挨地簇拥着，或扬眉淡笑，或娉婷摇曳，那场景着实地惹我心动。

好多个傍晚，我那么近、那么近地与它们相望着，我想知道它们为何在晨间那般的娇羞，为何又在傍晚如此热烈地绽放？看不懂它们的身世，却能窥见它们的美好；叫不出它们的学名，却对它们的姿态异常眷恋。艳丽的紫，浓烈的黄，滴翠的绿，柔美的白，彼此渲染，相互映衬在幽谧而美好的时光里，让僻静也葱茏的草坪有了别样的诱惑。

不与春日里的花红柳绿相比，只是自顾自地生长着，纤柔有时，繁盛有时，低迷有时，热烈有时。这，也是一种执着吧。

生命如此。绽放与凋零，又岂是能控制的？开心也好，不开心也罢，日子都在继续，与其过于强求，不如顺应自然。

偶尔的冲动，瞬间的放飞，于我便是极好的休整了。

一杯清茶，一段好看的剧情，是我恋恋不舍的消遣。电影《她比烟花寂寞》便是如此。初见时由怅然到犹豫，直至再赏时的心喜，想来这部片子在我的收藏夹里待了足足有两个月的光景吧。收藏它因着喜欢片中一些细微也质感的情境，更重要的是大提琴一直是我迷恋的乐器。

想起影片里的种种，开头那浩瀚的镜像，那优美的旋律，那可爱的姐妹，还有那句"一切都会称心如意的"让我的内心无比舒坦，无比向往。随着剧情的发展，妹妹积琪琳为了心爱的大提琴而辗转于各个顶级的音乐盛典上；因一个男人为着她的音乐才华，愿意献出爱情，想要证明自己是可以被爱的，却让有心灵感应的姐姐承受着寂寞、无奈和痛苦。隐隐的疼随着"音乐天才"积琪琳越发古怪的言行和日渐严重的病情而渗入到内心深处。想到首场演奏会后老师把匿名人送来的大提琴交给她时的话语："保证不要让琴离开你的视线，它会给你整个世界"竟是无比的揪心。是太过沉迷导致的虚空流离？是过于放纵引发的不可理喻？撇开其他，只说"爱"吧。

爱是生命的本质。我们无法抛开也不可回绝。一厢情愿地渴望爱没有错，一味地沉迷爱也不是错。为了爱自私到扰乱他人的正常生活，确是千不该万不该的。

因为迷恋而招致的种种，我们没有理由去责怪，引以为戒却是必须。就像我们因为爱音乐而不分场合地聆听和演奏，定会给周围人的生活带来不便。就像我们喜欢某种气息，一旦深陷就会忽略其他，就会失去本真，就会缺乏新意。如此想来，为"爱"痴狂，不惜一切，终究会物极必反。

"不用担心一切都会过去。""有我在，不要害怕。"这是电影里的台词，每每想起便暖意融融。只是，生活里，又有几人能长久地享有呢？

两情相悦何其难，有时候越是渴望，越是失落。由此造成的寂寞和空虚，唯有置身其中的人才会知晓。爱如空气，越想逃离，却越沉迷。爱如烟花，瞬时绽放，瞬时熄灭。

唯有懂得，方能真实而自然地获取。

一个人，一片天，走走停停，边赏边拍，于我亦是极其的享受。仰望蓝天，或凝神远眺，那铺天盖地的绿，那素面粉黛浓的玉兰，那借得梅花一缕魂的海棠，还有那风起时零落一地的花瓣，心的倦怠又怎能逃脱自然的渲染？

花开春暖的时节，把心打开，让风儿进来，任馨香浸染，呼与吸之间，终会有一抹气息，捎来心旷神怡的慰藉。

想着，想着，心就暖了

微笑吧，花瓣飞舞的刹那，终有一款玄妙洋溢眉间，潜入心底。

——题记

再次念起，却发现那粉嫩俏丽的桃花少了先前的明丽，有了些许的颓败。好在，远远近近，一些枝叶自顾自地繁盛着；高高低低，一些花瓣清灵灵地舒展着。一瞬间，错落有致的画面，在明净的光影里，深入浅出，交相辉映。

面对这一片清水绿地，沉醉这一刻静好时光，唇角的笑意，微微漾起。很想轻挥画笔，描摹一幅淡彩浓墨的画卷；很想指尖曼舞，弹奏一曲春的诗篇；很想剪一段时光，慢饮细酌，悠然沉湎。

终究是女子，有些习惯，无法轻易搁下；有些喜欢，即便怎样的刻意也无能忽略。

听过这样一个故事，他和她在大学里相恋，毕业后各自回到了家乡。日子在不紧不慢中游走，一场异地恋在不知不觉中出现了断层。生就勤奋的他随着环境的变化，随着心智的成熟，全身心地投入工作中；而娇生惯养的她怎能承受独自漂泊的煎熬，很快就开始了一场新的恋情。再次遇见是在同学会上，做了母亲的她端庄中更显温柔，事业稳定的他干练中不乏阳刚之气，四目相对的瞬间，他们同时喊出了对方的名字。至此，一对曾经的有情人仿佛回到了那一段别离的日子，彼此牵挂着，淡淡地、不远也不近；相互关注着，默默地、不亲也不疏。

是心照不宣抑或是有意回避，她不去追问他不娶的缘由，就像他不去询问她现在的生活。城市间的距离，让他们在若即若离中相伴着，在若有若无中感知着。

我和她是在一次公务中相识的，随着交往的频繁，对她的疼惜就愈深。她不止一次地对我说："我不知道这样的情感能走多远，但是我恋上了这种被关心的日子。"面对她清秀的容颜，望着那双淡定的眼眸，我除了笑而不答，只能在心里为他们祝福。

她是一位不幸的女人，那个被称作一丈之夫的"爱人"，忙于生意几乎不见踪影；一个人承担起家庭的所有，洗衣做饭、陪护孩子是女人的专职，就连换个灯泡也不得不亲力亲为。她是一位幸福的女子，懂事乖巧的女儿给了她无比的成就感；两点一线的生活使她和外界几近隔绝。只是，经年之后的再见，让她的生活有了些许的转变，我想我是该为她，为他们祝福的。

真情相伴，可以让温暖传递；用心呵护，可以让情感升华。我坚信有时候，有些人，走着走着，就散了，回忆都淡了；有时候，有些情，想着想着，就暖了，眷恋更深了。就像他和她之间，无法用语言道清，但弥留心底的柔软终究会在时光的深处闪亮，在每一次念及中唇齿含香。

想起了电影《将爱》，想起了那首《生日歌》，十二年之后的彼此，仅凭一句熟悉的歌声再次遇见，小小的手机，长长的号码，深深的牵系。十二年来，走过年少轻狂的岁月，却走不出那段初恋；十二年了，花开花又落，爱从没有离开。作品里的爱情犹如一幅画温润了眼眸，情动人心的细节，柔软着每一颗善感的心。

爱是脆弱的，稍不留神便会兵分两路，背道而驰。爱是绵长的，两情相悦又何须朝朝暮暮。爱，是真实存在的，就像那满树桃花，盛放时俏丽明艳，蛊惑人心；颓败时又那么的叫人无奈。

书上说：将及未及的刹那，最是一种美好。

也许吧？一如春日里的花骨朵，不是每一场花事都能馨香久远的，不是每一次遇见都会赏心悦目的。若不能亲近，索性远望。在花瓣凋零的镜像里凝神，在涟漪缱绻的湖畔行走，在每一个柔软的细节中独自妖娆。

就此安放

人若懒散，会有足够的理由。

不写字，不看书，整日里优哉游哉，却并没有快乐如神仙的感觉。想来，这就是人的本性吧，越是清闲越是慵懒。

偶尔，也会顾影自怜：如此这般，循环往复，我会变成怎样的人呢？难不成就这么任性到底？偶尔，也会不疼不痒地给自己敲敲边鼓：明天开始，看书学习，静心写字，别再混日子了。只是，捧起的书一次次地被搁置一边；只是，生活没有了诗也没有了远方；明日又明日里，我的计划永远赶不上变化。

也罢，立足脚下，召唤远方，未必不是好事。

前些日子，《中国新歌声》节目中，导师汪峰因着一首《无处安放》，深情叙说起对妻子章子怡的无限爱意，结果却招致网络上各种形形色色的八卦。其实，人都是感性的，不管之前如何，现在他们有了完整的家庭，公众场合秀一秀恩爱，有什么不可以？为什么普通人能晒幸福，作为新歌声的导师汪峰回忆一下，就被讥讽、被调侃，甚至说是为了想上头条？

无独有偶，周末，看到一条"章子怡带着小苹果逛街吃东西"的报道，虽然画面比较模糊，但感觉相当温情；点开下面的留言，一条条暖心的祝福间，夹杂着刺耳的声音，这让我很不能理解。明星也是人，也有正常的生活，眼下结婚生女过得幸福，干嘛还会被没事找事地嚼舌根、炒冷饭？这样的咸吃萝卜淡操心，有意思吗？联想到汪峰新歌声现场上那段甜蜜回忆引发的种种，我不得不慨叹：世界之大，无奇不有。人家晒幸福，与你何干？是羡慕？是嫉妒？

哎，哎，咱能不能变得绅士一些、优雅一些、诚恳一些？能不能实事求是，好好说话？能不能让虚浮之风远离我们的生活；能不能让阳光的、美好的，弥漫我们的视线，萦绕我们的生活？

其实，较真一点，关于那天现场汪峰的那种表现只是为了秀恩爱，可人家是真的爱着，否则怎会如此深情而动情地叙说？

真正的爱，是彼此的，是心甘情愿地接受和包容对方的所有，是每每想起就会情不自禁絮叨的。明星也好，寻常百姓也罢，正常的言论自由，不可干预，何况是诉说心声，作为听众，你可以选择忽略，但绝对没有权利去歪曲和打击。

娱乐现场如是，媒体网站亦然，行走其间的我们，切不可稍有些风吹草动，就一股脑地将那些陈芝麻烂谷子统统搬出，信口开河；尊重事实，珍惜眼下，唯此，方能走得更远，飞得更高。

网络时代，浮躁成为通病，夸大其词的现象又如何能拒绝？有时候，有些事，睁一只眼闭一只眼，不是为了逃避，只因不屑。

我非冷漠之人，偶尔的矫情，突然的愤青，亦是习惯；见怪不怪，有时候我真的、真的是做不到。

朋友圈里，读过这样的一段话：做人的格局一定要大，说白了，你可以不聪明，也可以不懂交际，但一定要大气。

读了又读，想了又想，我，终是不能苟同。

在我感觉：做人做事，必要的气度应该有；一味的大气，就是无原则，就是软弱。别说什么"不生气，是一种修养"。性格的使然，有些场合，有些事情，我偏爱生气。扪心自问，我不优雅吗？非也，我自认为自己的修养不差，人前人后我的举手抬眉，不是一般的知性典雅。

某些情形下，我生气，因为我有良知。

退一步说：面对那些不懂得尊重，喜欢夸大其词，甚至弄虚作假的行为，真正能做到平心静气的有几人？俗世繁杂，再怎么喜欢孤单的人，也不可能彻底地远离人群；行走尘世，敢于面对，是必须，也是必然，无论你喜欢或者不喜欢。有些事，一味迎合，只能适得其反。

撇开其他，回到要点。

坦白说：关于"格局"，我一直在思忖，我甚至发现自己越来越偏爱这枚词语了。闲暇时念及它，我会情绪高涨，思绪飘扬；安静时把玩它，整个人会陷入瞬忽的茫然，如同行走在荒野里一般，渴望着会有一阵微风清扬，一抹青葱染亮，一氤水色萦绕。

在一枚词意中走走停停，如同在一杯茶色里小憩，沉沉浮浮间，总有欣喜，不请自来。

不得不承认：喜欢文字的人，是感性的。何况如我这样拥有一颗玻璃心的女子，害怕被陷入如同畏惧别人对我好一样。习惯独处的我，一旦被感动，就会千方百计地在心里惦记着，唠叨着，总想着要去感谢。可很多时候，我是自卑的，因为不善交际，我只能安静地做自己，在习惯的空间里，竭力地纵容着自己去做一些力所能及的事情，以表达我的感激之情。

于是心怀憧憬，于是满怀柔情，于是唇角上扬。

原来，这世间，没有绝对，只有相对；原来，试着用欣赏的眼光去看待俗世间的琐碎，就会发现美好无处不在。

恋恋心音

有些美丽静心赏析更显丰盈，有些情绪藏匿心底才会绵长，有些音乐会在不设防中让我们沐浴一场心灵的洗礼，以至于躁动的心绪变得宁静、澄明、温情脉脉。

——题记

　　我没有想到会在这样的日子遇见，更没有想到遇见竟是如此的魂牵梦萦。

　　音乐响起时，雄浑壮烈的气场，轰然而至，整个人陷入了一种状态，醺然欲醉间，脑海里浮现的是云白水蓝的澄明，是气势磅礴的景观。婉转悠扬的提琴声在耳际萦绕，舒缓柔曼的旋律在眉宇间溢开，在心的最深最底里滑翔着、飘飞着、旋转着、舒展着。

　　是花开春暖了？是沉寂太久了？冥冥间薄如翼、润如玉的气韵，由一枚枚颗粒饱满的音符幻化成一幅宏大壮观的画卷，渲染着，蔓延着。那么的凄美，那么的柔软，那么的震撼，以至于不得不沉沦再沉沦。

　　澄明涌来，温情漾动，灵神的快意如影相随。微闭上眼睛，鼻翼间盈动着薄凉的气息；轻轻地嗅闻，有馨香拂面，不够柔暖，确有蚀骨入心的酣畅。我喜欢这样的感觉，淋漓尽致又稳妥贴切，容不得你拒绝，不让你退缩，只能一路向前，微笑聆听。只想敞开心扉，坦然拥抱，就像电影《黄河绝恋》的主题曲《夕阳山顶》一样，婉转清扬，圆润剔透，一不留神就渗进了我的灵魂深处。灵犀的曼妙，唯有在寂静中感知，在默然中传递，在每一个琐碎的细节中蔓延。那么音乐的魅力呢，也只有恋它的人才会为之倾心，动之以情吧。

　　对于音乐，从来就像个孩子，在懵懵懂懂中欢天喜地，在浅吟低诉时极尽缠绵，在余音缭绕间情愫飞扬。

　　就像这个午后，向南的飘窗前，我在有你的气场间流连。一些古朴自然的风光盈满眼帘，一些触动心扉的柔软在心尖迂回，一些云白风清的画卷涤荡心魂，整个人仿佛置身在清新而幽谧的田园间，没有了尘世的纷繁，没有了琐事的纠缠，有的只是自然的淳美，有的只是凝神静气的舒畅。

　　音乐，是如此的炫彩飞扬，如此的遒劲有力，如此的温情荡漾，不管你蛰伏多久，不问你隐匿多深，只在一瞬忽便让所有的无遮无拦，公然昭示。就像春暖花开一样，清芬自在，悦目赏心；就像绵绵的细雨，沁心透亮，润物无声；就像我面对你时的自然而然，直抒心意；没有预兆，无需铺垫，一些淡淡的情绪攀上眉梢，散落指尖；一些小小的欢喜在静好的时光中悠然缠蜷，一路风生水起。

　　音乐，是一种神奇的力量。习惯了音乐的相伴，也就习惯了静寂中的美丽。

　　与你别后的时光，我用舒缓的旋律取暖，我与优美的舞曲漫步，我在抑扬的乐章中怀想，我在犹如天籁的音色中返璞归真。

独一无二的气场里，我自顾自地享受着属于我的幽谧，任凄美和玄妙次第缤纷，任恬静和热烈无约而至。

这让我想起那次海滨之行，和友人徒步在松软软的沙滩上，看海水一浪高过一浪，浸透了裤脚，缠绕着肌肤。欢呼雀跃间那些被海水冲击而来的贝壳成了友人拣淘的目标。而我，只是一意孤行地眺望着、拍摄着、沉醉着。回来的路上，当友人把玲珑小巧的的贝壳展示在我的眼前时，我没有赞叹，更没有懊悔，我知道我收获的是无与伦比的舒爽，是向往已久的清心。

尘世间确有一些温软，会在突如其来中萌动，会在不知不觉中滋长，会在毫无设防中缱绻出如诗如画的镜像，隐隐绰绰，直入心怀，润泽眼眸。恰如这首《夕阳山顶》给我带来的感觉……

别离，只为更美的相遇

走出影院，我的心依旧在电影中徘徊，在李雪莲的故事间停留。

我问某人："这部电影会不会引起误导，让那些上访专业户有了继续的动力？让那些即将准备上访的人有了信心？哎，这个李雪莲实在是太拗了。"某人说："看入迷了吧。这部电影选景独特，画面唯美，拍得很好。"

切，答非所问！

我不能否认，这是近年来我心目中较为认可的一部国产片。就电影本身说，不论从拍摄技巧、影片主题，甚至角色的扮演上都是可圈可点的，能够获得国际大奖，当之无愧。即便我那骨子里的小清高，促成了我对所谓啥奖项从来都觉得不过如此，但这部影片我还是极为欣赏的。

是我的喋喋不休让某人有些不忍吧，他岔开话题打趣道："你有没有留意，电影院里几乎没有小孩子，都是咱们这类中老年人了。"我顿了顿，本想反驳，想想确是，少之又少的观众席上，几乎全是人到中年。难怪网上有报道说这片子没有达到预计的票房。也是，这样的题材，那些90后乃至00后怎么会青睐？

"其实吧，电影毕竟是电影，一些情节的虚构也是免不了，所以不用太较真。"某人看出了我的心思，随即又扯了一下我的衣袖，指向沿街的树木说："你看这些树叶，前几日还是好好的，这转眼就变成了黑乎乎的。"我漫不经心地回了一句："这些树叶是被冻的，冻伤了，所以变了颜色。憔悴不堪啊。"说完，我又瞥了一眼那些树叶，一片萧瑟，几许苍凉。

倏然间，情绪极度地低迷起来。

突降的飞雪，带来的岂止是清冷？

沿途的树木，叶子骷髅，枝干颓废。看它们痛苦地被风离散着，被冷煎熬着；看它们蜷曲着、挣扎着、飘摇着，我心有戚戚。

如何能逃离这狼藉之地？

我开始懊悔自己：怎么会喜欢下雪呢？心目中那么晶莹剔透，那么轻灵飘逸的雪啊，怎会如此冷寂，如此决绝；又怎么舍得让叶子和树分离，让原本的青葱黯然，让原本的挺拔不再。这精灵一般的雪呀，伤及的哪里是一枚叶片，一棵树？分明是属于我的那颗柔软的心啊。

落叶归根，是众人的心之向往。那么，被风吞噬的叶子，一路跌跌撞撞，一路奋力跋涉，最终，它们又会沦落到哪里呢？我，无力探究。

伤感也好，感伤也罢。世间哪有两全法？与其一意孤行地深陷，不如忽略。一场别离，一场邂逅。而我们该享受的是过程。

就像电影《我不是潘金莲》中的李雪莲，不管出于怎样的理由，说好了的假离婚变成了真离婚。白纸黑字，已成定局，可她，仍然扭着劲儿。我想她会不会也是为了"享受过程"？分明是不占理儿，却偏偏要去告状，为说出心中的憋屈，她一路死磕。只是，上访的过程代价太大。这满腹冤屈的农村妇女，自从踏上了告状之路，生活再无宁日。从县里告到市里，一直告到了人民大会堂，而且一告就是20年。结果呢？没能把案子翻过来，却把法院庭长、院长、县长和市长拖下了水，以至于每年两会，她所在的省、市、县，都要上演一幕围追堵截李雪莲的大戏。

和一位从事过信访工作的朋友谈及此类事件，她说：其实，那些上访的人群中，有些确属冤屈，而有些说白了就是没事找事、碰瓷的，是素质问题。那么剧中的李雪莲，她属于哪类？

李雪莲，一个没有文化的农家妇女，为了道出内心的"苦楚"，她选择了属于自己的方式：一路上访，一路倾诉。就这样叨扰着各层领导，惊动了方方面面；就这样风风雨雨走过了二十年。只是，人的一生有多少个十年？又能有几个二十年？如此地耗费了生命中的大好时光，让原本漂亮的容颜变得满目沧桑，让原本该平静的生活变得鸡犬不宁。

李雪莲，我为你惋惜。

其实，有些既成的事实，辩解无力，不如换个角度去面对。有时候太过拧巴，伤了自己，"殃了鱼池"，何苦来着？

值得庆幸的是：最后剧中的李雪莲终于醒悟了。不管出于怎样的缘由，她结束了二十年的上访路。离开故乡，离开了那个山清水秀却又让她满腹哀愁的皖南古镇；搁下过往，重操旧业，打理着她的拿手好"戏"牛骨汤店。这里，感谢导演，赐予这部影片算得上皆大欢喜的结局。也让作为观众的我，看见了阳光，感觉到舒心。

由此，我想到了这有点俗气、有点矫情的句子：别离，只为更美的相遇。

讲真，学会放下，试着告别，让负面的情绪在琐碎中释然，让阳光的心性在庸常中如影相随，如此，还有什么可媲美的？

"无论你走到哪里，无论天气多么坏，记得带上你自己的阳光。"又一次念及这句话，我竟有了欣欣然的感觉。不是吗？何必让坏心情陪伴着一路行进。与其悲鸣哀叹，不如快乐享受。毕竟你的心情是由你自己调控的，任何人没有义务去哄着你，刻意地维护你，小心地成全你。而你该做的就是让自己踏实地过好每一天，尽力地享受每一天。

试着把阳光放在心里，就会看见明媚，就能听到花开，哪怕遇见的是花落，也会觉得那是另一种诗意；哪怕看见了落叶凋零，也会有着满满的欢欣，因为在不久的将来，就会有一点点嫩芽探出头来，就会有一片片新绿悄然枝头。

执笔于此，我还是想老套地说一句：学会面对吧，相信每一场别离都会带来另一种相遇。

我不想错过

是一夜之间？

若不是扑面而来的清香，我压根就没有想到会是它们：温婉而娇俏的容颜，腼腆而恬静的神情；绿萼，素心，梨花，红梅它们相约而来，一朵朵，一簇簇竞相绽放在我的眼前。若不是赶着上班，我一定会靠近再靠近，肆无忌惮地与它们缠绵一场。退一步想，若不是赶着上班，我又如何会在细雨飘飞的早晨途经这里，我又怎能在凉飕飕的风中嗅得这缕缕清香？

是偶遇，更是艳遇。

整个上午，因着雨中的邂逅，因着那扑鼻的芬芳，我的心情大好。因了那含羞的花骨朵，我竟蠢蠢欲动地想要去看春天，想着要趁花开的时节，使劲地挥霍一下我的小情调；想要在自然的馨香里，尽情地捕捉属于我的花开春暖。

我不想错过。我要拽着梦的衣衫，不离不弃；我要循着心的眷恋，信步游走；我要握一缕幽香，低吟浅唱。

一、风雨中的美丽

我是简单的也是善感的。面对生命我会用温软的心去体味，用美好的情怀去想象和点染。

哪怕是痕迹斑驳，我也甘心情愿地与之靠近再靠近，看风雨侵蚀后不再姣美的容颜，看时光打磨后日渐沧桑的身姿。我相信美好的存在，如同我相信风雨之后会有晴天一样，即使我的眼前一片萧瑟，我还是会敞开我的柔情，放纵我的真诚。

就像那场雨中，我嗅得幽幽暗香，盈盈袅袅；我目睹着一瓣又一瓣的花蕊，纷纷落下。可我心目中的它们依旧是如初的清雅。

花开静美，花落无声。生命的精彩不仅仅因为绽放的瞬间，更在于成长的过程。若不能安然停靠，那就悄悄地离去，像零落的花瓣一样，安睡在大地的怀抱，待到他日，化作春泥更护花。

如此，亦是一种可贵。

二、喧闹中的静寂

我居住的城市历经一场又一场的改建，早已不是从前的规模了。而我，很少有雅兴四处观赏。原本就路痴的我一旦被问及城市的某某路牌或者某某景观，总是一愣一愣的不知所以。每每看见那一次又一次被凿开的地面，以及一段又一段被再次修复的街景，我的内心会有着说不清的惋惜：为什么不能在设计的时候深思熟虑，一步到位？为什么偏偏要等到下一个项目出现时，再来推翻上一次的行为？

这分明就是资源的浪费,反反复复的施工造成的交通堵塞,给路人带来的不便,以及由此引发的空气污染等诸多不利,由谁来买单?

我承认自己的目光短浅,如同我不得不相信改建之后的城市会越发的气势壮观。只是表面的繁荣与事实的萧条,如何来折算?

眼下,我居住的小区亦是如此,迁来至今,眼看着院墙之外那一片热闹的市井变成了废墟,我又怎不心有怅然?

据说是为了改建成公园,可拆迁至此,公园没有丁点儿的眉目,倒是出现了一块又一块的小菜园。而我,习惯了偎依在窗前,观赏那些造型可爱的小园子,除了此起彼伏的绿意,若是有幸还能望见埋头忙碌的主人。

从我的窗前到那一片小菜园,将近 300 米的距离让我从没能看清那里种植的究竟是什么,我甚至会莫名地想象出一棵棵嫩嫩的小白菜拔地而起,一枚枚小辣椒如同灯笼般在风中摇曳,那用枝干撑起的架子下面会不会是长满刺儿的小黄瓜?那隐约的鹅黄新绿,会不会是油菜花?

好奇心的驱使,让我的想象从未停止,亦让我的欢喜越发浓郁。这一小撮、一小撮的葱翠,宛若沙漠中的绿地,充满了生机,早早晚晚牵引着我的视线。

只是这样的静寂能保持多久?我不得而知,也不愿探究。

三、文字间的友情

对于文字,我是个忠实的观赏者,以微笑的容颜、温柔地面对是我不曾改变的习惯。

阅读中,我喜欢清朴自然的描画,我钟爱浪漫唯美的心曲,若是两者相辅相成,那便是我的挚爱了。我会读"她"千遍也不厌倦,亦会随着"她"的气息婉转出我的心恋,唱和着我的美丽和哀愁。

不同的心性成就出不一样的喜好。婉约也罢,豪放如是,难就难在把握好"度"。依照自己的习惯,自由舒展相对于刻意而为,我更欣赏前者。我喜欢真诚的阅读如同我喜欢真情的抒发,我沉醉快乐的分享如同我沉溺温暖的相伴。面对自己的"不习惯",我情愿用婉转的语调道出我的观点,也不愿直面地指出其间的不足,哪怕面临着"虚情假意"的指责,我也会微笑着点赞。

每一段文字乃至每一个字符都是笔者敲打出来的,是否是肺腑之言我不能断然评定,但我相信它是笔者的心之所向。作为旁观者,何苦要如此坦率、如此高调地指正呢，每个人都有表达的权利，但不诋毁、不伤害的表达，才是最可爱的表达。

不同的经历衍生出不一样的欣赏层面。唯美也好，朴实也罢，都是书写的手段、表达的路径，试着理解，学会包容，让直白更加直白，让诙谐更加诙谐，让委婉来得愈加委婉吧。

世间所有的存在，都有自身的特质。一味地用自己的喜好来评断所谓的好与坏，似乎有些过火，用自己的"真实"去评说他人的"习惯"，我不赞赏。低调内敛与缺乏创新不能等同，稳步渐进才会有更远的前景。

搁笔至此，忽就有了欣欣然的感觉了。

其实，我从来就是这样想一出是一出的。相对于结局来说，我更在乎过程的丰富多彩，我会任性地依傍着自己的喜好，哪怕招致他人的误解；我会执拗地坚持自己的观点，哪怕孤独无助。

记得在哪里读过这样一段话："生活有两大误区：一是生活给别人看；二是看别人生活。"那么，避开误区，生活在自己的世界里，在不伤及他人的前提下，任性着自己喜怒哀乐的我，是不是该为自己庆幸呢？

素颜心语

下了公车，人潮涌动的街道让我眩晕，瞬间的失措伴着寒意扑面而来，轻轻地捋过被风扬起的长丝巾，仰起头猛吸一口，透心的寒气让我震惊；沙沙嗦嗦的风声在耳边缠绕，在每一寸裸露的肌肤间肆意侵蚀。是第几场降温了？只觉得很冷，冷到失语，冷到木然。

绕开人群，穿行在人烟稀少的小街，不为寻觅，只为静心，逃离那些喧闹，忽略那些纷扰，独自沉浸冥想的氛围，任时光流逝，任年华老去。

清冷的时空，唯我独行，薄凉氤氲的刹那，一滴清泪滑落唇角，舔舐着，回味着，一如曾经那些琐碎，眼下这些无序。转山转水转佛塔啊，不为修来生，只为途中的相见。只是，见了又如何？

有时候，有些事，一个人的承载胜过与人分享。

一、收藏

源于怎样的情节，我开始收藏。由形态别致的服装吊牌到质地不同的包装袋，从精致小巧的盒子到五彩斑斓的纸张，应有尽有。书柜里，抽屉间零零落落、杂七杂八。走进缤纷的世界，开启一扇心门；轻抚记忆的碎片，尽享温润的点滴。

我想我爱的不仅仅是这些小玩意，而是所有失去的时光。在每一个标牌的背后，在每一个方寸之间，在每一个平平仄仄的字符里，都有值得我珍惜的记忆。

沏一杯清茶，看修长的叶片轻盈、舒展，细细碎碎的声息，犹如笛音、婉转、净美、飘逸。就像那些温语，即便你早已忘记，而它们于我，总会在闲暇之时，悄悄浮现，总是在疲惫之际，蠢蠢欲动。

二、执着

如水的日子里，我在心尖刻字，我用眼睛追逐。我摇动所有的经筒，不为超度，只为触摸你的指尖。即便你说我太过迂腐，我依然黑是黑、白是白，坚持本真，我行我素。

倘若坚持成就了卑微，我会笑着转身，留下一个优雅的背影，继续向前。倘若守候只会豪雨成灾，我便独自上路，一个人，一片天，我属于我自己，笑也好、痛也罢，无须刻意，只要随心，只要尽兴。

习惯就好。哪怕想象中的美丽是那样的虚幻，宛若一场云烟，行迹缥缈，影踪难觅，我依然要坚守住真我，坦然行事。

走过萧瑟，一定会有属于我的芳草地。

三、花瓣

喜欢用文字粘贴日子，浅紫幽蓝，纤柔沁心；粉红月白，娇美明澈。茶韵悠然间一些影像明晰可见、鲜活灵动，乐音缭绕时一些念想次第缤纷、自然妥帖。呼之欲出的温软，犹如淡雅的水墨，叠印出无垠的风景；轻轻开启的记忆，好似童年里的小人书，每一页里都隐藏着属于我的小秘密。

很久之前的，后来之后的，所有的幻化成那枚书页里夹藏的栀子花瓣，白白净净，清香宜人。经年之后，你触摸不到它的柔暖，定能感知它的气韵。一如此间，我听了一宿梵唱，不为参悟，只为寻你的一丝气息。

而你，是否窥见我眼底的温润？

四、梦境

轻微的震颤中，一朵朵，饱蘸芬芳；一束束，滴翠娇艳。馨香缕缕，花枝摇曳，抬手的刹那，原来，一切竟在梦中。

蜷在柔柔暖暖的被褥里，眼睁睁地望着窗外，一抹月白穿透紫色的窗纱，你在月色里行走，我在月光下凝神，明晰可见的身影，隐约而来的音色，于幽暗清寂中溢着想象里的暖，熟稔、自然、真实、妥帖。

让我继续入梦吧。暮色的山峦，遍野的绿意，我和我的影子一同插花种菜，装扮来年的腊月。

至此，让苍茫不再，让草色青青。

◎ 闲情散记

闲情散记

年轻时，很少顾及身边的琐事，我行我素间确有那么点不食烟火的样子。而眼下，遇事总爱唠叨，哪怕与自己八竿子打不着边儿的事，也要喋喋不休。坦白说，真有些为自己担忧呢，我害怕我的絮絮叨叨成为习惯；我怕这样的惯性，把我变得不再是我自己了。

是不是每个人都如此：到了某个年龄段，特别地崇尚简净，期待着返璞归真。情愿安守于某个角落，回想曾经，沉溺过往，也不想走进人群，人云亦云，看"风光无限"。

想到"俗"这个字，是在那片落叶铺就的小径旁。我抬起脚，刻意地让自己踏在那些或橙黄或暗红，略显枯萎却又格外妩媚的叶片上，伴着吱吱呀呀的声音，仿若回到了童年，整个人一下子有点儿小兴奋了。

世俗，民俗，习俗，约定成俗，一个"俗"字，几多忧患？不可否认，我们都是俗世里的路人甲，缘于各自行走的方式不同，才有了转身的刹那迎来另一场相遇，才有了万千风情的幸运而生。

只是，行走俗世，如何能让自己"脱"俗呢？

"谁会爱上普通？"这是电影《奇异博士》中的一句台词，较之于画面迷幻、视效惊人的电影本身，我更喜欢其中的一些对白。

回想起来，这部根据动漫改编而来的电影，酷炫的特效，走心的台词，是我津津有味看完它的动力。可较之于早前的《云中漫步》《廊桥遗梦》《悲惨世界》等，这部影片与它们根本就没有可比性。我不介意这么说会遭到孩子们的反击，我更介意的是：如此延续，十年、二十年之后，还有什么值得一提的经典影片，让我们恋恋于心，不能释怀呢？当今，太多的特效制作，让票房收入增加，可我们的精神食粮有保障吗？即便有，也不过是快餐食品，无需太多的日子，就会食之无味吧。

谁会爱上普通？

纵观屏幕，漫赏网文，凡涉及故乡题材的，不是伤情别离，就是贫困饥荒；凡以爱情为主题的，不是陷入绝症、病入膏肓，就是第三者插足、痛苦不堪。总之，"非正常"的化为了"正常"，原本正常的平淡生活，竟成了被遗忘的角落。如此，导致一些"撕心裂肺"的题材，成为佳话，作为楷模，广为传颂。长久下去，怎不担忧？

文学陷入了悲情的模式，如何能发展？又如何能为我们的后代传承良好的精神风貌，塑造阳光的心态？太多的格式化，带来的是停滞不前，是人心浮躁，是急功近利。

恕我太过闭塞，跟不上潮流。

可我真的想不明白：为什么不能换个角度去思考，为什么不能以积极向上的心态去面对。当然，定会有人说，因为你没经历过，所以你不会懂。是，我承认我的阅历不足，城府不够，可我想说，难不成经历时的痛苦，就要一生一世，永不相忘？退一步说，让曾经的伤痛成为动力，是必须。而那些伤痛带来的启发和思考，让你变得奋发向上，让你有了前行的动力，是不是更具价值，更值得我们不断地发扬光大？

与其作茧自缚，困于窘迫，不如阿 Q 一些。记住那些美好，淡化那些哀愁，怀揣一颗温暖的心，轻松行走。有时候，"圆滑"是智慧，是财富，更是美德。

本就俗人，如何能逃离俗世。

喜欢源自生活的感思，更沉溺诗意的渲染。对那些"文字也好，性情也罢，太过唯美浪漫，就缺失了生活"的观点，我从来都是持有保留的态度。

所谓"普通"，不排除视角的不同导致感觉的差异。就像途经的那片落叶，当我试着靠近它时，满满的小确幸情不自禁，整个人变得轻盈欢畅起来。

我不知道有多少文人墨客，赋予了叶落如歌的韵律，点染出一叶知秋的清美；可我真的庆幸能读到它们，或隽美或醇厚，或婉转或悲怆的诗篇，以至于我面向这一片零落的叶子时，会情趣盎然，会流连忘返。

这些不能再普通的落叶给我捎来了欢喜，让我在倏然间享受到蓝天白云般的明丽。可想，心性真的很重要。一个本就心事凝重、毫无生趣的人，较之于一个懂得生活、善于享受的人，在思考问题、欣赏角度上怎能同出一辙？

由此想到，当下屡见不鲜的"抱团取暖"。说巧妙些就是情商高会来事，说直白些那是故步自封，画地为牢。讲真，撇开其他，任何事物的存在都有它的必然性，何况能被一些人孜孜不倦地享受着，定是有它的理由。事实如此，一些场合需要这样的合作意识。但从发展的角度来看，实在不敢苟同。物以类聚，人以群分。和喜欢的人，做快乐的事情没有错，但如此导致的目光短浅、视野狭窄也不容忽视。

生在俗世，不如顺应自然，试着接纳，学会反思，想必，怎样的普通也会化作经典。

独自闲行独自品

小时候，喜欢捧起父亲的小茶壶，小牛饮水般咕噜咕噜地喝。随着年龄的增长，我更习惯在轻抿慢咽中，感受茶水吸附着喉嗓缓缓地流向心田的那份舒爽，那种酣然。

是茶色的浸染，是茶香的熏陶，茶成了我的"心境自喻"。

可惜，看上去如茶般清简的我，至今无法练就"或饮茶一盏，或吟诗一章"的雅趣，亦没有"无由持一碗，寄与爱茶人"的兴致。

偶尔我会极度自恋地和某人说："你看你看，我这眉眼间的清雅，满满的都是茶的味道，对不？"那人呢，总会漫不经心地瞟一眼，顿一顿，然后，很不情愿地应和着："是，是，够美的了。"

那是，想不承认都不行的。

玩闹归玩闹，偶尔文艺，偶尔庸俗，这该是茶样女子最本真的写照吧。

我是一个无茶不欢的女子，平日里只喝绿茶，独爱猴魁。不管别人怎么推崇，我始终自顾自地游弋在绿茶的清醇中。有事没事，为自己沏上一杯绿茶，循着袅袅的馨香，看茶色幽悠，看茶叶轻盈，看光影如梦，流年似水，就是我的最好时光。

有人说：喝茶越来越讲究，是因为你已经开始渐渐地变老了。有吗，有吗？也许吧，我发现自己确是越来越讲究了，不仅仅在茶的选择上，对于身边的事物我都会有所选择，比如：一些现状我会直言不讳，一些细节我会精益求精，一些场合我会刻意逃避。

扪心自问，我的挑剔，又何止于茶呢。于穿衣打扮，于言谈举止，我都是越发地随心也随性了，不喜欢的就是不喜欢，与生俱来的完美主义让我不得不学会拒绝，不得不挑三拣四。

茶本轻脆，遇水则柔。如茶一般的女子，又何尝不是呢。和喜欢的人做快乐的事情，如此，才不枉生命的意义。这是我给自己的箴言，也是我行事的标杆。

如同对茶叶的挑剔，有些习惯一旦形成，就很难改变了。由此而产生的"孤僻"，让我学会了和自己相处。

一个人走走停停，随心而行，极为惬意。更有一些途中的偶遇，宛若杯中的叶片，悠悠漂浮，盈盈润泽，一不留神便会牵引出如烟般的思绪，如梦般的画卷，让原本刻板疲惫的生活，注入了新鲜的活力，生发出别样的柔暖。

一个人在路上，哪怕漫无目的，也是精彩；一个人在路上，它可以让心变得成熟，可以唤醒魂灵深处那至真至纯的心念。

说及独自行走，我想到很多年前刚刚盛行开博客的时候，我就用"独步天涯"为自己申请了一个博客，回想起来，那是我网络生活的起步，"独步天涯"也是我的第一个网名。在那里我记录着自己的小欢喜、小寂寞、小情调，只是眼下，那个博客因密码忘记而无法登录了。可"独步天涯"却在冥冥中成了我网络生活的常规模式，这一切，它真真正正地吻合了我的性情。

独步天涯。

我不知道当初出于怎样的情节，会想出这么个有点苍凉，有点豪气，又不乏个性的名字。可我真的很喜欢这感觉上有气势、说出来有震撼力的词语。

独步，天涯，一字一字地读着，我的脑海里就会闪现出一幅幅画面，一个个场景；想起那古朴的小镇，还有街角那穿着玫红和月白相间的花裙子、头顶漂亮贝雷帽的老太太，那个体态发福却不失优雅的老太太，我至今记得，撞见的那一刻，我的眼睛都快要被亮瞎了；那一刻，空气里似乎沾染着香气，是那种淡淡的似有若无的香气，蛊惑着我情不自禁，看着她从我的身边微笑着走过，看着她渐渐远去的背影，我足足有一分钟没有缓过神来，就那么愣愣地望着，眯缝着眼睛循"香"凝神。

我知道这样的观赏很不礼貌，可我偏偏控制不了自己，那呼之欲出的欢喜，一下子蹦了出来：这，不就是我想要的样子吗？确切地说是未来的我呀。

我一直这么想着，老了，哪怕满头华发，也要把自己拾掇得干干净净，打扮得漂漂亮亮，愿意就背起相机四处采风，累了就寻一片幽静看路过的风景，倦了就捧出自己年轻时的心情，一页一页地翻阅。

倘若说：喝茶，喝的是一种心境。那么行走，行的就是一种感觉。

我喜欢这样的感觉，孤独却不孤单，在屏息谛听中收获那些未知的喜悦，在悠然漫步间捕捉那些心动的细节。我喜欢与己相伴，栖居茶间；我喜欢曲径通幽处，定有一片花开春暖，它的名字叫"简净"。

我的原生态情结

广袤的绿意，敞亮了视线，如纱幔一样倾泻的瀑布，撩拨着沉郁的心。

极目远眺，那松，高耸入云；平息凝神，那水，澄澈通透；轻轻一嗅，满腔的清芬，焕然出无边的快意，风中的我自在又轻盈。

这是哪儿，我已记不起来；这是怎样的玄妙，我也无法勾勒。只是，这如梦似幻的镜像，真真切切地撼动了我。是，这样的感觉，是臆想，是暗示，更是渴盼，她让我有着久别重逢的美妙，她让我有了春风沉醉的舒畅。

我尤爱这样的原汁原味，我眷恋这样的清朴厚重。物质文明极速发展的当下，这毫无雕琢的"原生态"景观，恰似一朵叫不出学名的小花，轻轻地摇曳在风中，生动了视线，明媚着心扉。这饱蘸着泥土馨香的"原生态"风情，犹如一汪清泉，不管以怎样的心境面对，它都是那样的静寂悠然，那样的不急不缓，那样的盈盈柔润，脉脉流淌。

恕我矫情吧，有时候会莫名地冲动，有时候突然地沮丧，有时候会被突如其来的幻象诱引着，追逐着，一路遐思，一路沉寂；一路悸动，一路哀叹。

恕我矫情吧，有时候越是热闹，越觉得沉闷；有时候越是安逸，越觉得虚空；有时候越是迷茫，越是亢奋。

喧嚣后的宁静，孤独中的幽美，庸常里的简净，于我，是那么的熨帖有味，那么的自然而然。

我不知道这些，是不是所谓的"原生态"，性情的原生态，可我深知这样的不曾掩饰、自然呈现，却是充满了情趣，极具魅力的。就像记忆中的纸飞机，就像儿时玩的跳房子、扔沙包，那清一色纯手工自制的玩具，是我们用一双双小小手，一下一下折叠，一点一点裁剪，一针一针缝制的，甚至一笔一画地绘制出来的。那时候的孩子三五结伴，欢呼雀跃着玩得多开心啊，偶尔还会凭借着自己不够聪明却有着奇思妙想的脑袋瓜，编排出属于自己的图画书，邀上三俩好友一同，绕进僻静幽深的小树林里，一起分享那充满童趣的小心思，一起叙说那略带羞涩的小欢喜。

我是一个思绪不着调的主。

就像此刻，尚未从童年的回忆中走出，脑海里竟浮现出那位满脸皱褶，却又眉清目秀的老人；那位满头华发，却纯粹可爱的老人；那个被称为杨绛先生的她，即便是笑而不语，也能读出那款难能可贵，温婉睿智，清雅淡泊。想来，这就是我心中的原生态，至纯至美，至真至切，一旦触及，便是如沐春风，如饮甘醇。

作为女子，可以没有美丽的容貌，但一定要有足够的自信和坦诚的心胸。

以素面行走，以素心处事；以素简的姿态，面向尘世间的所有。素颜，顾名思义，素净，清简，如此带来的视觉上的"盛"宴，岂是"浓妆艳抹"能够相媲美的？做人如是，做事亦然，摒弃那些繁杂的"装饰"，干净而利落，简单更清新，有谁不欣喜？谁能不沉迷？

当然，萝卜青菜，各有所爱。有些"浓烈"确实能带来眼前一亮的明丽，有些"绚烂"真的可以带来瞬间蛊惑以至于失去了自我。只是，好花不常开，好景不长在。整天的"山珍海味"，不仅败坏了胃口，还会导致身体的肥胖；美到不能美，就失去了想象的空间；话说得太满，就会让自己陷入困境。任何事物，一旦泛滥，便会适得其反。如此，幸运生发的"农家乐"，让返璞归真成了时尚，让隐居田园成了一部分人的心之向往。

远离俗世，回归自然，让所有的浮躁在青山绿水间淡然，在滴翠鸟鸣里消声，在淙淙溪流间消散，在云烟缭绕中消逝。这，该是"采菊东篱下，悠然见南山"最销魂的诠释吧。

那日闲逛，遇见了一双非常可爱的小布鞋，禁不住的喜悦攀上眉梢，于是，向售货员要来了自己的码数，漫不经心地试穿起来。这针脚，这花色，这款型，走起，转个圈儿，再坐下来细细地察看一番，哎，与我心中想象的还是有差距的，可是，可是呵这娇俏而精致的绣花布鞋，若是搭上我那款有着民族风味的长裙，一定是美得不要不要的。

就这样，想象着，沉醉着，我仿若看见：幽静的小路，斑驳的光影，还有步履轻盈的我。

草木闲心

车行至高架，视野自然要开阔许多。

这是早晨，天空不够蔚蓝，似乎有迷雾盘旋。前方道路拥挤、车流成河，这样缓缓向前早已习惯。堵车不能堵心，索性看风景，也是我的热衷。

城市的改建一直没有停止，高架两边的建筑物更是参差不齐。新建的楼盘风姿绰绰，昔日的房舍陈旧不堪。相比之下，格外显眼的是左前方，那几幢正在兴建的高楼，灰蓝色的天空，军绿色的安全网，金黄色的塔吊，彼此映衬，如梦似幻；远远望去，错落有致；细细观赏，玄妙迷离。

"你看那边，真是好看。"突如其来的发现，让快意攀上眉梢，禁不住的欢喜脱口而出。

"好看什么好看，今天雾霾严重，空气质量很差。"

"那又怎样？文青的眼里啥都会有诗意。"我强词夺理地回应着。

"还文青呢，一点常识都不懂，真不知你的脑子里整天想些什么。"

想什么呢？其实，我知道缘于雾霾的笼罩，那一片建筑仿若空中楼阁，缥缈也魅惑，以至于我的心情瞬时明媚，我的脑海意象万千。当然，我也知道由雾霾引发的后患不可估量。如何缓解的确是一个庞大也久远的工程，它需要方方面面的配合，更需要家家户户的支持。

让雾霾远离我们的生活，让污染最大范围地消失，让所有的杂陈不再侵扰，该是众人的心之向往吧。

只是一味地想，如何能彻底解决？若不能未雨绸缪，若无法去除隐患，若不去付诸行动，所有的不过是一纸空谈。

如我这样感性的女子，天生就有着"看山不是山，看水不是水"的本领，却始终做不到入乡随俗，有时候情愿沉溺在雾里看花的迷幻中自娱自乐，也不想面对残酷的现实，更不愿向繁俗的世事委曲求全。

时间流转不停，岁月催生品质。

那些沉浸在骨子里的美好情怀，终究不会远离。如同美丽的风景，有谁会去拒绝呢。就像这个早晨，车窗外那一片镜像，我情愿把它想象成云烟缥缈的仙境。而我，只负责欣赏，只需要在一路沉浸，一路遐思，一路欢喜中轻轻走过。

返璞归真的境界纵然可贵，像雾像雨的妙曼孰能抵挡？偶尔的任性，未必是错。一些执着，能让心思柔暖，让细微处的感动鲜活明媚，这就足够了。

向往简净，崇尚清朴，只因生活中有太多的繁琐。万千眷顾，只为一念，皆因细微处的感动。揣一份欢喜在心间，于生命的旅途中一路相携，不离不弃，至于其他，该忽略的忽略，该忘记的忘记。

说及喜欢，自会想到那精灵一般的小雏菊。每每遇见，总会捧上一些带回家，伴着草色的清香，看它们静静地绽放，看它们宁静而淡泊的神韵，心会轻盈许多，整个人也会欢悦起来。

偶尔我会滋生出莫名的念头：何不将自己活成一枚雏菊呢？怀揣着草木闲心，枯荣随缘，低敛自在，于简静的时光里，做凡俗的自己。

乍冷又轻暖的日子，我的情绪会起起伏伏，好在我的文字从来都是哀而不伤的。

生活的闲适，文字的相惜，我又怎能不好好地宠溺自己，尽情地享受生活的赐予呢？不闻窗外的风声，不问世事的变幻，面向无处不在的风景，远观或者融入，不去强求，一切随心。

记得在哪里看见过这样一句话：精神很重要。想想，确是，良好的精神状态，可以撑起一片蔚蓝。何况，生命本就是一场奔跑，途中能遇见喜欢的风景，能嗅得自然的清香，更有亲情和友情的相惜，我还有什么理由去忧伤和烦扰呢。

越孤独越美丽

越是热闹，越是孤独。

面向雀跃的人群，我选择转身，朝着远方那一片绿地走去。欢笑渐远，风声渐近，我和我的影子结伴而行。一路上，青葱的草儿肆意舒展，柔暖的风儿轻盈蔓绕，扬起的发丝捎来了轻轻浅浅的声息。

"有心事吗？说说吧，说出来就会好的。""没啥，只是想透透气，出来走走。""没事就好，别什么都闷在心里。"眯缝起眼睛，屏息聆听；这儿如此空旷，有谁会同在？又是谁在轻声问询？

有什么可说呢，能说出来的烦恼就不会是烦恼了。倏然间，四周一片寂静。整个心像是被掏空一般。思念无凭据，愁情如春草。就这样静静地守着，不伸张，不低落，让时间来消散所有的郁结吧。

或许，只有沉默才是最好的支撑。

万千山水，所恋归依。有一个声音从更远的远方传来。循声，一片空寂中有微风轻扬，对月临影的舒然轻叩心扉。

靠近吧，面向葳蕤的草色，即便寥无一人，也会有锦绣芳华。靠近，沐浴泥土的馨香，聆听花开的声音，还有什么能与之媲美的。

明媚燃亮的时辰，心儿宛若一对魂灵相惜的小情人，一个是冷色调，一个是暖色调。一个任性，一个温情，或喋喋不休，或笑语盈盈，任由温润绕骨缠心，溢出眼底。

春光满地，无处告白。那么，就把心分作两瓣，一瓣用来承载烦扰，一瓣用来享受快乐。如此，便会懂得钟情于自己，安守于孤单。执手于清净，远比沉醉于喧嚣更踏实、更自在、更美好。

鸟儿啾啾，风儿悠悠，染满绿意的风情里，我心如猛虎细嗅蔷薇。

聆听，空灵玄妙，魂灵共鸣。怦然的心动，让孤单如此柔暖。我想做梦，做一个和春天有关的梦。

梦里，我独步珊然，在一片荒芜中行走，以蓝天为被褥，以大地为梦床，任孤独肆意侵扰，风生水起。

梦里，和一场风对峙，是我的疏忽还是风的强劲，案前的笔墨乱了方阵，散落的碎片让一切变得无序，难以复原的铺排被慌乱占据。随遇而安吧，万念终该有归依。

原来，孤独是这般的清美，它让我看清了自己，看清走过的点点滴滴。

原来，孤独是如此的情趣盎然，它保护着我们不被风声侵扰，不被雨丝濡染，让内心的隐秘自然流露，任骨子里的真我得以淋漓尽致。

原来啊，孤独是这样的繁盛。它让思想的羽翼一路飘飞，让心底里的依恋花繁叶茂，让所有的在不动声色里滋生，繁衍，幻化出别样的精彩。

且容我沉醉吧！

为了感受孤独的美丽，我愿意敞开心扉去面对，一意孤行去靠近，在无声的世界里极尽酣然。

闲花落地听无声

细雨湿衣看不见，闲花落地听无声。

想到这句话的时候，我的窗外，下着大雨。而我，正盯着杯中的叶片，看它们轻轻地漂浮，悠悠地舒展。尽管有噼里啪啦的雨声，穿越玻璃窗，飞进我的耳畔；尽管有醇香的气息，丝丝缕缕萦绕在我的唇间，我仍旧自顾自地沉浸着。

一、记·忆

昨儿，遇见老同学凝，寒暄了几句之后被问及：曾经的同窗是否有联系，昔日的同学还能忆起几个？那一刻，我使劲地想了又想，终究以摇头来作答。

时间真快，这一晃已是人到中年了。凝说："可是，我觉得你好像没啥变化，和三年前遇到的差不多。""你也一样，只是比那时候更显女人味了。"说说笑笑间，我俩你一句我一句地回忆那时候的同学，互通眼下的生活。其实，这么多年了，能够记起的真的不多，好在眼下的我们相对来说都还算是过得蛮滋润的吧，否则，又如何能这般的"没啥改变"？若说变，可能就是岁月的沉淀，内心变得越发成熟和柔软了，外表看着更觉端庄了。的确，人需要力量的支撑，保持快乐的心境，不管怎样的忙碌，都会显得精神气十足，都会觉得落落大方的。

回首曾经，不懂得珍惜，更不善于记录。以至于那些被遗忘的年少时光，无法挽回；以至于那些被搁浅的青葱岁月，无处可寻。留下的只有那隐约的印迹，斑斑驳驳。而今，庆幸着自己还有喜欢的事情可做，还有文字作陪，还可以记录下点点滴滴的生活和感思。

回忆，是一次心灵的对话；书写，是一场灵魂的舞蹈。平平仄仄的方块字，可以安放浮躁的心绪，奏响和谐的心曲。也只有文字可以为我们留下那些稍纵即逝的瞬间，记载那些或蜿蜒或平坦的心路历程。不求风生水起，但求平心静气。有文字携手的日子，便是我的净好时光了。

二、荷·韵

荷花开了。这消息是从朋友的博客里知道的。两耳不闻窗外事的我，无论怎样的忙碌，对于花开花落始终不会忽略，而今年，怎么就这样的大意呢？何况是我那么喜欢的荷花，出污泥而不染的荷花。

亭亭玉立的神韵，羞羞答答的清香，淡雅素净的娇颜。什么时间开始，白色的莲，粉色的荷，成了我镜头前的"宠物"，那伞儿一样绿莹莹的荷叶更让我遐思无限，每一次想起都会因着"乱入池中看不见，闻歌始觉有人来"而情不自禁地唇角上扬；每一次遇见都会想象出"小荷才露尖尖角，早有蜻蜓立上头"的风情。

偶尔念及荷的清雅，会禁不住地慨叹：尘世间确是有这样的一些女子，凡而不俗，静若悠莲，且行且吟且思量，在属于自己的空间里，她们不娇柔，不屈就，我行我素，快乐而自在地行走着。

三、闲·思

想到媒体报道的"某地四兄妹突然离世"的事件，我的心儿又一次被戳痛。此类案例中，作为父母的严重失职不再赘述。面对留守儿童，方方面面的工作不到位，导致惨剧时有发生，是不是该引发社会各界的深入反思？

城市越来越大，人与人之间被钢筋水泥铸就的城墙无形隔离。不要和陌生人说话，不要轻易地相信，竟然成了我们教育孩子的一部分，这究竟是可叹还是可悲？

世事繁复，如何能一概而论？学会判断，试着相信，才是必然。在我们需要的时候，因为谨慎而被拒绝，因为小心而招致误解，由此造成的悲剧，不在少数。

让孩子们学会生活、学会爱、学会信任、学会帮助是必修课；让社会各界，关注留守儿童，关爱贫困山区的孩童，让童年的他们学会自立、自强、自爱，让每一个孩子拥有健康而温暖的生活环境是当务之急。

缘于性情，可以孤单行走，但绝对不能孤独行事，毕竟，拥有亲情和温暖是我们每个人内心最真实最迫切的需求。

外面的世界，很大，大到我们无法想象。外面的世界，很小，小到轻轻一握，就有温情涌动。取舍之间，该如何选择？

我想，这些，你一定懂得。

旗袍情结

像迷恋旗袍那样，迷恋生活里的每一个值得迷恋的细节吧，让烟火的气息伴着檀香的味道，在庸常中相惜相伴。

——题记

小时候，因了表姐的喜欢，我也跟着爱上了穿旗袍的女子。

那时候的我，只觉得女子穿了旗袍就变得非常的可亲，非常的漂亮，非常的有味道。再大一些，开始留意画报里的图片、电影里的服饰，渐渐地我对旗袍女子窈窕的身姿、淡雅的妆面、纤巧的举止、妙曼的神韵有了别样的爱慕，我甚至想象着：有一天，我也会穿上旗袍，在古朴的小巷里悠然漫步，在温馨的妆台前凝神遐思，在和煦的微风中潜心阅读。

把音乐和旗袍联想起来，纯粹因了张曼玉的《花样年华》。片中那华贵而不失传统的碎花旗袍，幽怨里溢着情调的深色旗袍，清雅中彰显风情的素色旗袍。一款款暗香浮动，一件件美轮美奂，使东方女子玲珑的风韵，像音乐一样流淌出来，婉转、清扬、柔美。

倘若说音乐是流动的风景，那么旗袍便是静止的音乐。

颓废中的高贵，从容里的婉约，让我对旗袍有了缠心绕骨的迷恋。不可跨越的距离的神秘美，让我懂得了遥遥相望；无法言喻的静止的典雅美，让我学会了用心感受。

看汤唯的《色·戒》，又一次唤起了我的旗袍梦。于是文本间、屏幕上我如痴如醉地搜寻着，欣赏着，那些赋予旗袍万千风情的美丽女子，那些把旗袍演绎得极具风骨的知性女子，那些身穿旗袍风韵怡然的书香女子，犹如一枚枚艳而不浮、媚儿不俗的花骨朵，携着流连里的芬芳，被我轻揿在唇齿间，被我定格在记忆的相册中，被我镌刻在心的最深最底里。

沉迷一种气息远比铭记一个人更长久。

由少不更事到青春靓丽，由浪漫的爱情到平实的婚姻。想来，每个女子的内心深处，都会有着或深或浅的"旗袍情结"。青春年少的稚气，让美丽也神秘的旗袍，如月光下的圆舞曲，远远近近，明净润心；随着心性的成熟，这流连里的暗香，宛若一首奏鸣曲，诗意丛生，直入心怀；伴着阅历的丰盈，这婉约里的极致，恰似一曲生命的交响乐，雍容华贵，荡气回肠，却又那么的平铺直叙。

"旗袍之美，美就美在它是一种不能普及的美。"念及这话，不禁微笑。

记得很早之前就听说过："穿旗袍是要有资格的，这种资格不是年轻貌美，而是成熟的女人味，有足够的人生阅历，有收敛的外表与风流的内在，容貌上的垂老反而相得益彰。"我不知道自己距离这样的资格还有多远，但我相信感觉，那种源自内心深处的寂静与欢喜的感觉；那因着旗袍带来的温婉与雅致、清美与恬淡的感觉，它们如同影子一般，魂牵梦绕在我的眉间心上。

柳絮池塘淡淡风

"中午出来走走吧，亲爱的，好些日子没见你了。""忙呀，今天还要赶着写报道。"蓓打来电话的时候，手头的活刚刚忙完，本不想答应的，可我知道若不就范，定会被唠唠叨叨地说上一阵。"再忙，吃饭的时间总得有吧。"蓓的话总是这样干脆而不留余地。而我，从来都是几近顺从地配合着。

午后，两个女子边走边聊，信步而行。记得上一次来这儿因为寒风刺骨，为了拍那些刚刚探出头来的花草和湖边垂钓的老者，蓓裹着长长的羊绒围巾边替自己取暖边拍摄，而我只能忽而把手插在灰色长裙的口袋里暖暖，忽而举着相机咔嚓地拍下喜欢的画面，结果吹了冷风，导致一场重感冒，折腾了很久才痊愈。时间过得真快，再次遇见，已是清风拂面，绿染满眼了。

初夏的清新带来别样的舒爽。蓓儿不亦乐乎地拍着喜欢的风景；我呢，自顾自地观赏着，寻望着。"还是喜欢湖畔的梨花。倒映在清凌凌的水面，风一吹涟漪缱绻，那才叫美呢。""是滴，是滴，这样走走，整个人都觉得轻松了许多，对吧？诗意大发了吧，切，还不感谢我。"蓓的一阵唠叨，把我从柳絮池塘淡淡风的幻觉中拉出。

"知道不，有你这个文艺范儿，貌似我也长进了不少了呢。你看到我的朋友圈没，画面的角度好是一方面，配上一段段文绉绉的诗句那效果更是绝了。"

"嗨，别说，就你这小情小调滴，整得还有模有样呢。"

"那是必须，继续继续，保持默契哈。"说着，我俩都忍不住地笑了起来。

想来实在有趣，如我这样畏惧喧闹的女子偏偏对蓓的叽叽喳喳无所顾忌，甚至极其享受；而蓓一个看着大大咧咧的女子，做起事来却是有条不紊、细致入微的。用蓓的话说：我们是互补，所以能极为融洽地走到今天。

不同的环境，练就不一样的心性。热情也好，淡薄也罢，都是处事的方式，学会包容，就会收获更多的精彩。

想起办公室附近那间花屋以及花屋里那位谈不上漂亮却很养眼的花店女子。很少在这家店里买花的我，只是喜欢这儿的氛围。从最初的门庭冷落，到眼下的生意兴隆，花店里的女子，始终用不温不火的笑意，面对每一位到访的顾客。是花香的熏染，是生活的打磨，抑或是性情所致，每每看那些千姿百态的花儿朵儿，在女主人的侍弄下变成或清朴，或雅致的花束，被爱它的人儿赞美着、满心欢喜地捧走，我就会无比地羡慕，格外地开心。

讲真，这世间能随心而就的事情有多少，能真正任性的机会又有几回？适者生存的当下，"不行就分，喜欢就买，多喝点水，重启试试"。这高大上的境界，又有几人能真正地抵达？

记得在一个叫作英特拉肯的小镇上，面对远方的雪山，周边的绿地花草，以及擦肩而过的路人，我竟有了闯入童话世界的感觉。

和蓓聊起在小镇的日子：晒晒太阳喝喝茶，听听音乐吹吹风，沐浴着他乡异国的风情，在不同肤色的人流中穿行的我都有些乐不思蜀了。蓓说：这是人的本质：不可捉摸，难以定性。

想想，不无道理。那就学着适应吧，若是躲闪不及，就保持沉默，除此还能如何？

心若简单，生活就简单

途经的花坛边，有一棵桂树，几年下来，始终那样不够苍劲，却也茂密。每逢桂子飘香时，我都会有意无意地与它靠近，循着桂香若无其事地闲逛，或者盯着一枚桂子想入非非。

其实，我并非喜欢那种熏香，我只是沉迷那份感觉。我甚至有些自作多情地以为：每一次靠近之后，我的全身上下都会被沾染着淡淡的香气，那似有若无的气息惹我心动；那幽幽的香味，会给我带来连续好几天的神清气爽，情绪高涨。

喜欢自然世界。不管怎样的疲乏，走近草色的清芬，沉浸水色的灵秀，所有的便会云开雾散。

喜欢大自然的味道。每每倘佯其间，总有些许的灵气濡染着我的心扉；喜欢泥土的芬芳，一经嗅得，倍感舒适。

偶尔会有这样的突发奇想：前生的我该不会就是一棵花草吧？否则，怎会数日不见，就有失魂落魄的感觉呢？

我和植物是有缘的。即便我不懂栽培。我的心中始终有一片芳草地，那里四季如春，那里清香满园。

一个人的时候，我会把自己想象成一束没有名字的花草。缄默在尘世的某个角落，迎风沐雨，孤然而立，为自己撑起一片蓝天。

因了性情的薄凉，我对寂静有了别样的理解。在我的眼里，烈日当头也好，凄风冷雨也罢，这些不过是丽日风和下的一段小插曲，非但没有不适，反而会因着小小的惊喜，刺激我的感官，让我在不动声色里思绪飞扬。

面对突如其来的迥异，不敢说纵是世间哗然，我自寂静欢喜，至少我会在稍稍沉寂之后，以见怪不怪的心情且行且思，兀自悠然。

想起网络上那个被炒作的话题（关于教授和学生之间）忍不住要唠叨几句，教授的行为确实可恶更可恨，可作为学生的"她"有没有反思过？为什么千千万万的学生中，"她"会被选中？

世间有太多的诱惑，让人心生欲念。唯有洁身自好，方能远离俗世。当然，环境对于人的影响，总是在潜移默化中蔓延的，在情不自禁中闪现的。没有谁能始终完美，表面的被洇染难以抵制，也无法界定；内心的执守却是至关重要，它取决于一个人的定力。当欲望膨胀时，告诉自己要放下；懂得拒绝，才能走得更远。

处世如此，婚姻亦是。一个家庭，女人的温良贤淑是本分，知书达理是锦上添花。男人的桀骜不驯是天生，容忍谦让是成熟的印迹。

试想：面对整洁而澄明的环境，有谁会贸然失礼，随意乱扔；面向优雅，又有谁会不拘小节，肆意妄为？

大庭广众下，沉默是金远比河东狮吼叫人舒心，孤清定比媚俗令人赏心。整日里叽叽喳喳不分场合地热闹着，终究会导致视觉的疲劳。来日方长源自平和与善良的本质。

说来倒去，还是那句老话：心若简单，生活就简单。心若有阳光，处处有春天。

我写故我在

闲来无事，翻阅自己的文字，竟有着回到从前的感觉。

网络里书写好多年。兜兜转转走过几个网站，其中有因朋友的邀请前往支持，有因网站的关闭而离开，有因习惯而留守。离开也好，留下也罢，那些喜欢我文字的朋友依旧会在我踟蹰不前时，坚定我写的信念；那些我欣赏的文字依然会让我偶尔念及，笑着回味。

一帧图片，一阕心音；一首歌谣，一份心情；感谢相遇，让缤纷次第而来；感谢相伴，让且歌且行的快乐恣意而起；感谢文字，让昔日的点滴得以重现。

有哀愁自会有欢喜，有失落定会有收获。网络世界，真真假假，虚虚实实，文字的家园也不例外。

而我，是幸运的。因着不善言辞的性情，因着淡然的心绪，因着对文字的依恋，这么久以来，我还是原来的我，喜欢在纸上漫步，习惯和文字缠绵。

历经流年里的花开花落，轻拂尘世间浮躁的点滴，我安享着生命中温暖的时光。这么久以来，我还是那个率性又感性的女子。

在茶色里打坐，在音乐中沉溺，在文字间神游，成了闲暇时最为惬意的消遣。

曾经的为作新词强说愁，焕然出我的细腻和净雅；曾经的纸上华尔兹成全了我的优雅与知性；曾经的独自清欢成就了我的山河岁月；曾经友人的一句"你的文字是带着标签的"让我惊喜之余平添了惆怅。

有时候，我会好奇：究竟是怎样的诱因，让我能如此执着？究竟又是怎样的渊源，助长了我的义无反顾？也许，什么都不是，我只是迷恋着文字中的我，那个浪漫而恬静，那个深情也唯美的自己吧。

感谢生活的赐予，让性情薄凉的我得以在文字间起舞翩跹，万般风雅。曾经，我的写不过是一种宣泄，眼下我的写纯粹是喜欢，是习惯，是有感而发，是自然流露，是酣然尽兴。

相比较而言，我还是喜欢自己的随笔，她呈现出真实的我，远离俗世，纤尘不染。如同生活中的我，情愿一个人的孤独，也不要一群人的狂欢。

某日，读到一篇关于阅读的文字，竟让我有了莫名的沮丧。一本书，一份闲逸，这样的时辰，我怎么就会觉得陌生了呢？

那个"我有一卷书，可以慰风尘"的女子，如今去了哪儿？

行走风中的我，终究摆脱不了凡俗的纠缠。好在，我还有我的文字我的知己，可以任我放纵着属于我的美丽与哀愁。

好在，我的随性助长了我的善于发现。草叶的拔节，让我心生欢喜；水色的清浅，让我温情缱绻；孩童的欢闹，让我心生柔情；甚至一枚被风吹落的叶片，也会激发出我写的欲望。

于我来说，写字是一场灵魂的舞蹈。它的舞台可以随时随地地搭建，在幽僻的小巷，在喧闹的街道，在清朗的月下。

久久以来的执念，让我深知：任何风景都不会孤立地存在，唯有走近，用心感受，才会发现它的美。就像眼下，有些常规被迫扰乱，有些喜好不得不暂时搁浅。而所有的改变，只为心中的那片芳草地。

眼前的苟且和远方的田野，有时候，不过是一种臆想，一不小心就会被混淆，就会彼此浸染。只看以怎样的心境去面对。

喧嚣的世界里怀揣一份简净何其容易，薄凉的世界里深情地活着又是怎样的艰辛？也许所有的隐匿在心，便是最妥帖的久远；也许守得一份清寂，才能邂逅一抹暗香。

而今，我和我的文字如同婚姻中的爱人，在年复一年中默然相惜，在日复一日中寂静欢喜。

我相信：不管时光如何改变，不问岁月如何变迁，我的内心始终有一片独属于我的幽谧，那里有云白水蓝的澄明，那里有繁花盛开的热烈，那里有岁月的印痕或明或暗，那里还有一个至真至切的我。

◎ 美好时光

美好时光

这是傍晚时分，也是下班的高峰，车在高架上一点一点地挪着。

置身在长长的车海中，习惯性地望向窗外，看远方或者更远的地方，错落有序的高楼，姿态挺拔的塔吊，井然有序的脚手架，以及飘浮在蓝天下的云朵，它们或成群结伴、飘飘然地摇曳在天边；或轻舞飞扬、兀自悠然在天的一隅。

途经的风景，让美丽连绵而至；眼前的明丽，让欢喜不请自来。

是我的疏忽吗？什么时间开始，雾霾被驱散了，天空变得干净而澄明。什么时间开始，高架桥上变得如此拥挤，形形色色的车辆川流不息，不管你愿不愿意，耳畔都会有笛声清唱，绵绵不绝，合奏出不够恢弘但绝对抒情的交响乐。

走走停停间，看车辆来来往往，看一座座高架桥腾空而起，宛若一条条巨龙盘旋在城市的上空，远观是那么的气势恢弘，近赏更是敦厚而持重。

从高架桥的设计施工到建成通行，这期间方方面面的付出，该是怎样的繁复，又是怎样的艰辛？如此庞大的工程，如此妥帖的心意，不仅缓解了城市交通的拥挤，更为路人的快速抵达起了保驾护航的作用。这样想着，免不了会在心里泛起钦佩之情，为那些设计者和建筑者。

行驶途中的聆听，是我的习惯，何况在这样一个特殊的时段，车载广播里有关某地爆炸事件的报道连续不断，关于事件发生的全方位调查逐步展开，关于附近居民的安全疏散工作有条不紊地进行，与此同时由"爆炸"事件引发的拷问也在不断地被提出。

信息传播极为迅捷的时代，个别扰乱视听的现象不可避免。只是，一味地指责不如沉下心来，理智思考，面对突发事件，最大范围地减少灾难的辐射才是当务之急。抢险的紧要关头，穷追不舍的质问，只能乱中添乱。

生活不是童话，怎能任意被编排；现实很残酷，不可能从头再来。无法强求他人，但我们有权利选择做自己，不论美丑，不论贫富，真诚而善良地行走。

心若向阳，美好自来。

想起朋友圈里一度热转的信息：老人拿着手机去店里维修，工作人员告诉他手机并没有坏。老人突然哭着说，那为什么我的孩子们不给我打电话。

沉甸甸的感觉压得我透不过气。面对亲情，有着养育之恩的亲情，怎会如此的大意呢，真的忙得连打个电话的时间都没有吗？

人世间的每一份情感，都是如此：若是有意，温情自在；若是无心，后会无期。

世事繁杂，有时候不得不停下来思考，有时候会忍不住地自问：是不是也有人会如同我一样，情愿一个人的孤单，也不要一群人的狂欢？是不是也有人如同我一样，真实而决绝地活在自己的世界里，情愿被误解也不愿被同化；情愿面对一座冰冷而庞大的建筑物感慨万千，也不愿混杂在人群中人云亦云。

书上说，一味地求全是一种不公平的善良，沉默才是机智的应对。而我，每每念及此话，会有瞬间的茫然、轻轻的叹息。

罢了，罢了。这傍晚时分，这高峰时段，何必如此的善感，如此的纠结？作茧自缚地想这些有的没的，实在辛苦。其实，马不停蹄的日子里，每天穿行在下班高峰的车海里，看车来人往，看城市的变迁，也是我的美好时光了。

奔放的旋律

只是有点儿忧伤。敲下这句话的时候，我自己也愣住了。忧伤吗？为何？我说不出个所以然。

其实，什么都没有，我不过是感觉到心里有些不是滋味。

是我想得太多？是我忧患意识太重？否则怎会如此地习惯忧伤？或者根本就是性情所致，就像平日里的插花种草，听曲写字，散步摄影等，从来都是在清简寂然中有条不紊，在独来独往间兴趣盎然的。是，我从来就不愿意被走近。

曾有人好心相劝："读你的文字感觉你很孤独，你该多多走动，结识一些朋友。"我笑了笑，不知如何回应。

讲真，如我这样智商本不高、情商又偏低的人，有事无事混杂于人群中，那就是自寻烦扰。

一、独自精彩

我没有朋友。网络和现实一样，我习惯了一个人。

生活中，我的熟人几乎都是工作关系，谈得来就多聊几句，谈不来也无所谓，工作层面的礼尚往来，我依旧会履行。平日里，除了在文字间絮絮叨叨，缄默是我的常态。更多的时候，我情愿一个人坐着发呆，也不会去掺合那些没完没了的应酬，久而久之，熟悉我的人自会懂我，不懂我的人背下里怎么说我也不想知道。在我的心中没有孤独这个概念。我始终相信：怎样的喧嚣也抵不过灵犀的快意。

没有一双慧眼，但我拥有一颗慧心。默默关注，细细观赏，无奈地叹息，微笑着释然，这些是我的小情绪，无须喝彩，我自安然。在我的词典里，黑与白是绝对的，不存在所谓的过渡与缓冲。

我的执拗，在一些细节上达到了极限。就像某人说的："你这样的性格，说好听是倔强，说不好听是一根筋，人要学会适应，能屈能伸才是智慧。"而我总是振振有词："不管那些，我天生就是情商低。"好在他总会笑着附和我："是的，是的，你就这性格，改不了了。"

说归说，有时候我还是会突然地发蒙：人何必要那么圆滑，做自己，做自己该做的，只要不伤害他人，有什么不可以？

我不是一个特立独行的女子，但我渴望着能为灵魂而活。不问结局，以我的方式，固守着我的欣喜，如此，就好。

二、奔放的旋律

这些年来，我的很多习惯，都是根深蒂固的。比如，我的手机里，一直储存着电影《人鬼情未了》主题曲，记不起第一次聆听这首《奔放的旋律》是怎样的境遇，可是，每每听到这曲儿，我的心会在倏忽间被触动，脑海里会有万千风景、此起彼伏。

因着我的偏爱，我的很多文字，都是在这首悠扬质感的乐曲中成就的，我的很多心结也是在这荡气回肠的故事里释然的。飞旋的时光里，我把我的纯粹，攥在手心；我把我的欢喜，揣在心上；我把我的信念，深藏于心。

生活本就繁复，何必要瞻前顾后，何苦要委曲求全？与其曲意逢迎，不如放下羁绊，做真实的自己，哪怕没心没肺又何妨？愿意就盘在沙发上看看剧、听听歌；倦了就背起相机来一次信步游走；或者就窝在某个僻静的角落傻傻地什么也不做、什么也不想。八面玲珑，我做不到；执迷不悔，却是我的本性。

"请让我学着为自己的行为负责，请让我学着不去后悔。当然，也请让我学着不要重复自己的错误。"一直喜欢席慕蓉在《写给幸福》中的这句话，我也常常会以这样的温语来安抚自己：别纠结，轻松点，为了不重蹈自己的错误，我必须坚守我内心的感觉。

三、湖畔漫步

无事没话说、有事不多话的我，喜欢去湖畔散步。

在我生活的城市，有一条环城湖。我常常走近的这一段，不知是不是这条环城湖最美的路段，但我确信它是最具特色的一段。

爱屋及乌也好，性情使然也罢，行走在湖畔，总有欢喜，不请自来。

春天，草木葳蕤，清芬恣意，那些纤巧的、秀丽的、清雅的花花草草，一不留神就会锁住我的视线。夏日，艳阳高照，行人稀少，枝丫间的蝉儿卯足了劲一般叫个不休，让湖畔有了远离俗世的繁盛。

因为有飘零的枝叶，最让我心动的该属湖畔的秋天了。秋日来湖畔，走着走着，会有叶片，轻轻地绕过眉间，悠悠荡荡地落在鹅卵石铺就的小道上，若是有风路过，它们会翩然起舞，在草叶间打着滚儿，在湖面上飘摇着。看落叶在水里自顾自地优哉游哉，看水面缱绻的涟漪以及摇曳的云朵，我的整个人就会有着漫步云端的感觉。

冬季的湖畔是清冷的，即便有阳光，也会觉得寒风瑟瑟；若是遇见飘雪，那层绵软，那种空蒙，那份清冽，不是一般人能够承受的；而我，庆幸着自己不止一次地邂逅过，酣然着。

这些年来，我在湖畔漫步，收获的又岂止是闲怡的心境？那些平日里难得一见的飞鸟，那些纤巧素雅的花朵儿，那些造型独特的树木，都是在这一次次的漫步中被我发现的。也正是这样的发现，让我对湖畔情有独钟，让我对独处有了别样的解析。

也许，我的前身就是一束无名的草儿或者一朵素朴的花儿？否则我怎么会如此的倾心这自然的世界？又为什么会在沉浸自然的时光里，心绪如奔放的旋律，婉转悠扬，自在轻盈呢。

茶的印记

前段日子，将朋友捎来的西湖龙井带了回去。母亲一边喝着我为她新沏的龙井，一边看着我将茶叶从那个古朴的小牛皮纸袋里一点一点往茶叶筒里倒着，自言自语地说："我喝茶还是被你爸带的，那时候茶叶一上市，他就会把家里大大小小的茶叶罐子装得满满的。""不过，我还是喜欢喝龙井，口感就是好。""知道你喜欢，特意给你捎来了，这是朋友自己种植的茶叶，每年就产那么点儿，别看这包装简单，可它没有一点污染呢。""那你自己留着喝好了。""不是你喜欢嘛，所以我就一直藏在冰箱里给你留着了。"母亲端起茶杯，轻轻地抿一口，不紧不慢地说着："我老了喝什么都无所谓了，我不像你爸爸。不过，我还是觉得龙井好喝。"陪着母亲一边喝茶一边唠叨，忽然有了一种说不清的感觉。

记忆中，父亲喜欢喝茶。家里饮茶的器皿分门别类，被收藏在父亲的书房，唯有过年才会取出其中的一两件作为宴客备用。平日里父亲用得最多的是那套紫砂茶壶，雅致而玲珑的造型，质朴又精巧的工艺，怎么看怎么可爱。

父亲举起小茶壶，不急不缓地倒出或浓或淡的茶水，再稳稳地搁下茶壶，端起小茶杯，一口一口地品咂着。这是我童年里再熟悉不过的画面了。那时候的我始终想不明白：为什么不能捧起茶壶直接喝呢，为什么就不能换个大点儿的杯子，一次多盛一些茶水呢。

少不更事的我，偶尔也会模仿着父亲一会儿倒茶，一会儿饮茶；偶尔还会偷偷地拿起父亲的小茶壶，对着茶壶嘴儿一口接一口地吮吸着，那个爽快劲啊，直到今天想起还会忍不住地咂咂舌尖，小醉一会儿。当然我的动作从来都是颤悠悠的，因为我害怕小茶壶会被我一不小心给摔坏了，更确切地说是"严格的戒律"促发了我强烈的探究心。

随着年龄的增长，我对茶有了些许的了解。当然，我也明白了父亲之所以有那么多的"规矩"，除了源自爱茶人固有的严谨和从容，还有一点便是父亲心目中女孩家的一言一行都该是恬静端庄，像茶一样温雅内敛的。

现在想来，我的清淡和喜欢安静，或多或少都源自于年少时茶色的熏染吧。

对茶的知晓，源于童年；习惯了喝茶，确在中年。

某日，夫带回一只装帧精美的盒子，让我闻一闻有啥味道，待我缓过神来，那一枚枚素雅的，如同粒子般的花骨朵儿，随着淡淡的清香羞答答地落入我的眉眼。一向好奇心切的我又如何能沉得住气？忙不迭地取出一只瓷碗，捏上几粒，将热水缓缓地倒入，随着素白的花儿在水里一点点地打开，一丝丝的清香脉脉升腾、悠悠盘旋，轻抿一口，茶汤在咽喉与唇齿间不急不缓地游弋，时而淡若清泉，时而溢满芬芳，那滋味之美妙，那感觉之酣畅，实在是难以描摹。

浅酌慢品间，那环环相扣的细节，饱含着怎样的历练；悠幽茶香里，那魂灵深处的碰撞，又是怎样的一份妥帖？所有的当真如书上所说：喜欢茶，是性情所至；习惯茶，则是一个人温雅品质的再现？

有茶色浸润的童年，有茶香蛊惑的岁月，我为茶欢，当是自然。

忙碌或不忙碌的日子里，烧上一小壶开水，捏一些茶叶，为自己沏一杯热气腾腾的茶水，成了我每日的必需。兴致来了我会捧起茶杯，眯起眼睛，任温暖的、散发着清香的茶水，循着我的鼻翼、唇角直至我的脸颊慢慢地盘旋着、飘拂着，那感觉微醺微醉，实在享受；看青翠的叶片浮浮沉沉，在水中轻盈曼舞，任悠幽的茶香，缓缓地滑向心海，那一份风雅和舒心，岂是能用言语来诠释的啊。

茶色氤氲，心清气爽，那些繁尘俗事会被一股脑儿地忘却，整个人儿因着眼前的澄明而变得精力十足。茶汤入口，不温不火，整个人儿如沐春风，恣意而起的诗意渲染出一幅幅隽美的画面，心田里会有一曲曲乐音此起彼伏，轻轻唱响。

不曾有过"赌书消得泼茶香"的闲情。以茶沐心，任清纯淡雅的香气四溢，让记忆中的点滴循着茶色攀附，让所有的在一杯茶色中或明媚或黯然，便是我的幸福时光了。

阳光正好

拾级而下，不见青葱的草叶，却有潋滟的水色。偶尔的路人，总是来去匆匆；而我，习惯了漫不经心，走走停停，只为赏得沿途的风景。

严格意义上说，这是一条环城河。而今却成为人们消闲休息的好去处，也是我午后漫步时不二的选择。

没有市井的嘈杂，这里远离喧闹；没有川流的车海，这儿空气清新。

阴雨时节，雾霾氤氲，远远近近水色空蒙，如烟缥缈的镜像仿若一幅水墨，怎么看也看不够。晴好的日子，这里会有垂钓的老翁，会有徒步漫赏的行人，亦会有领着孩童来遛弯的家长。他们或独享清幽，或三两相携，恰似一幅油画，无论从哪个角度看过去，都会有宁静而温暖的气息，迂回缠绕；都会有清朴而雅致的神韵，点染眉心。

沿着鹅卵石铺就的小径，一路向前，弧形的木质拱桥上，有老人依栏而坐。走近才发现带着绒线帽的男人唇角边含着根抽了半截的烟儿，似乎在闭目养神，又好像在侧耳聆听，已是花甲的老伴儿，正扭着头好像在说着啥，悄悄地瞄一眼，岁月的刻痕让女人看上去尤为的慈祥，她眉间的暖意着实地吸引了我，以至于我情不自禁地慢下来，还想再慢一些，好想听一听老太太的声音，好想知道在这阳光甚好，空气晴明的时刻，这一对可爱的老人儿，会怎样的喋喋不休、唠唠叨叨呢。

我承认这一刻的我有点儿不礼貌，居然想到了偷听；可这样的画面实在温情，这样的时光真的好美，竟惹得我走下桥来，还是忍不住又回头望了望。

"果果，果果开花；果果，果果开花嘛。"循声看去，一个穿着橘色棉衣的小姑娘，正仰起脖子，朝向一树的小红果子边扭动着小腰身，咿咿呀呀地唱着，高高的羊角小辫在风中一甩一甩的，动感十足，娇俏至极。身边那位女子是孩子的妈妈吧，眉眼含笑地望着小姑娘，那一身整洁而得体的装扮，还有那神色，在这幽静的湖畔，在这午后的暖阳下，流溢出缕缕芬芳，浅浅轻轻，温润入怀。

或者我是真的老了？什么时间起变得如此细腻，如此善感？或者我本就感性吧，遇见心中喜欢的，总是感慨万千，总会流连忘返？

这样想着，我的唇角微微扬起。

"不要走远。就这样相伴着，任时光的海岸风生水起，我们，不离不弃。"这句话是在哪儿读到的已经不重要了，重要的是每每想起，总有暖意融融。

其实，我一直在路上，循着心的方向，一路跋涉。我知道有一个地方，只属于我和我心中的"你"。

那里没有噪杂，那里简净温雅。随着季节的更迭，那里会有蛙鸣起伏，荷香盈动；那里会有芦花盛放，秋虫浅唱；那里会有风声萧瑟，雪舞轻扬；那里更有花开花落，清芬恣意。

那里，我和我心中的"你"，默然相惜，安然相伴。有风的日子，我以茶代酒，在一首古老的旋律中，轻声合唱。飘雨的时节，我会临窗漫赏，看巷口里人来车往的忙碌。每隔一些日子，我会去街角的花店里寻寻觅觅，为自己买来心爱的小雏菊、薰衣草、郁金香之类的花朵，插在那些大小不一的坛坛罐罐里，或者就搁在某个红酒瓶子里，看它们一枝独秀在我的视野，如同你在我心中的样子。兴致来了，我会翻出喜欢的诗笺，捧在掌心，眯缝起眼睛，微笑沉吟。

匆匆的时光里，我矫情却未必多情，只是习惯在自己的臆想间，和心中的"你"娓娓道来，任岁月的馈赠化作点点晶莹，绽放在纸上，濡染着眉间，叩击着心扉。

其实，我一直想象着，有这样一个地方：阳光正好，心自悠然。而我因着心中那一份纯粹的喜欢，以及不曾改变的执念，微笑着，一路且行且思且欢喜，一如这个午后，这场遇见。

麦当劳里的女人

那一年，麦当劳刚刚走近我们的生活……女人，喜欢喝绿茶，却从不去茶楼。总觉得一个人去茶楼太别扭，约朋友去茶楼又显得太正式。

　　女人，一向简单，喜欢麦当劳的自在和随意，即使一个人也无妨。点一份甜品，找一个位置，听一段音乐，读一些文字，在赏心悦目中缓解一些莫名的怅然和愁绪，这感觉实在是享受。

　　这个午后，女人，又一次走进麦当劳。习惯性地要了一份奶昔，走上二楼，寻望熟悉的拐角，径直走到那个不算起眼视线上好的位置坐下。随意地瞄一眼周围，人不多，其实，这个时间段里来麦当劳真的惬意，不拥挤，不喧闹，不暧昧，不紧迫。

　　舒缓一下身肢，捧起杯子，看了看如绸般的奶昔，忍不住深深地吸两口，柔滑细腻的奶昔，沿着喉咙一路沁染，清凉爽心的感觉悠悠化开。放下杯子，不经意地挺直腰身，低头打开拎包，拿出 MP3 带上，伴着钟爱的曲目《斯卡布罗集市》，铺开散着墨香的报纸，静静地阅读起来。

　　女人的兴趣不多，喜欢的就会孜孜不倦，读报也是这样，这么多年来似乎从没有间断过购买这份周报。此时，伴着墨香，品着奶昔，听着音乐，赏着彩页上几款时尚的夏季体恤，安逸又享受，轻盈又闲适。

　　外表文静的女人，一向钟爱体恤，想象着若是将这富有个性的体恤穿在自己身上，该是怎样的呢？虽说不够帅气，相信感觉一定不差！女人从来都是这样的自恋，对于喜欢的东西，会一意孤行地憧憬！

　　女人，总是习惯在午后，独自沉湎这份静好的时光，这份来自麦当劳里的闲适。

　　又一次抬起头的时候，女人发现对面不远的座位上一男一女正轻言细语地说笑着。透过女子腼腆的神情，感觉至多二十来岁；男的只能看见侧面，有些结实，相对来说显得成熟和沧桑了。不知道他说了什么，总之对面的女子时而嫣然浅笑，时而点头回应。男的始终兴致不减，滔滔不绝。

　　女人的好奇心很强，索性捧起杯子一边静静地吮吸，一边默默地打量起这对男女：男的偶尔会捧起那大杯可乐豪饮，女的只是手执新地慢用，两人不同的喜好显现出和谐的魅力，他们是恋人？是同事？这样的猜忌很不礼貌，好在女人关注的目光不会被他们发现。

　　习惯性地抬起手腕，看看手表，就要两点了，这楼上陆陆续续来了一些人，三三两两，结伴同行。二楼入口处的两个小女生，更是让女人眼前一亮：一个身着牛仔背带短裤，活力四射；一个白衣飘飘，纤柔、婷婷。巧合的是两个人点的也是新地，艳红雪白的草莓新地。

　　女人的目光由那两杯艳红游移到女生素洁灿烂的容颜上，看着她们翩然入座，看着她们窃窃私语，看着她们大口咀嚼，女人实在是沉醉，宛如欣赏一部青春浪漫的电影，专心，舒心，动心的感觉，不请自来。

女人想起自己的少女时代，没有她们这般丰盈的物质生活，却有着与她们今时同样粲然的心境。可眼下有了足够的资本可以让自己挥洒时，却发现心底那来自亲人、来自孩子、来自家庭的牵挂实在太多，似乎失去了那份闲情逸致。

此刻，是被眼前的风景渲染的？女人没有沮丧，却有快慰；没有哀怨，却有坦然。想，青春年少是一种纯真，人到中年更是一种韵致。若能在不同的年龄段恰到好处地尽现出真我的风采，那才是真正的魅力呢。

瞥一眼窗外，闹市中的街道一片繁忙，每天打这里经过的人成千上万，无论怎样也不可能记住他们的容颜。而这家麦当劳斜对面那个报亭里的夫妇，那对性情温和、笑容可掬的夫妇却让女人再熟悉不过了。特别是那憨憨的有些发福的女主人，每次从她手里接过散着墨香、洋溢清新的报纸或杂志时，女人都会莫名地欣喜，甚至会联想到"蒙娜丽莎的微笑"。偶尔女人也会在麦当劳里这个不起眼的拐角，远远地看着他们忙碌的身影，即便模糊，依然亲切；即便素朴，依然魅惑。

时候不早了，麦当劳里的人越发地多了起来。不时有灵巧的服务生在身边穿行，不时有孩童的说笑声在耳边流淌，不时有赏心的画面在眼帘弥漫。

女人微笑着收拾好自己的物品，起身，携着一份轻悠，沉湎一份静好，走进了喧闹的人海中。

提笔之时

凭窗而坐，就能将对面的风景一览无余。

还记得刚搬来时，院墙之外是一片喧闹的市井。随着城市的规划，这里由废墟变成了工地，每天乒乒乓乓，叮叮咚咚，钢筋水泥相互碰撞，人声车鸣此起彼伏，合奏出一曲大型的交响乐，那气势之恢弘，那音律之绵延，岂是我能用言语表达的？时光荏苒，这"乐章"究竟何时能停止，不得而知，好在所有的都已成为习惯。

有时候，居然会冒出这样的念头：倘若，某一天没有了这些声音，我会不会因太过安静导致睡过了头而误事呢？

习惯，是潜移默化的，一旦形成，难以更改；习惯，是日积月累的，一旦成型，所有的都会化作风景。即便不够美丽，依旧能衍变成生活的一部分，无法割舍，难以忽略。

习惯如风，看不见摸不着，却根深蒂固在我们的周边，就像我窗外的世界。

它曾是我眼里温暖而熟悉的市井，有事没事，我会一杯清茶、一段音乐，静静地依在飘窗前，看风吹草动，听枝叶沙沙；看那三五结伴，奔来跑去的孩童；看那些晾晒着五颜六色衣物的露台上，一盆盆不知名的小植物；看那一撮一撮绿意里冒出的金黄月白；若是有幸，还能听得见优哉游哉踱着步的大公鸡，扯着嗓门喔喔地歌唱。而今，所有的不复存在，可我，依旧习惯了凭窗而坐，肆意想象。

我不知道是不是有人会如我一样，习惯一个人看看风景、发发呆；喜欢让大片大片的光阴定格在一瓣花蕊、一枚叶片、一只飞翔的鸟雀身上。

我不想说，沉吟风吹草叶的声息，畅想细雨飘飞的柔曼，于我，是怎样的享受。可我从不觉得这是浪费时光，我甚至为自己这样的奢侈而感觉到庆幸。正因这一个人的消遣，我才得以发现太多的源自自然、唯我独享的精彩，它们，如同一颗颗露珠嵌在我的记忆中，印在我的脑海里。

念及去年春上的那场遇见，还有那几个孩子。

起初，我的走近并没有引起他们的留意。是好奇心驱使着我要探个究竟，抑或是我手中的相机吸引了他们？在我靠近的瞬间，那个扎马尾辫的小姑娘突然扬起头，怯怯地看着我说："阿姨，你是干什么的呀？"我笑了笑，轻声地回应着："我是来看油菜花的呀，看见你们在玩就过来瞧瞧了。"马尾辫的小姑娘，犹疑了片刻说："阿姨你是记者吗？你是来采访的吗？""怎么会呢，我就是看这油菜花很好看，所以想拍一些照片玩的。""可是，我们老师说过，记者都是这样的？"短发的小姑娘一边说着一边用眼睛瞄着我胸前的相机，我笑了笑，端起相机，对着油菜花，一边摆弄一边说："不会吧。我就是为了拍花才来的。对了，这油菜花是你们家种的吗？"是我漫不经心的话语，更或者是我天生的亲和，那个短发的小姑娘踮起脚尖盯着我的镜头好奇地说："阿姨，你真的是来拍花的呀？""当然是真的了，要不，我帮你们拍照吧？""好呀，好呀。"马尾辫的小姑娘走近我，腼腆地笑了笑，然后拉过那个一直不说话的大眼睛男孩兴奋地说："快来，快来吧，阿姨帮我拍照呢。"一边转动着身子，摆出各种造型让我来拍。

那一天，我拍到了大片大片的油菜花，我还拍到了这世间最纯最美的"花儿"，直到现在我依然记得他们淳朴的笑语和欢声。

这淳朴得不能再淳朴的气息，至今还能被我忆起。这里，我之所以用"淳"，不仅仅因为眼底的风景，清新而素朴，散发着浓浓的乡村气息，更因着那场短暂的相伴，让我再次感觉到"淳"的魅力、"朴"的动心。

原来，人与人之间的坦诚和信任，可以让心情如此惬意；原来，拥有一颗素朴的心，是如此的美好而温暖；原来，无关风月的花事里也会有万千风情，盈盈袅袅，明媚心扉。

回首往事，为了看油菜花，我穿越桃树林，走进了属于我的桃花源。而今，那片金黄粉红点染的花海，被堆放着杂七杂八的建筑材料，遗憾吗？时代在发展，城市要扩建，好在还有记忆，如此清晰、如此温暖。

只是，下一个花开的时节，"我们"还能不能再次遇见？

"提笔之时，即为重逢。"想起了玥儿文字间的这句话，不禁莞尔。

深秋的邂逅

周末，依着上班时间起床，稍作整理后，就背着相机出门了。

早晨清新的空气里，我迈开脚步，甩开臂膀，像放飞的鸟儿一般，快乐地行走着。这一路没有往日的车来人往，这一路只有我按捺不住的欢喜。忽而哼着小曲，忽而四处观赏，不知不觉就到达了目的地。

确切说来，这该是一片"被遗忘的角落"。

因为城市的扩建，围绕这片田地的周边，陆陆续续兴建起好几个高档小区，与它一墙之隔的是一所高校和另一所中学的操场，它就像生存在夹缝中一样，会不自觉地被忽略。而我，也是在偶然间发现了它：那天，那微风里的葱茏，那绿意间的明黄、月白、浅紫，让我一见倾心。想要走近，想要看个清晰，成了我的不能割舍的情结。

走近这片田地，首先跳入眼帘的是一朵一朵素白纤巧的花儿，它们在细细的藤蔓间攀沿着、纠缠着，有的羞答答地露个背影，有的舒展肢体迎风摇曳，有的两两相望你侬我侬好不温情，没来得及看个究竟，我就迫不及待地端起相机，美滋滋地把它们收进了我的镜头里。

这儿的农作物种类繁多，只可惜我的知识面太窄，很多我压根就分不出谁是谁的家长、谁是谁的孩子，好在，对植物的喜爱，对大自然的眷恋，让我有了似曾相识的快意。不认识又何妨，只要能遇见，只要能看到它们生长的模样，不也是一种幸运吗？

兴致盎然地观赏，小心翼翼地选景，镜头前的每一次定格，都让我有了回到童年的雀跃。

邂逅的惊喜把陌生感冲淡，想要靠近的欲念不断升腾。抬头的刹那，我看见了从另一片田地间走来的她：肤色黝黑，头发蓬松，紫红色的宽松服并没有遮住她发福的身段，更为醒目的该是她手里的那只红色的塑料袋，被风吹着一摇一晃地，发出了哗哗拉拉的声音，这一刻反倒显得有些好听了，我端着相机一动不动地望向她，而她似乎也在打量我吧，于是我主动招呼了一句："我在这里拍些小花，可以吗？""可以，可以，你拍吧，这里都是我种的蔬菜。""我不会踩坏你的植物。"我赶紧又补充了一句。而她却笑呵呵地说："没事，你要拍下来看是吗？到里面拍，那里还有很多呢。"随着她手指的方向看过去，哇，算不上一望无际，至少也是方圆一大片啊！

就这样，隔着一片田地，我们有一句没一句地聊了起来："你住哪里？怎会到这儿来？""那天路过，发现这有很多植物，所以就想来看看。"

"这个开紫色的小花是什么菜？"我指着眼前的一丛绿植问她。"这是豆角。豆角，你知道吗？""就是那种长长的豇豆角？""是的，是的，豇豆。"她一边忙活着，一边用有点儿蹩脚的普通话回答。

"棉花不是白色的吗？为什么这里开出的花儿有黄色和紫色？"我一边瞅着近处的那朵黄色棉花球，一边好奇地说。"我也不知道，好像长出来就这样了。"

"你看这里还有黄色的花，很漂亮的。"我循着她手指的方向看过去，呀，真的很美，是那种明黄色的花儿，花型秀美，色调艳丽，一眼望去，那么高贵，那么典雅，那么的富有魅力。"这个很有营养的，听说还能治高血脂什么的，叫什么名字的，哦，是秋葵。""秋葵？秋葵原来是这样的啊！"这一刻，我竟然像个孩子般喜出望外地随着她的指向，一步步靠近这个叫作秋葵的植物。"原来，这就是秋葵啊。"我又一次兴奋地几近欢呼起来，端起相机这边瞅瞅，那边看看，唰唰唰地拍个不停，嘴巴里不停地念叨着：原来这就是秋葵啊，味道很特别，营养很丰富，没有想到它居然还有这么高的颜值，真是开了眼界。

是我的探知心切，抑或是我的喜形于色，这位农家妇人一边忙活，一边用半生不熟的普通话和我聊着："哎，看来你是从来没有做过农活的，你看那边高高的是芝麻，麻油就是用它做的；这边，这个开着小黄花的是苦瓜。"就这样，她忙着采摘，我忙着欣赏；就这样，我们在有一搭没一搭中越靠越近，越聊越火。

隔着几棵秋葵的距离，我被她眉梢间的喜悦还有那历经风霜却满含温情的容颜，深深地吸引着。

"你要是喜欢我就给你摘一点带回家吃。""那怎么行啊，今天幸亏遇见你，让我认识了好多农作物。""没有关系，一会我给你摘点菜带回家尝尝，味道不错的。""这样不好吧。"

而她抬起手，指向远方，"你看，这里一大片全是我的。很多蔬菜，吃不完的，我给你摘一些。"看着她一脸满足的样子，我又如何能拒绝？索性应和着："那好吧，你给我一些带回家，我给你钱，总不能白吃你的蔬菜。""这怕什么，我也是吃不掉的，我就是喜欢种这些，吃不完我都是摘下来送人的。""那也不行，我已经打扰你了。""没有，没有，我们这是缘分。"

缘分！听着眼前这位相貌朴实的农家妇人说出这两个字，我竟有了异样的感觉，是欢喜，是兴奋，更是信任。是的，我们这也是缘分，非常难得的缘分。看着她又是豆角，又是秋葵，又是小南瓜地把小小的塑料袋装得满满的，我实在是不好意思了，赶紧推说我拍得差不多了，该回去了。

临走时，我掏出一张十元钱给她，她就是不收，僵持了好一会，才极不情愿地说："如果你真觉得过意不去，就给我两块钱吧，好吃，你下次再来，反正我的这些蔬菜吃不完的，送人也是送人，你喜欢就来。"

"好，一定会来的。还是在周末。"

就这样，我提溜着蔬菜，离开那片田地。整整一个多钟头的忙活，我竟没有丝毫的倦意，甚至忘了自己之前诸多的不适，走起路来脚步轻盈，心儿更是无比舒畅。

我的窗外，我的神秘园

我的窗外是一片空地。它们和我居住的小区仅一墙之隔。刚搬来时，墙内是高耸的杨树，晴天光影穿过树梢，落在枝叶上，洒在飘窗前，明晃晃的感觉会在刹那间带来好心情；雨天被淋湿的杨树叶更是水灵灵、翠生生的，好看极了。偶尔还会有鸟雀在这里聚会，它们蹦上跳下，唧唧喳喳，嬉闹不休。墙外，属于城乡接合部，早早晚晚，喧哗不止，一片繁荣。

其实，在我的内心深处，我的窗外本就是一个大舞台，随时随地都会有故事上演，故事的主题始终是充满生活趣味的市井文化。

只是，从哪一天开始，墙内的杨树被墙角下的月季和一些叫不出名的花草替代了。墙的那边，没了孩子的欢闹，少了家长的呼叫，再也寻不到那种车来人往的喧哗了。如同废墟的院墙之外，据说是要改建为公园，可惜，拆来拆去，还有两座孤零零的小灰楼，至今岿然不动。

有事没事，我都会坐在飘窗前，看外面的风景。从早春到浅夏，从深秋到寒冬，我习惯了小楼周边茂盛的草色，以及点缀其间的新绿和金黄。我不知道那小楼里都居住着什么人，可露台上摆放有序的坛坛罐罐、偶尔晾晒的衣物还有门前屋后的绿植，总是让我想入非非。那里一定会有老人，勤劳简朴，善于耕种，否则怎会固执地坚守这一片清寂？又怎能如此精心地打理这一片田地呢？这样想着，我的心里不仅有些怜惜，还有些羡慕，更有点欢喜了。

幸好那边没有建成小公园，否则，我怎么能看见这小楼人家古朴的生活情调，以及这样的一幅田园风情？

站在飘窗前，循着那条由院门通向菜园子的小路，看它蜿蜒曲折，看它自然而然地把那些小菜园一个个划分开来，方方圆圆，大大小小，成了我生活的一部分。

就这样，面向窗外，恣意放纵，看偶尔的鸟雀结伴飞翔，看天边的云朵悠然飘摇，看天地间的盎然生趣；就这样，我浮躁的心日渐淡然，琐碎的日子变得越来越像自己喜欢的样子了：澄明也安详，宁静又安逸。

我为自己能发现这一片"繁盛"而感到庆幸，我为自己能拥有这独属于我的世外桃源而感到满足，我甚至会在蓦然间升腾出道不明、说不清的窃喜。

我的窗外清朴幽谧，充满情趣，而我不走近，只远观，任其蛰伏在我的心底，不张扬，不喧哗，如同幼时的那座小院子。

小院不大，位于小巷的深处，一年四季，花开不断。确切地说它是姨娘的一亩三分地，那时候的我，每天像个小尾巴，紧随在姨娘身边，看她侍弄着花草，听她轻轻絮叨。偶尔，我会拾起一些叶片，像握着一束花儿那样，围着花坛，手舞足蹈地唱呀跳呀。偶尔，我也会捡起一些零落的花瓣，有模有样地摆在花坛的边边角，再悄悄地捏一些泥土，撒在它们的身上，盼望着它们能长大，能开出好看的花朵儿。一次又一次的不了了之，并没有消散我的兴致，反而让我对那些花儿草儿，以及凋零的花瓣情有独钟。

随着时光的流逝，那条悠长悠长的小巷，成了我心中永远的结；那个有着姨娘的小院，一次又一次地生动在我的文字间。

我不知道是不是每个人的心中都有一座属于自己的小院，一如我不知道我窗外的风景，会在哪一天彻底消失，可我知道，我爱这世界的明丽，我更离不开这世间的清寂，就像今时今日，我的窗外，我的神秘园。

柔软的时光

穿过喧闹的街道，走进一片绿荫，踏着台阶拾级而下，便是另一番天地了。

伫立湖畔，凝眸那一片碧澈，层层叠叠的涟漪，清清粼粼，通透沁心。踢踏踢踏的脚步声和着熏心的微风，悠然出轻舞飞扬的快意。

草色清香中，结伴同行的人儿信步闲庭，自在安然；波光激滟间，成双结对的小情侣相依相偎，窃窃私语。难得的午后，难得的消闲，一切是那么的恬淡，一切又是这般的稳妥。

微闭上眼睛，静享这一份舒畅。那些细碎的温暖，挤挤挨挨，次第缤纷；那些庸常的凡俗，竟化作缕缕甘醇柔润心房。一直以来潜伏在我心底、信步在我文字里的"你"，那个薄凉也浪漫、感性又知性的你，此时也微笑着轻轻走来。

有时候，"你"如同我的姐妹，听我絮絮叨叨，陪我胡侃乱说，成为我焦虑烦躁时的垃圾桶，不断吸纳着我情绪上的"污垢"，让我轻装上阵，轻松游走。有时"你"如清新润泽的绿茶，滋润我疲乏的身心，熨帖我浮躁的心性，让我在不经意间豁然开朗，落定尘埃。有时候"你"如影子般随我一同流连在繁花盛开的街市，穿行在清寂幽谧的小巷，游走在水色相依的湖畔，听风、赏月、看云卷云舒。

深春浅夏的节气里，流连在风轻扬、水含笑的湖畔，悠然而来的酣畅，竟有了漫游云海的空灵和踏入仙境的飘逸。

"妈妈，妈妈你快看，好漂亮的小蝴蝶。"甜腻腻的话语唤醒了遐思中的我。回首寻望，扎着马尾辫身着背带裙的小姑娘正张开臂膀，欢天喜地地奔跑着，年轻的妈妈浅笑着，附和着："慢点，宝贝，你追不上的。""小蝴蝶，等等我呀，小蝴蝶！"蓝天白云下这一幅画面叫我好生欢喜，这一串笑声令我豁然开朗，这一款柔软宛若甜美的歌谣，让我想起了儿时那快乐也无忧的日子。

也曾和小伙伴们为着一只花蝴蝶在阳光下追逐着，欢笑着；也曾为着一只会唱歌的蛐蛐，避开家长在田埂边守望着，聆听着；也曾为着一片新奇的树叶在小树林里流连着，找寻着；也曾为着一瓣馨香在清清的池塘边嬉闹着，欢唱着。

那段日子，我的整个心思就像盛开在阳光下的花蕊一般，常和几个要好的同学相约着绕道去学校附近的小树林里采摘一束束叫不出名字的小花小草，编织成花环戴在头上或插在腰间。还喜欢将一朵朵粉红，嫩黄，浅紫剥开来，轻轻地抛向天空。看着它们纷纷扬扬地落在发梢、裙角，再缓缓地坠下，一边喊着天女来了，散花喽；一边一瓣一瓣地捡拾着，用小手帕包裹起来。忽而嗅闻着，忽而欣赏着，那感觉是要把花儿种在手心，把春天捧回家里。

捎回去的花瓣会很快打蔫，变得锈迹斑斑。可没过几天我们还是会去采摘，然后满心欢心地捧回家，夹在书页里，压在写字台的玻璃板下。记忆里那些花骨朵终究没能绽放指尖，可童年那些芬芳，那些滴翠，那些纯挚却陪伴着我度过了一个又一个美好也幸福的时光。

眼下，忙忙碌碌中耳边充溢着嘈杂声，眼底溢满了浮躁的影像，心里隐藏着哀怨和烦闷，为赋新词强说愁似乎成了时尚。以至于春是怎样走来的，夏又是怎样跨入门槛的，我竟一点感觉都没有。

微风和煦，绿水盈盈，此刻的心旷神怡，给我带来了久违的畅达。也许，早该放下繁复，走近自然，感受这番闲情逸致了；也许，早应抛开琐碎，走进自然，沉浸这片独属于我的柔软了。

欣赏，是一种快乐。懂得欣赏，是一种幸福。何况是沉浸在草色青青、波光涟涟的世界里，体味那些纯真的，素朴的，自然的醇美呢？

此花无日不春风

向晚的风中，徒步而行，于我，是一种极好的解乏方式。

特别是雨后，空气里裹挟着泥土的味道，风中夹杂着草叶的清香，轻轻一嗅，倍感爽心。迈开脚，快步走，一天下来绷紧的心弦渐渐松懈，疲倦的身体得到舒展，整个人如放飞的鸟儿一般，自由自在。

花朵娉婷、枝叶婆娑的光影下，想起今冬，那个清冷的早晨，那枝被冰霜裹挟着的月季，那几近苍白的花瓣，让我惊叹，更让我爱怜。后来的日子，那一片院墙成了我的小秘密，有事没事总爱走近，看一朵朵橙黄、素白、火红的月季竞相绽放，是我乐此不疲的事情。

只道花无十日红，此花无日不春风。

要么孤独，要么庸俗的尘世间，月季以它始终如一的本色，装扮着小区的风景，点染了路人的心情，就像记忆中的某些片段，那些因"你"而生动的细节。

是，我曾那么深情地恋着你，而你，未必知晓。我曾那么执拗地依赖你，而你，无需懂得。不想说有你的地方就是我的花开春暖，可我的笑颜因你更灿烂。

念及这些，忽就有些怅怅然了。

不去探寻，你的掌声是否有着属于我的精彩；也不想追问，你的画意中是否濡染了我的诗情。

关于你的一切，我不会轻易启口，更不愿随意道出。看它们被时光漂染的明净通透，我唯一能做的就是握在手心，像月季一样，淡定从容，自顾自地美丽着、生长着，在有你的气场中。

适可而止，是生活赐予我的锁扣，小心存放点点滴滴的曾经，是我的必须。

默默地行走，静静地坚守，时光的海岸，我们终有遇见。

闲敲棋子的安逸我自享受，残荷听雨的哀愁无需分担。

缘于性情，我习惯了一个人的旅途。以我的沉默秉承着我的率性和矫情，执着着我的眷恋和真本，成了我的痴心绝对。

走过的日子，如花开在指尖，优雅从容，随淡淡的清芬，在一呼一吸间生动明媚。

走过的日子，轻盈若雪花，明净悠然，在每一个细碎的枝节上影影绰绰，燃亮心房。

走过的日子，风景万千，而我们山一程、水一程，始终没有走散。即便你有你的世界，我有我的舞台，可心中那一片圣洁，依旧摇曳生香。

打开一篇篇心曲，沉浸一段段质朴的话语；陷入文字，面向一枚枚陌生而又温热的字符，心儿好似被什么轻轻地蜇了一下，隐隐地有些不适应。

从不相信缘分的我，不得不叹息缘的微妙。习惯了信步闲庭的我，开始了不自觉的张望。是，我想我是被感动了，更确切地说我是被文字间淳淳的气息蛊惑着，于是兀自沉迷，流连忘返；于是无端徘徊，踌躇不前。

被文字供养的我们，始终有着孩童般的纯稚，是吗？笑颜问花花不语。此刻，你会不会如我一样，禁不住地微微一笑？

我的多情只为你。

想到这句时，我的眼帘被一朵月季占领，暮色下我看不清它姣美的姿容，但我可以想象着它沐风而立的神韵。是，墙角的月季，早已成了心中的风景，如同花开和花落，不管是雪花飞扬的冬，抑或是枝叶凋零的秋，那一树树月季，从未消失过，那一款款淳美，始终如初，清朴而优雅，如同我们的相遇。

指尖华尔兹

　　我们唱着：生活不止眼前的苟且，还有诗和远方。我们谈着：远方很远，诗意很美；只是，寻寻又觅觅，复复又重重，生活依旧在继续。

　　与其难以搁浅，与其恋恋不舍，不妨酣然尽兴，在这春尚好的时节，种桃种李种春风。在这芳草又绿时，染墨抒怀，于文字的阡陌，潇洒走一回。

◎ 陪伴，最长情的告白
◎ 爱美的女子看过来
◎ 烟火生活

◎ 陪伴，最长情的告白

陪伴，最长情的告白

一直想写一篇关于爱情和婚姻的话题，缘于种种，未能落笔。幸而读到了"老刘的故事"于是一挥而就，极尽舒展。

文中老刘的遭遇，我不想用过多的笔墨去渲染那份感伤，更不愿被冠名为"鸡汤"般的苍白无力去安抚什么。文中，关于老刘，最让我感动的不是他们夫妇曾历经着怎样的浪漫，又如何深爱着彼此，而是对文中老刘声泪俱下演唱时的那段描摹："他哭了，而且哭得厉害，后来整个曲子跑了调，都是啜泣声，一个不惑之年的男人终于放下了他所有的矜持，不再遮掩他深藏的情感，不再去伪装强大，他把这份深埋的爱情用崩溃的方式释放出来。"读到这里，我的情绪被感染了，我的脑海里闪现出一个叫洁的女子。

人到中年的洁，端庄而知性。与洁相遇是偶然，知道洁的身世也是偶然。洁和我都属于不爱说话的人，但彼此能够感觉到对方的温和与友善。正是这温文尔雅的气韵，让我们在日后的接触中有了信任感。起初我们会一起聊聊孩子、说说家事，我并没有想到其他。若不是另一位朋友的"无意"，我对于洁的了解，可能始终就这么迷迷糊糊、不清不楚的。

我一直能记得，那是一个午后，因为一段媒体报道，我们聊起了爱情、说到婚姻。洁说："不知道为什么，我现在看谁都没有感觉。好些朋友都在劝我，是该找一个人来陪伴了，不为眼下，至少也该考虑到将来。"我当时一愣，难怪每次说及老公，总有点儿怪怪的，而此刻，终于恍然。

眼前的洁，不再年轻却依旧是容颜精致，说话的语速不急不缓，好像所有的都与己无关，可我分明感觉到那种无奈，那份失去的疼痛。无力过多地去安慰，此时此刻，我只能做一名安静的听众陪着她。她说："那是一个夜晚，全身无力，高烧不退，连爬起来倒口水喝的力气都没有了；那一刻我真的很伤心、很难过，很想有一人能帮帮我，哪怕端一杯白开水给我都好，可是，我知道，不可能的，因为我拒绝了所有的好心人。"洁顿了顿，又说："我似乎已经习惯了眼前的生活，一个人来来去去，也挺自在的。"听到这里，我的心被狠狠地戳痛了，我真想给她一个拥抱。千里孤坟，无处话凄凉。那情那景，可以想象，只是谁又能帮着谁去改变呢？就像洁，我能做的就是静静地聆听。

想念是会呼吸的痛，它活在身上所有角落。

我不知道孑然一身的洁，何时能真正地走出，即便不去接受，至少也要试着淡化，让沉溺心底的伤痛，淡一些，再淡一些。可所有的只是我的期待、我的心愿。

人到中年，一方的离开，必将为活着的另一方带来无言的伤痛。至此，所有的都将化作记忆；至此，一个人的日子里，能强忍着悲伤、安静地生活，该需要怎样的力量支撑？其实，所有的又何止是强烈的责任心，为了双方的父母，为了孩子，想来更是为了那个先行一步离开的人能安心，必须好好地生活下去。随着时间的流逝，那份伤痛可能会被藏得很深很深，一切的一切，在遥遥无期中延续着。

倘若说：爱一个人的最好的方式，就是经营好自己，给对方一个优质的爱人。对于洁来说，那个对方一直存在于心，朝夕相伴，形影不离。

洁也好，老刘也好，在这几近相似的故事里，我看见了爱情的存在，我更相信了爱情的力量。即便早已过了谈情说爱的年龄，但我坚信爱可以撑起所有。

两情若是久长时，又岂在朝朝暮暮！没有永久的美丽，也不会有一成不变的风景。那么，我们何不在遇见的时候，好好珍惜；在拥有的时候，尽力享受；即便失去，也会留一份念想，慢慢回忆。

执笔于此，再次点开"老刘的故事"，一字一句，直抵心间。"如果你的生命里曾经爱一个他，或者她，记着相惜，因为他，或者她可能也是你生命里的唯一。无论这个人带给你的是美好还是痛苦，别试图去戒，好好收藏吧，折叠好存放在贴近心口的地方，或许那是你一生的安暖！"是的，"老刘的故事"，不仅仅是关于爱情的故事，更是关乎爱情的思考。

我们的生活需要爱，但我们更需要理智地去思考爱，去面对爱。不管是长相厮守，不论是暂且拥有，唯一该做的就是怜惜眼前人。

陪伴是最长情的告白，不管身在何方，以何种方式。

曾听说这样的一段故事：男才女貌的两人都是八零后，恋爱结婚生子，顺序而来，最初的感情可谓是"甜蜜蜜"，婚后的生活，全然一派"你是快乐的，我就是幸福的"，伴着孩子的到来，家庭琐事不断。随后，男的萌发了自主创业的心思，想过一把为自己打工的瘾，于是用去了家里的几乎全部积蓄，还把婚房作为抵押，成立了一间公司。公司的规模不大，但业务做得有声有色。随后，妻子索性做起了全职夫人，每天负责照顾孩子收拾家，男的负责在外面打拼。随着业务的拓展，男人的"视野"也被渐渐地打开，生意越来越忙，直至回家睡觉、和家人聊天的时间，都严重地缩水。没有不透风的墙，终于有一天所有的被捅开，男人在外面有了相好的，女人这才知道事情的严重性。就这么放手，岂是女人心甘情愿的？好言相劝不行，上告父母无用，最后只能借助法律的手段。

其实，当一个人决定离开时，另一方怎样的尽力，不过是一厢情愿。忘记爱情忘记你，该是最好的选择。只可惜，事到临头有谁能真正潇洒地走一回？女人原本如花似玉的容颜，早已被岁月折磨得憔悴不堪；更可怜的是孩子，先前的乖巧可爱没有了半点儿的痕迹，整日里神情恍惚，注意力分散，学习成绩一落千丈。

写到这里，我免不了又联想到近期网络媒体中那些有关出轨的话题，对于爱情，想来一千个人就会有一千种感思。

是发展的脚步太快，还是观念出了问题？"山无陵，江水为竭，冬雷震震，夏雨雪，天地合，乃敢与君绝！"这样的爱情，真的要化为传说吗？我不得而知，但我竭力地期待答案是否定的。毕竟，两个人能走到一起，实在是不容易。

爱情到婚姻，走过的路程大相径庭，其间的经历不尽相似。可结局呢？为爱守候也好，为爱痴狂也罢，不同的年龄层有着不一样的处理方式，一个分明都还活着，却偏偏要决绝地分手，至此不再；一个是天各一方，却心系一线，不舍分离。

当然，我们没有资格去品评他人的观点，但我们完全有必要去呵护爱情，守住婚姻。为了家庭，为了孩子，让原本相爱的人能够好好相伴，即便不能如初般浪漫，至少也要保持和谐。而不是图一时欢喜，毁一家幸福。

也说爱情

　　好友相遇，免不了八卦一番。谈及家庭，各个笑意嫣然，兴致勃发；说起爱情，人人口若悬河，感慨万千。面对爱情，男人、女人谁更理智？成了争执不休的话题。

　　都说爱是一种感觉，闪耀着美丽，布满了蛊惑，一不留神便会叫人乱了方寸。于是，有人高唱着"想要问问你敢不敢，像你说过那样的爱我，想要问问你敢不敢，像我这样为爱痴狂"。有人低吟着"爱在关键时隐藏，而心酸汇集都敞开胸膛，做远远看护的月光"。可见，男人骨子里的阳刚，女人如水般的心性，在爱的世界竟是如此的情趣生香，曼妙灵动。

　　想起身边那几个如花似玉的妙龄女子，关于爱情的种种便有了新的发现。原来，所谓爱情就是你需要他，他也需要你，两个人在一起时吵吵闹闹，分开后又忍不住地念叨。原来，爱情就像小孩子玩家家一样古灵精怪，更像六月的天，忽而是晴空万里，忽而是乌云密布。那些因爱而芬芳的话题，那些为爱而可人的妆容，那些随爱而潸然的泪水，每一个细致末梢间都沁满着温情，令人感动；每一段记忆中都饱蘸着柔暖，引人神往。可见，沉醉爱河的人是童心未泯的，是真实自然的，是又美丽又哀愁的。

　　书里的爱情温婉感人，扣人心弦。生活中的爱情，饱含着诱惑，潜在着危险，它极具杀伤力，稍不留神便能改变一切。尤其是女人，面对心爱，会放下身价，满心欢喜地付出，甚至会忽略对方的感觉，一意孤行地认为只要有他在就好，面对喜爱，女人有时候要得很少很少，一碗泡面会吃得热泪盈眶，一杯温水胜似灵丹妙药，前一秒钟还是落寞心伤，后一分钟竟是眉开眼笑，千恩万谢。写到这里，忍不住感慨：坠入爱河的女子是多么的单纯，多么的幼稚，多么的叫人疼惜啊。

　　爱着的女人是天真的，总以为只要全身心地付出，就能赢得男人的至爱，岂不知，男人骨子里喜新厌旧的习性是根深蒂固的，男人爱江山更爱美人的心性是不会改变的，男人强烈的征服欲更是与日俱增的。女人，因为爱着，习惯了付出也就习惯了处处为心爱的他着想；而男人呢？习惯了被爱，习惯了获取也就习惯了以自我为中心，或是麻木到无动于衷，或是以自己的喜好行事，高兴了对她来一番甜言蜜语，不高兴时便形同陌路，甚至无影无踪。

可是爱，它是两个人的事情，就像拔河，一方的放弃，必将导致另一方受到伤害。当爱的天平严重倾斜时，当爱的本质发生改变时，一切还有继续的必要吗？

男人或是自顾自地坚持着自己的需要，或是不动声色地另辟幽静，独自潇洒。而女人不同，爱了就会在所不惜，即便承受怎样的痛苦，依旧执迷不悟，想方设法地守候着自己的爱，不分时机地念叨着心中的爱。爱，哎！面对这样的心态，除了一声叹息，还能如何？

爱是相互的，留住他的人未必能留住他的心。爱的世界里，越是屈就，越是被忽略；越是扮酷，越是被追逐。说得俗点："礼尚往来"的爱，才能久远馨香，魅力四射。

面对爱情，女人的热血，男人的冷血，不是无缘无故的，而是与时俱进的。所以不能完全归罪于男人，试想，爱情能顺理成章地走进婚姻的殿堂，足以证明男人和女人之间，本身是没有问题的。至于发展的如何，纯粹在于自己的把握。

大多数女人是靠直觉生活的，骨子里的执拗和倔强，让他们以为有了爱情和婚姻一切就万事大吉了，于是就像进入了保险箱一样安于现状，死心塌地地坚守着，随着时间的流逝，爱情淡化，激情不再，两个人在一起时，即便没有话题女人也觉得满足，毕竟那个他是自己选择的。可是男人不同，他们血脉里的坚硬，随着年龄的增长，终将暴露无遗。就连幼儿园里的小娃娃都知道：我是大王，我是英雄，你们全都要听我的。何况婚姻中的男人？他们有自己的事业，有自己的朋友圈子，更有自己的喜好和主张，女人若不问黑白地阻止或一味地听之任之，必将是得不偿失。

女人，请记住你爱的那个男人，首先是有血有肉有思想的"人"，那么请从理解开始，去认知男人天生渴望浪漫，渴望着婚姻之后的爱情如熊熊烈火燃烧的心念吧。与其让男人骨子里的英雄情结在遭遇"被"削弱的状态下奋起还击，不如偶尔地装糊涂，助长一下男人的英雄气节，这未尝不是一种缓解；偶尔地松开手，让男人独自看花花世界，甚至悄悄地纵容一下男人骨子里的"花心"，未尝不是一种调节。

其实，追求浪漫的人定是懂得生活的人，面对任何一种状况，有比较就会有鉴别；其实，外面的世界再精彩，只是风景而已，早晚似昙花会散尽，家才是最舒心的地方；其实，经历过暧昧再体会爱情的人更能懂得爱情的可贵，亲情的可爱。

可见，爱的世界里，男人女人都要保持清醒的头脑，精打细算地把握好爱的尺度，才能让爱真实贴切，细水长流。

面包和爱情

看电视剧《长在面包树上的女人》，竟有着说不清的喜欢。

这是一部根据张小娴作品改编而成的连续剧，撇开其中每一个角色的魅力，就整部剧来说，虐心也暖心，真实更真情，曲折又美好的故事，唤醒了我几近麻木的思绪。经典的台词，清新的风格，十足的文艺范，以及对爱情全方位的解读，给我带来了一场视觉的盛宴，让我迫不及待，让我频频落泪，让我兴致盎然，以至于三十八集的故事展播完毕，我还沉溺其间，不想走出。

坦白说，在看完大结局的那一刻，小小的遗憾，叨扰着我不能安宁。怎么就不能将故事继续呢？比如男女主角林放（林方文）和程韵，他们历经万千山水之后，再次紧紧相拥，接下来是回到故事的发生地上海，继续在"面包和爱情"的抉择中惴惴不安，还是就一直地隐居在那座宁静而美丽的小岛上享受爱情？

"在这座城市，有人倔强，有人逞强，有人走了，茶还迟迟未凉。"对于流行歌曲没有太多感觉的我，却被剧中的这首主题曲打动了。那有点磁性的女声、那叩击心扉的歌词，每每唱响，我便会心随乐动。

是的，这个世界，有人倔强，有人逞强，有人走了，也有人会来。就像剧中的迪之，在爱情的路上历经了一次次困苦之后，终于收获了"面包和爱情"的共存。她和田宏的爱情，说白了是"王子与灰姑娘"的爱，好在性格的使然，让他们之间多了嘻嘻哈哈，少了装腔作势，这样的爱情现实生活中我不敢想象，但屏幕上看见还是蛮喜欢的。

其实，于爱情，于友情乃至所有的与"情"有关的细节中，自然而不做作，轻松又愉悦的感觉，有谁不向往？

回想起来，这部剧之所以能让我如此痴迷，又何止是关于爱情，关于友情，关于生活的诠释。比如程韵、迪之、光惠三人之间的那种患难与共的情谊，那种彼此信赖的温暖，那种相互牵绊的快乐；比如徐起飞的稳重以及给予程韵的那份柔暖和安全感；比如严谨又木讷的孙维栋；比如渡渡餐厅里的老板，那帅气而温雅的居家好男人杜卫平，他们以各自独具魅力的人生观和处世观，闪亮在屏前，生动在我的眼帘。

"要谢就谢这场感冒吧。""我为什么没有早点爱上你？"诸如此类的台词，直白而朴实，却一次次戳中了我的泪点。那个内敛而儒雅，来自台湾的妇科医生维栋，以及他和光惠之间，那段在琐碎的生活中一点点滋长起来的爱情，那些在潜移默化中彼此传递的爱意，是当下很多人羡慕也向往的。有一点必须说出来，那就是对于剧中维栋的提前"离场"，我觉得很是无奈。当然，我也明白，毕竟是文艺作品，每一个角色都有被任意安排的可能，一如生活不可能完全依照着心中的想象而延续，意外之事谁又能幸免？

如此想来，寻觅"面包和爱情"的过程，如同攀登山路，只是陡峭的程度不同罢了，真正的比翼双飞定是在历经艰辛之后出现的。而我们唯一能做的就是珍惜眼下，珍惜每一次。

不同的爱情观，引发出不一样的爱。这部爱情剧中，让我揪心的是程韵，是她对于林方文的爱。

试想：一个漂亮可爱的姑娘，一个聪明才气的女子，却偏偏陷入了"女人最害怕遇上悲观的男人，她要用双倍的爱心来呵护他，她的喜怒哀乐都由他掌控"的爱情魔咒中。而林方文漫不经心的一句"我不想我们的世界太过紧密交错，我怕如果有一天我失去你，但你却无处不在"是对于爱的表白吗？我不愿去较真，随着剧情的展开，我怀疑过，迷茫过，直到全剧结束，我才不得已地相信了这句话是真真正正发自内心的，是属于林方文对程韵的最长情的告白，只是，那过程中的"折磨"如何能被忽略？

或许是我入戏太深，总会对程韵那因爱着而不得不隐忍的神情感到心疼，我甚至会不自觉地念叨着：哎，真是可惜了。程韵，你别再傻了。何必要这么苦苦地爱着，何必要自寻烦恼，真正属于你的"貌美如花"应该是徐起飞呀！他给予你的才是最最美好的，很多人苦苦寻觅也难以得到的"面包和爱情"共存的佳境啊。

对于程韵，这个单纯也执拗，隐忍也温柔，情愿自己委屈也不想自己在乎的所有受到丁点儿伤害的女子；这个习惯在文字间沉溺的女子，作为观众的我们除了怜悯又能如何？

其实，喜欢写作的女子都有着相似的心性吧，无论怎样的境遇，一旦陷入就会一意孤行。而所有的，仅仅以"是悲是喜"来断定，似乎太过草率。

对剧中林放的爱情观，我始终保留着我的态度。他的偶尔"流"气，偶尔颓废，偶尔情深，偶尔冷漠，实在是难以琢磨。有那么一些片段里，我甚至偏执地认为他不是一个可以付托终生的男人。

爱情的世界里，当才情和安全感相互抵消，该会有着怎样的后患？我不愿深思。缺失了安全感的爱情，究竟能走多远，我不得而知。

"到最后不过痴梦一场，就各自疗伤。"想到这首主题曲，我的心隐隐地有些不是滋味，在面包和爱情的抉择中，究竟该如何取舍，才能更趋完好？

或许，所谓两全不过是人们的一种渴望，说白了就是奢望。

或许，最好的爱情是没有固定模式的。就像回归了田园的光惠和安小禄，他们来到乡下，从此过上了幸福的生活。

执笔于此，我的脑海里再次浮现出剧中的画面：失了忆的光惠，眉目清丽，秀发轻扬，欢快地奔跑在雏菊摇曳的花海中，那情那景，让我想起维栋第一次送花给光惠的场景，以及那略显腼腆和饱含真情的对白："哪有人送这种花儿的？看来你真的是没有谈过恋爱呢。""清新、纯洁、美丽，我觉得你就像它一样，散发着自然的清香。"

小雏菊，自然的清香，呵，多么素朴，多么浪漫的比喻啊。是的，纯粹、清新、美丽，于爱情，于生命中的所有遇见，都能如此，那便是最美不过的事情了。

真爱，就是心甘情愿地接受

又看了一遍电影《云中漫步》。

剧中一个在孤儿院长大、没有曾经也没有未来的男人，一个有着 400 年家族史的女生，保罗和维多利亚从偶遇到重逢，从相识到相爱，让一眼万年的故事直抵心间，让葡萄园里的温情魂牵梦绕。

坦白说，这类充满浪漫的气息、洋溢着田园风情的作品，一直是我偏爱的风格。

　　闲来没事，我喜欢翻出这些老片子，重新观看；我甚至会盯着某个画面，伴着绿茶的醇香，漫无边际地想象，任时光里的琐碎，呼啸而来，蓦然沉寂。

　　神游在电影里的爱情，我想起了她和他的故事。

　　她，是纯粹的江南女子，细腻温柔；而他，恰恰不同，一板一眼，质朴顶真。她喜欢旅游、摄影，是个绝对懂得享受生活的女子；他，百分百的工作狂，除了工作就是看书学习，整天忙忙碌碌，不知疲倦。机缘的巧合，让这对生活和饮食习惯完全不在同一频道的年轻人，由相识到相伴直至恋爱成家。

　　起初各种的不一样，导致家庭生活一地鸡毛。随着孩子的到来，家里多了笑声，变得和谐了。她由十指不染阳春水的娇情女子变成了韵味十足的妇人；而他也不再只是个工作狂人了。渐渐地，一个眼神，一倏忽的沉默，能让彼此心领神会；渐渐地，他的耿直成了她眼中的风景，她的"娇情"成了他心中的习惯。

　　所遇良人，岁月静好。

　　每逢周末他们会双进双出，去超市和商场选购，然后拎着大包小包的蔬菜、水果以及生活用品回来。节假日，他会一边听着耳机，一边哼着小曲，从客厅到卧室，从书房到卫生间，一并清扫得干干净净；她则会在厨房里忙进忙出，烹饪着不一定味美却很地道的家常小菜。晚间，若是天气晴好，他们会各自带着耳机，围着操场，一边散步，一边聆听，那步调一致、夫唱妇随的恩爱劲儿，那看似相伴无语，却分明情意深重的神韵，着实地叫人羡慕又嫉妒。

　　爱，如此美好，如此动心。从相遇到相伴，从相知到相惜，这一路山重水复，这一路柳暗花明，这一路的万千风情啊，让我想起了《云中漫步》里，为了给葡萄园生火加温，保罗和维多利亚在月光下翩跹起舞，互为默契、相伴飞翔的画面，那种和谐，那份唯美，那样的深情款款，那么的心心相映。

　　一直忘不了云端里夕阳中的小路，雾霭下的葡萄园，还有仙境里慈祥善良、风趣可爱的家人。这一幕幕清朴的乡村风韵，这一幅幅欢乐祥和的画卷，不正是我们心心念念、真真切切的生活吗。

　　电影是艺术化的生活，生活是本真的艺术，两者之间彼此牵连，各自生动。然而，所有的，皆因一个"真"字。真情就会动情，真爱就会珍爱。

　　为了心爱的人，不断地完善自己，这样的爱最是润物细无声。

不放弃，不抛弃，一定会迎来生命中的花开春暖

随着《我的前半生》的陆续播出，各种八卦不断涌现。最为抢眼的不外乎就是结局如何，说白了就是贺涵这个凤凰男，最后究竟和谁在一起了？深陷剧情的我，偶尔也会自娱自乐地编排着，毕竟贺涵对于子君很照顾，加之子君自己的努力，使得这个曾经的"作女"，眼下的职场新人，越发地讨人喜欢了。看着他俩的同框，我的内心会升腾出莫名的柔软，多么登对的人儿，祝福你们。

可是，一想到唐晶，我就开始犹豫了。特别是听说唐晶要回到上海，子君和她通电话的那个画面，"你回来我要去机场接你，我会陪着你做完手术"，看到子君有点湿润的眼睛，我的眼泪也要掉下来了。哎，一边是喜欢的人，一边是自己的闺蜜，究竟该如何取舍？

就这样，我在故事里纠结着，在想象和现实中游走着。原来，每个人都会入戏太深啊。其实，结局如何重要吗？当然花好月圆确实很美，可过程的享有也是一种温情。有时候得不到的更为珍贵，有时候拥有了反而失去了原先的魅力。如此想来，一切随缘，远比刻意追求来得更舒心。不管怎样的好戏，把握好度，才是超脱。只是这样的超脱，需要怎样的定力来支撑？

自从唐晶离开了上海，贺涵就承担起照顾子君和平儿的工作。这期间，子君在贺涵的调教下，思考问题的严谨，处理事情的果断，对待工作的认真，加之子君本身的聪慧，总之，"越来越像唐晶了"，这是贺涵的话，细细一想，这话里有话，彼此也是心照不宣吧。从贺涵和子君说话的神态，加之几个"关键时刻"的闪亮登场，作为明眼人，谁都能看出来他俩之间的默契和信赖，就像老卓说的"我就从没有看你对唐晶这么有耐心"。

是，真爱，是骗不了人的，更骗不了自己的心，贺涵心里知道，子君也明白，只是都不愿捅破那层纱。可我，真的很喜欢这样的微妙，彼此之间不说一个爱字，却有满满的爱意。针对网上不断有人说子君如果跟贺涵走到一起，那将是怎么怎么的不厚道。不想赘述，但我保留我的观点，还是那句，别想太多，顺其自然就好。毕竟，爱是两个人的事情，谁也不能

擅自做主，否则就是不负责任。

再说唐晶，这提前从香港回到上海，不单单是要做个没有大碍的小手术。确切地说，唐晶是因为身体的缘故，终于想明白了，十多年来，为了事业，忙忙碌碌，眼下到了该为自己安排的时候了，至于其他都该退居二线，和心爱的人白头偕老，才是重头戏，也是迫在眉睫的事情。可是啊，可是，唐晶，我的中国好闺蜜，之前我说你是"作女"，作就作在这里，起初人家凤凰男贺涵向你求婚，你一次又一次地婉拒，还说人家不够爱你，事实呢？正如贺涵说的，其实你也一样，爱得不够。否则，怎么舍得毅然决然地离开上海，甚至没有一点暗示就走了？如果是因为爱而离开，那不过是逃避。依旧那句：爱是两个人的事情，彼此对等，相互融洽，才会有完美的结局。

退一步说，爱情来的时候，如同机遇的抵达，若不能适时把握，那就等于自动放弃，如此，怪罪不了任何人。

何况，生活每天都在继续，谁也不可能是谁的永远。唐晶离开上海的日子里，发生了太多的事情，有贺涵相助，才有今天的子君。"日久生情"这个词，虽然很俗气，但患难之中见真心却是不可否认的。一个离婚，一个未娶，都有爱的权利。至于结果如何，谁也不能掌控，顺其自然就好。深陷剧情的我一直觉得贺涵和子君之间的那种感觉，一定是始于信赖，陷于才华，忠于人品而衍生的，所以是自然而然的，是毫不做作的，也是极为舒坦的。

絮絮叨叨说了这么多，还是不能忽略这部剧中，另一个男主陈俊生，讲真，之前我对他是很反感的，觉得这种男人太可恶。随着剧情的展开，我倒觉得他挺可怜的，别的不说，看着子君的改变，看着她因为工作整个人的精神状态与之前完全不同了，作为前夫，说是没有想到，说是为她高兴，其实是后悔。嗨，活该你没长眼，活该你之前那么无情。要知道最初的你们也是因为相爱而走到一起的；要知道一个黄花闺女，变成一个孩子妈，每一个改变对于女人都是付出，都是牺牲；作为人夫，你非但不能面对，不去试着接纳，不去换个角度思考，而是采取回避，选择再婚。现在好了，自己把自己陷入窘境，有苦说不清，这就是自食其果。细想一下，这样自己设个套子往里钻的情形，现实生活中还真的不稀缺，想来，做人做事，若不三思而后行，那就打掉牙齿和血吞，后果自负。

蒙特兰说：在别人藐视的事中获得成功，是一件了不起的事，因为它证明不但战胜了自己，也战胜了别人。这部剧中，子君就是最好的范例。从一个富家太太、十足的"作女"到被老公提出离婚、带着孩子的单身女人，直至练就成一个极为干练的职场新手。这期间的转变，足见女人的可塑性是相当大的。所以说，任何时候，不要轻易下结论，更不能轻易地放弃，要知道，梦想有多大舞台就有多大。

请相信，生活中的每一次转变都是一个开始，至于能走多远那就要看你的韧性了；请相信，你的每一次付出都会有回报，只看你以怎样的心态去面对。世间没有做不到的，只有想不到的。不管处于怎样的环境，相信自己，相信自己可以做得更好，那么你就会有更大的空间，就能有更好的提升。不信，你去试一试。

记住，不管怎样的逆境，不放弃，不抛弃，你一定会迎来生命中的花开春暖。

◎ 爱美的女子看过来

爱美的女子看过来

　　喜欢夏天，不仅有满目的绚烂，怡神养心，更有俏丽的美女，浅笑嫣然。只要你稍许留意，便会有"人在画中行，心在景中游"的快慰。

　　夏天的女子，是一滴草尖的露珠。凝眸，飘逸的长裙若隐若现地透视出女人曼妙的身姿，窈窕的倩影在酽酽的风中轻盈漫步，灿若桃红的神韵在眼帘弥散，眼波流转的倾心在嘴角溢出，宛若莲花的静美在心底盛开。

　　夏天的女子，是一抹清新的绿意。眺望，轻盈可人的姑娘，一身休闲的装束简约而不简单，灵巧剔透的凉拖踢踏出一季欢歌，帅真洒脱的神情流泻出非凡的气质，举手投足间的魅惑，犹如洋溢诗情的芳草地，令人浮想联翩，惹人欢然沉醉。

　　夏天的女子，是一缕脉脉的清风。冥想，恬美温婉的少女，揣着浪漫得有点不着边际的心绪，携着浓得有些化不开的娇俏，从你的身边悠然飘过，那温雅如清晨的第一缕阳光，让你在繁忙中感悟到些许的从容；那清纯如午后的一杯绿茶，让你在疲惫中品味到苦尽甘来的舒心；那秀美如月下的一袭芬芳，让你在静谧中遐思出旖旎的梦幻。

　　夏天的女子，是一道靓丽的风景。沉迷，端庄娴雅的少妇，怡然流连在繁盛的店堂里，一件件线条流畅的衣衫显现出她们快乐的心境；一条条质地柔滑的裙装再现出她们温柔的心结；一款款千娇百媚的丝巾蕴含了她们优雅的韵致；一双双款式新颖的鞋子折射出她们美丽的风采；一个个造型别致的手袋流露出她们与生俱来的典雅。挡不住的诱惑，放不下的美丽，在左转转、右看看中蠢蠢欲动，心里那个美啊稍不留神就蔓延到嘴角，攀附在眉梢。

如果说城市的美丽在于装扮，那么夏天的魅力呢？一定在于女子。那白嫩嫩的香肩，那光滑滑的颈项，那妩媚的小蛮腰，那裸露的脚趾，一个细节一道风情，一种装扮一份魅力。

沉湎在清风拂面的温柔中静赏细雨如酥的缠绵，你是否会联想到"樱桃樊素口，杨柳小蛮腰"的诗句呢？

爱美的女子，还要犹豫吗？乘着炎炎的节气，握住美好的时光，快快靓出你的风采，燃亮路人的眼眸吧。

女子如荷，净雅脱俗

正是一年赏荷时。哪儿哪儿都被荷香浸染，哪儿哪儿都有荷韵悠悠。沉溺文字里清雅高洁的荷，漫赏镜头下风姿绰约的荷，一幅幅流动的画卷，燃亮了眉间；一帧帧精美的影像，撩拨着心念。

我要去看你，娇羞的仙子，风雅的莲花。

寻一段静谧，我要看你的嫩蕊凝珠，我要听你的低吟浅唱；我要在你的轻摇曼舞中，悠然着独属于我的时光静好。

我要去看你，看你的纤裳玉立，含笑迎风；看你的冶姿清润，出尘不染；看你的不蔓不枝，净雅脱俗。

深一脚，浅一脚，就这样，我在路上，你在心上；就这样，远远又近近，浮香绕曲岸；就这样，隔一片俗世红尘，看你的亭亭玉立、含苞待放，想你的清香袭人、沁人心脾；就这样穿过九曲石桥，循着波光潋滟，我看见了绿水芙蓉衣的你。

翠细红袖水中央，青荷莲子杂衣香。面向你的静影摇波，我思绪飞扬；沉溺你的洁身自好，我心若莲开。

身为女子，没有一双慧眼，但求一颗慧心，不为红尘所困，不为世俗所牵，孤然而立，像荷一样清朴而端庄，独立又向上。如此，才能撑起心中的那一片蔚蓝。

荷一样的女子，可以不够漂亮，但一定要有足够漂亮的心性。一张画纸，一段音乐，就能唤起心中的万千风情，让无奈和焦虑，在一笔一画间隐退；让恬然和飘逸，在一唱一和中回归。一杯清茶，一卷诗稿，可以让浮生半日风生水起；让淡绪轻愁悄然退场；让花开满园的旖旎，如三月的清风，拂面而来。

法国启蒙思想家卢梭说：女人最使我们留恋的，并不一定在于感官的享受，主要还在于生活在她们身边的某种情趣。荷一样的女子便是如此，沉溺于小情小调的恬适，安逸于柴米油盐的醇香，于世俗却不庸俗的静好里，不求高风亮节，但求出污泥而不染，濯清莲而不妖。独自悠闲独自品的日子里，她们醉心用文字串起生活的琐碎，习惯用茶色洗涤偶尔的愁绪，尤爱用画笔勾勒梦中的绮丽。

女人总有点儿喜欢梦想：年轻的憧憬未来，年老的回忆过去。是，荷一样的女子就是这样，喜欢在音乐里游走，在文字中漫步，在茶色间打坐。她们喜欢顾影自怜，习惯独自啜饮。平平仄仄的方块字是手中的棋子，轻轻浅浅的叙说是眉间心上的眷恋。远离喧嚣，在素洁清净的氛围中，且思且吟，是荷一样的女子最舒服的姿势。

荷一样的女子，是千娇百媚的，也是细腻温婉的。面向心仪的画卷，她自在轻盈，即便不发出一丝声息，也能感觉到她的温雅含蓄，她的童贞善良，她的如月素心。偶尔的执拗决绝，偶尔的冷眼旁观，偶尔的寡淡漠然，只为那偶尔的不和谐。

荷一样的女子，不习惯被靠近，也不愿意被亲近，距离产生美丽是她心中的永恒。有事没事，情愿和花草结伴、与自然相依，也不愿在人海中徘徊、在喧闹中行走，是她们为自己结下的藩篱。

情归荷处，是此生的念念心结；荷言悦色，是唱不尽的恋恋心音；做自己最想做的事，生活在自己喜爱的环境里，淡泊宁静、与世无争。净雅脱俗是荷一样女子最真实的写照。

我为旗袍狂

是怎样的缘由，让我对旗袍情有独钟？是怎样的情结，让我对穿旗袍的女子，遐思无限？

毫不夸张地说，每每想到"旗袍"这两个字，我就会生发出小小的悸动，片刻的神游。每每看见穿旗袍的女子，我会搁下所有，扬眉浅笑。

为你欢喜，为你狂，这是我对旗袍最直白的表达，也是最为真实的感觉。

旗袍，婉约如诗，清美如莲；旗袍，风雅如画，甘醇如茶。心目中的旗袍更像一位"素"颜的女子，不施粉黛，却能在一举手一投足间展露出撩拨人心的气韵。

不雕琢，不刻意，一个"素"字足见功力，它可以让每一个不经意的细节都至关重要。多一点会显得繁杂，少一些会变得单薄；丝丝缕缕，环环相扣，如同那一粒粒精致的盘扣，错落有致，却容不得半点疏忽，让旗袍隐而不露的魅力展现得淋漓尽致。

如此想来，那些流水线上出来的作品，如何能体现东方女子含蓄而隽秀的神韵，又如何能展示出旗袍的温柔和娴静。即便是华丽的牡丹、素朴的青花瓷，也无法诠释出旗袍骨子里的那份清婉和高雅，那款不动声色的流韵。

旗袍的华美，不仅仅在于质地，更在于如何去诠释。恰到好处的收腰，凹凸有致的款型，勾勒出纤巧而柔曼的线条，恰似女子如水般情怀的再现。唯此，量体裁衣，方能尽显妩媚。这亦是成就魅力旗袍的必要环节。

只要稍作留意，便会发现，爱穿旗袍的女子，眉眼间的知性撑起了她的浪漫，唇角边的温婉成就了她的优雅。因着合体的裁剪，敢于穿旗袍的女子是美丽的也是自信的；穿上旗袍的女子是安静的也是内敛的，她们不会如河东吼狮般扯开嗓门大声吆喝，亦不会如驰骋职场的女强人那样冷傲决绝，她们宛如居家女子，行走在阡陌小巷中，不张扬，不媚俗，骨子里的清雅端庄足够亮起一道风景，引来路人的回首。

由小说到屏幕，关于旗袍不胜枚举。而我更醉心于《色戒》里汤唯演绎的旗袍风情，她妥帖而有序地吻合了叶倾城对旗袍的赞誉之词："沉静而又魅惑，古典隐含性感，穿旗袍的女子永远清艳如一阕花间词。"

因着"一阕花间词"，偶尔我也会八卦地思忖着：究竟是女子让旗袍更具魅力，还是旗袍让女子更显风情？罢了，罢了，有些感觉只在意会，无需言说。就像旗袍，并非那么缥缈，那么高冷。

那日和友人聊天，说及旗袍，我们兴致盎然，她说：旗袍永远是一种无言的诱惑，只是不敢轻易上身，总觉得有点儿矫情，有点儿唐突。

想来，旗袍因它独特的裁剪方式，确会带来行动不便。然，闲暇时，穿上旗袍，登上高跟鞋，信步而行，悠然漫赏，那份惬意，那份优雅，如何能拒绝。何况，旗袍是女子的第二张皮肤，我们又怎能轻易地割舍？随着心智的成长，作为女子，若不能为自己置一款得体的旗袍，实在是遗憾。

当然，我也明白，不是每一个女子都适合旗袍的。就像不是所有的场合都适合"素"颜一样，有些事情，含而不露远比敞开心扉来得更美妙；有些时候，冷眼旁观远比喋喋不休来得更舒坦。凡事人云亦云，终究有些对不住自己，爱我所爱，穿出个性，穿出风采，如此才能不枉女人这个称谓。

喜欢旗袍，不是一两天。为了找感觉，我曾特意带上我的旗袍，乘坐高铁，朝着我心中最爱的古镇进发。晨曦时漫步悠悠古镇，嗅闻水乡山色，月光下看小桥流水，听吴侬软语，沉溺于我的江南梦，酣然着我的烟雨情。

我为旗袍狂，不仅因为它柔而不弱的风骨，更在于它有着一汪清池的宁静，一树梨花的娇俏，一抹斜阳的柔美，恰似我心中那枚薄荷色的青莲，自然而然，独具风雅。

做女人，要精致

和女友去茶楼，要了一壶新上市的猴魁。看着服务生不紧不慢地摆弄好茶具，转身、掩门而去，我们相视一笑。

凝望杯中的茶色，修长的身姿赏心悦目。轻抿杯中的茶水，淡淡的清香沁润心扉。举杯，再次端详，禁不住地赞叹着："我就爱猴魁这修长碧绿的叶片，每次饮用，都喜欢细细打量一番。"女友笑着说："这茶有啥好喝的？我还是习惯白开水的。"望着女友那不以为然的神情，我笑了。"其实，闲暇时喝点绿茶，对身体是有好处的，何况这猴魁的口感相当好，即便不喝，瞅着那翠生生的叶片在水晶杯中脉脉舒展、缓缓浮游也是一种享受。""你真是会享受的女子。我不行，整天忙得不亦乐乎，回到家恨不能就躺下休息，哪有这番闲情逸致？渴了，牛饮一杯凉白开就是享受了。"

　　说笑间女友接了几个电话，似乎都是一些琐事，可又亟须处理的。"你看见了吧，真的没办法，我这人是累命。整天不得消停。"瞅一眼女友略显疲惫的容颜，忍不住得有些心疼她了。女友算不上女强人，至少也称得上事业有成了。方方面面打理得恰到好处，处理问题更是有条不紊。每当我们夸奖她的才干时，她就会端出他老公的话："瞧你忙活的？家都顾及不到，顶多只能算是半个女人。"

　　"半个女人"？这是怎样划分出来的，我不得而知。可稍一深思，却很不是滋味。哎，女人何必这般的辛苦？经济上的确很宽裕，可家庭生活的乐趣却在无形中被淡化了，我不知道这样的结局是不是得不偿失，可我以为学会爱惜自己，做个精致的女人才是最为聪慧的。

　　我一向肤浅。总觉得女人未必要有深奥的学问，更无需有指点江山的魄力；女人，只要温文尔雅、恬静淡泊就好；只要在公众场合得体大气就好；只要在生活中精心细致就好。

　　精致女人绝不会在众人面前不修边幅地扯开嗓门大声呼喝，更不会当众说脏话，即便怎样地不悦，她也会隐忍着，忽略着，甚至漠视着。一个眼神，一个微笑，甚至一抬手一回头这些微乎其微的小细节里都能显现出一个人的本真。安静是最美丽的容颜，微笑是最可亲的话语，乐观自信更是精致女人的魅力所在。

　　看过一些报道，提及有些人为了追求视觉上的美感，不惜一切代价去整容、修身，其结果却未必如想象那样圆满。漂亮的脸蛋如同鲜花一样会让人眼前一亮，可自内而外散发出的女人味更是让人心生喜欢。

　　真正的美源自内心，是涵养更是底蕴。精致女人懂得及时提高自身素质，懂得营造温馨的氛围，更懂得以理服人，用心暖人。我以为女人可以没有娇美的容颜，但绝对不能失去母爱的天性，作为女人，优雅的气韵最是千娇百媚、蛊惑人心的。

　　随心随意的天分是女人与生俱来的。比如阅读，面对那些大部头的书籍，任别人怎样吹捧，精致女人绝对不会人云亦云地勉强自己。善于欣赏是一种美丽，只读喜欢的，随意翻阅，快乐分享是精致女人的习惯。

　　精致女人不刻意追赶所谓的潮流，只在不经意间晾晒美丽。比如装扮，那纤巧的高跟鞋搭配色彩艳丽的裙装，纵然怎样地抢眼，于她也只是路过的风景，留步观赏，再若无其事地走开。精致女人深信：新潮的未必人人适合，素朴的也许另有一番韵味。

　　精致女人是冷暖自知的，吃东西从不考虑谁美容谁减肥，爱吃就行了，口感好就会时常食用，不对胃口的会忽略不计，甚至视为不存在。胖又如何？瘦又能怎样？环肥燕瘦各有千秋。不矫情，不显摆，不无辜地让自己受累，是精致女人一贯的坚持。

拥有一颗欣赏美丽的心灵是富有的，能够适时地拒绝美丽更是一种心智。面对那些漂亮的衣衫，新潮的鞋子，时尚的手袋，精致女人会一见钟情，爱不释手。可面对那些梦幻中的美丽，那些触动心扉的细节却能不动声色地走近，再后退一步静静地欣赏。

精致女人是喜欢幻想、追求浪漫的，可距离产生美丽，适可而止，留一些念想在心里是她始终坚守的信念。

荷叶罗裙暗香来

只是一个转瞬，大街上人影娉婷，裙角飞扬。一场筹备已久的"夏日靓装秀"正以风一般的阵势拉开帷幕。

信步在热闹的街头，放眼望去：从欢天喜地的孩童，到青葱懵懂的少女；由神采飞扬的姑娘，到端庄优雅的妇人；凝眸"风中漫步"，温暖又闲适；漫赏"莲步轻移"，养眼又醉心。这情这景，怎不让我目不暇接，怎不令我怦然心动，又怎不惹我跃跃欲试呢。

走进商厦，五彩缤纷的服饰扑面而来，细细搜寻，一款做工考究的连衫裙无端地诱惑着我的眼球。轻扶裙摆，漫揉肌肤，手感不是我喜欢的那种丝滑细腻或柔软质朴的面料，色泽却是我迷恋的那种散着芬芳、蕴着优雅的紫色。陶然时有细语飘来："姐姐身材这么好，看看有没有喜欢的连衣裙？"寻声张望，淡抹脂粉的售货员冲我微微一笑，莞尔中，满满的温馨将我簇拥。

就这样一路闲逛，一路欣赏；就这样，一路欢喜，一路畅想，心思在不觉中飘然。倘若说春天的绮丽在于自然，纯朴又绚烂；那么夏季的旖旎定是要归功于女子了，俏丽又温婉，妖娆而雅致。此时的恬然信步，让夏的丰韵直抵眉间，敞亮了心房；那份源自女人的风雅，那青丝飘飘、裙袂翩翩的玄妙，如诗如画，如影相随。

想起孩提时代，我是那么的喜欢裙子，喜欢站在大衣镜前看自己穿上漂亮的裙衫；喜欢趁着家里没有人的时候，把所有的衣物翻出来，换着花样试穿；喜欢把自己幻想成轻提裙裾，莲步姗姗、浅笑吟吟的美丽公主。

十二岁那年，母亲用家里那台簇新的熊猫牌缝纫机为我裁剪了一条背带裙，那是我记忆里最漂亮的一条裙子。白色的花骨朵，浅浅轻轻地缀在粉蓝色的底版上，远看犹如清澈明净的小池，素淡秀丽，赏心悦目；近赏宛若水墨，点染着春的繁华，夏的怡然。直到现在，我依稀记得那个夏季，那个操场边安静行走的我，那个窗前懵懂凝思的我。

十八岁那年，为了一场聚会，我用平日里省吃俭用攒下的零花钱，买下了一条心仪的大红色带黑点点的喇叭裙，试穿时的惊喜，购买时的犹豫，囊中羞涩的尴尬，裙袂摇曳的婉丽，每每回想起来，趣意连绵，心意缱绻。如今，那年、那荷叶飘香的环湖公园，那袭蓝天白云下迎风飘舞的大红色太阳裙，那件有着细细碎碎皱褶的雪白泡泡衫，还有照片中那一张张充满朝气、灿烂如花的容颜，成了我心底一道始终明晰的光圈，一片永不枯萎的芳草地。

二十岁那年，一个偶然的机缘，我爱上了蜡染的蓝花粗布。特别是用它缝制出来的那条微喇长裙，柔软舒适的纯棉质地，散发出温柔的气息。裁剪合体的腰身，焕然出清丽的丰姿。深知阅历浅薄的我，无论怎样的矫饰，也穿不出江南雨巷中"丁香一样的颜色，丁香一样的芬芳，丁香一样的忧愁"的韵味。好在朋友的一声轻叹："瞧瞧，这举手投足间，水乡女子的诗心画韵，真是漂亮。"让我有了道不尽的欢喜。

回想起来，从公主裙到太阳裙，由泡泡衫到蓝花粗布长裙，悉数女人家缜密又委婉的心思，那或深或浅的记忆里，总有一些美好的情愫在氤氲；那或浓或淡的画面中，总有一抹温润盈盈袅袅，触手可及；那或明或暗的灯影下，总有一款可心的衣裳成全了美丽的心情，丰满着成长的过程。

是女人的善变，成就了时尚的元素？还是时尚的元素，造就了善变的女人？

随着节气的转换，伴着"荷叶罗裙一色裁，芙蓉向脸两边开"的曼妙，一向爱美的我，会在突然间生发出莫名的忧患，觉得穿裙子太累赘。走起路来羞羞答答的，不够洒脱；做起事来腼腼腆腆的，不够利落；打理起来更是精精细细的，不够简洁。畏惧繁庸的我，甚至会在某个时段，刻意地回避裙装。

好在，所有的惆怅，只是瞬忽，久久以来的历练，让我深信：若能在丰韵尤存的岁月里，以内在的涵养秀出自己的优雅，以外在的端庄靓出岁月的丰采，那才是真正地爱自己。至少，到了白发苍苍的时候，回首往事，不会因为忽略自己而懊悔，更不会因为放纵自己而抱怨。

茶一样的女子

饮茶，纯粹是一种习惯。

闲暇时为自己沏上一杯清茶，伴着袅袅的馨香，静静地凝望，茶水通透清新，茶叶悠然婉转。小酌，沁人心脾；舔抿，一款说不出的宁静和舒畅由心底泛起。

于茶，没有太多的感悟。

只是每每饮用，定会虔诚地挚捧，安静地欣赏。透过明净的水杯，沉湎独特的清香，我会默默地安抚自己：做茶一般的女子吧，宁静，淡泊，与世无争。

是过于沉迷抑或是习惯幻想？总以为深如灵魂、淡如白纸的茶，恰似女人骨子里的那款温柔和善良，醇香、清淡，媚而不俗、甜而不腻，风韵十足。

茶一般的女子是简单的。她深信真正的美是一种底蕴。与其让自己外表光鲜耀眼，不如让内心充实温润。茶香添诗句，天清莹道心。琐碎的日子里，她情愿选择墨香萦绕的书城，腰酸腿疼地花上小半天工夫随意浏览，也不会去那雍容浮华的美容店里尽享贵宾的款待。

茶一般的女子是低温的。她畏惧喧闹，尤爱清静。孤身只影却不觉寂寞，走走看看，听听写写，于她是莫大的快乐。那些凡尘琐事会在眉眼滑过，亦会在指尖缤纷，偶尔的涟漪缱绻，终究会在某个时辰，于茶水的浸透、熏染、涤荡中化为一缕青烟，随风而去。

清水出芙蓉，天然去粉饰。茶一般的女子是素净的。不爱粉黛，素颜朝天是她一贯的做派。深深浅浅的紫色泄露出内在的盈润；米灰，素白，浅蓝是她触手可及的美丽。素净的容颜，素雅的装束，素朴的举止，一个"素"字成全一场妩媚，一个"素"字蕴含一份殷实。

茶一般的女子是清幽的。她不善于言笑，更不擅长结交。烦闷时肆意涂鸦，寂寞时独自吟咏；闲暇时轻描淡写，喧闹中揽镜自赏。触目横斜千万朵，赏心只有三两枝，于她，是一种踏实的享受。

黑白相间的经典于她有着难以割舍的情结，风韵妩媚的旗袍于她有着不能言说的蛊惑，诚挚坦然的友情是她永久的牵挂。若是走进，你会发现，茶一般的女子极其恋旧。即便是一支水笔，一张贺卡，一首老歌，一幅场景也会因了种种而触动心扉，犹如宝贝般精心收藏，悉心呵护。

茶一般的女子，不够大气，却能在不经意中带来一份平实。

一碟小菜，几份点心，与家人共享，和亲友小聚，是疲惫中的缓解，是枯燥中的柔软。一杯清茶，一本闲书，随意地翻看着，漫不经心地品茗着，心随茶动，思随文涌；一段音乐，一点文字，让浮躁的心绪在茶香中缓缓地淡去，在书香里慢慢地平静。

茶一般的女子不矫揉，不造作，有着茶一般的恬淡，温润，内敛，含蓄。不刻意地取悦，不一味地迎合，做自己喜欢的事情，随遇而安是她们最大的快乐。

女子无需太漂亮，只要有灵气

年轻时，遇见那些桃腮粉脸的女子，会忍不住多看两眼。随着年龄的增长，心性的沉淀，我的审美意识也在不断地改变。眼下的我，越发欣赏那些慧心巧思的女子了。远观或者近赏，知性温雅的她们未必能带来眼前一亮的快感，却有过目不忘的舒适。

在我遇见小雅之后，我更加确定了这样的感觉：女子无需太漂亮，只要有灵气。

小雅是我在某文学交流群中结识的女子，最初只是闲聊，后来我们互加好友，彼此关注起对方。看小雅的朋友圈，会有生活多美好的感觉。特别是学做美食、养花种草等一系列的小情趣与我完全吻合。切磋拍摄技巧，交流生活感思，同样的频率，相近的心性，渐渐地我们成了无话不谈的好友。读小雅的心情如同读自己的生活，那些有关生命的思考，那些生发于寻常的感悟，那些行走自然的酣畅，无不散发着纤巧敏锐、朴拙自然的气息。

记得小雅的朋友圈里有一张与朋友在古镇的合影，镜头里的几个女子，或浓妆淡抹，或浅笑嫣然，一眼看去很时尚、很漂亮。再细瞅，不得不说唯素颜的小雅，韵味十足，怎么看怎么好看。

由此，我想到了时尚这个话题。

关于时尚，每个人都有自己的见解。如同漂亮，有人以为稍稍化点妆，再配置一些流行的饰品，就可以把自己来个彻头彻尾的改变，成为时尚的代言，美丽的化身。

然而，时尚的未必就是美丽的。一如所谓"沉鱼落雁"，所谓"羞花闭月"，环肥燕瘦很大可能是审美的习惯和欣赏的角度促成的。

稍有常识的人都会懂得：通过妆容来改善的只是外观，借助饰品点缀的只能是形式。真正的美丽是由内而外散发出来的韵味，是因着知识修养、言谈举止等综合到一起所显示出来的气质，是如沐春风、清亮澄净的灵气。

"天生的好气质少之又少，大多数的好气质是读书和自我修炼得来的。"情圣徐志摩的这句感言，让我想起了那个叫董卿的女子，因古诗词大会唤起众人对文学的温柔记忆的女子；因朗读者让真情厚爱绵绵传递，让更多喜欢文字的人儿沉浸无限美好的女子。节目中她优雅、自信、亲切的微笑，她温婉、轻松、严谨的讲述，展示了现代知识女性的卓越丰采，特别是现场的点评和总结，可谓是名言警句信手拈来，画意诗情俯拾皆是；一颦一笑间，扎实而深厚的知识储备，无不令人由衷折服。

回望美女如云的当下，董卿只是特例。不得不承认，现实生活中能以独有的气韵和魅力行走尘世的女子，实在难得。

面对盛世繁华，审美的疲劳在劫难逃；面对匆匆的时光，心性的沉寂终是必然；相对"俏丽若三春之桃"，"清素若九秋之菊"更令我心仪。

其实，妆容也好，处事也罢，太过"浓艳"，会令人眼花缭乱，难以适从。自然一些，才会舒适一些。有时候越是清朴越是精致，越是简单越是美丽。

有人说，女子应该以淡淡的妆容示人，这不仅仅是面子亦是礼节，而我以为，把自己拾掇得清清爽爽，岂不是更显一种自然吗？干净得体的服饰，发自内心的微笑，较之于华丽的妆容，似笑非笑的样子，哪一种更让人感到亲切呢？就像拍照，有些人喜欢 PS，甚至不通过 PS 的照片都不能示众，不敢示众，久而久之，被记住的只是一个虚拟的影子，某一天没有了 PS，没有了华丽丽、高大上的名品装扮，谁还认识你是谁？

颜值当道的时代，以最好的形象出现在众人面前，是给自己加分，更是为自己增添信心。这话看似没错，细品却不是滋味。

古往今来，以貌取人的观念，不曾更改，只是随着社会的发展，审美品位的提升，此"貌"亦是彼"貌"，涵盖了更为深广的内蕴。

生在俗世，少一些做作，多一些真实，就像小雅那样，看上去恬淡知性，说起话来不急不忙，和她交流，没有顾虑，只有舒心。这样的感觉，有谁能忽略，有谁会忘记，又有谁不沉迷。

可想，作为女子，可以不富有，但一定要乐观向上；可以不聪明，但一定要真诚善良；可以不漂亮，但一定要有灵气。如此，不管怎样的年龄段，都会是娴静优雅、富有情趣的。

每个人都要有自己的味道

看了一段《朗读者》视频，这期嘉宾是导演兼歌者张艾嘉。

现场播放了她演唱的歌曲《爱的代价》。其实，很早就知道这首歌，一句"走吧，走吧，人总要学着自己长大"让我尤为陶醉。随着画面的播放，直抵心间的又岂止是那句"人生难免经历苦痛挣扎"。

好的歌词就是这样，每一句都是一个画面，每一个画面都是一个故事；好的歌曲就是这样，在一不留神中蛊惑着听者的心，于是不自觉地沉吟着、思忖着、慨叹着。

人总要长大的，为心找一个家，让所有的飘零日渐稳妥，得以安放，该是对自己最好的呵护。

屏幕上，音乐中，两个女子，轻言细语。那唇角的笑意，那眉间的柔波，怎一个叫人心动。

这一刻，什么"沉鱼落雁之容，闭月羞花之貌"；什么"手如柔荑，肤如凝脂"；什么"翩若惊鸿，婉若游龙"，都不过是一种点缀，一些渲染，一份想象。

这一刻，屏间"眉梢眼角藏秀气，声音笑貌露温柔"的女子，让我亲历了知性和风情同在，温雅和智慧共存的气场。

这一刻，让我再一次坚信，年龄不是问题，由内而外的气质，更为重要。什么小清新，什么白富美，空有一张漂亮的脸蛋，没有气质、少了个性的女子，不过是一张画儿，单薄脆弱，毫无生机。

这一刻，赏心悦目的画面里，腹有诗书气自华的女人味，由屏间轰然而出，飘拂而来，在我的眼帘，在我的心上。

随着节目的播放，这味道清清淡淡却是微醺微醉，这味道醇香浓郁却也云淡风轻，这无法勾勒的气韵啊，如此撼动，如此魅力，如此熨帖。由此，我想到了董卿的那段台词：味道写到笔上是风格，吃进胃里是乡愁，刻在心中那就成了一辈子都解不开的结。

不知道每个人的心中是不是都会有一个"结"，但我相信生活中的我们，都会有自己的味道，它来自我们的人生态度，它成就了我们的人生信念，它是我们行走的力量。

面向纷繁的尘世，善于保持自己的味道是率性，懂得释放自己的味道是智者。人云亦云，一如东施效颦，终究会被隐没在人海中。何况，很多事情是装不来的。明明不喜欢的风格，如何能委屈自己将就着去靠近？分明不适合的东西，怎么能牵强地往自己身上揽？不在一个频道，如何能步调一致地走下去？

适合的才是最好的。

喜欢就是喜欢，可以奋不顾身地独醉其间；不喜欢就是不喜欢，可以像个沉默的小孩一言不发，避而远之。这是个性，是他人无可取代的味道，是行走尘世的风范。

这世间没有绝对，只有相对。一个心性成熟的人，是不会轻易拒绝的，也不会随意接受的。坚持有选择地接纳心中的喜欢，懂得回避那些不适合的，才能更加快乐而愉悦地行走。

生活离不开烟火的气味，做人不能丢下自己的味道。不管时光走多远，不管身居何方，善于保持自己的味道，懂得坚守自己的风格，相信历经时光的打磨，随着阅历的丰盈，你的味道定会是独一无二的，是别具一格的，是魅力十足的。

◎ 烟火生活

烟火生活

静寂，是眼下的风情，如同遥远的沉默。

其实，不管时光走多远，文字会记得。记得曾经的我们，以及那些美丽和哀愁，那些落寞和欢喜。

一、港湾

据说，又一轮的降雨要来。无妨，外面的世界怎样的清冷，家依旧是舒适的，没有灿烂的阳光，没有和煦的微风，至少有我喜欢的花草，有我习惯的气息，有我心仪的各类小玩意，以及爱我的和我爱的家人。

任何一个地方待久了会腻烦，会有想要逃离的感觉。家不同，在这里可以卸下所有面具，或慵懒，或忙碌，或欢喜，或烦躁，总之，可以随心说笑，可以随性放纵。

远离尘世，没有纠缠不清的杂事，没有利益的冲突，家是亲人相聚、亲情相伴的港湾，如同一片芳草地，盈动着泥土般自然醇正的气息。

这世间，除了家之外，有没有一处可以轻松行走、永保温馨的地方？我想了又想，寻了又寻，始终无法给出答案。

二、习惯

无茶不欢的我，一直以来，只喝绿茶。

某日，心血来潮，为自己冲泡了一杯红茶。轻抿一口，*丝丝的香气氤*

氤而来；回甘有缕缕的香味萦绕唇齿，悠悠弥散在我的喉嗓里。一瞬忽，微醺微醉的感觉，轰然抵达。

捧起杯子，细细打量：红色的茶汤，细碎的茶叶，较之于绿茶少了清透的色相，可这红茶的味道真心不错，而我怎么会一直拒绝呢？

若不是对那只盛放红茶的小坛子充满好奇，我想我会一直一直地安于绿茶、沉溺猴魁的茶色间优哉游哉。

明知道红茶暖胃，绿茶降火，我确如此偏执，如此钟情地独爱绿茶，只取一味，究其原因，该是习惯所致吧。

习惯如风，悄然潜入，它锁住了我们的视线，禁锢着我们的思维。习惯如浪漫的爱情，一旦陷入，便会失去自我。习惯如同美丽的风景，太过沉溺，就会一叶障目，导致故步自封。

其实，面对习惯，该像面对茶水一样，适时而饮，让其各尽所能，最大限度地发挥自身的优势。

生活在延续，有些习惯一定要遵从，有些习惯必须要改善。

三、编织

那日读到一段关于编织毛衣的文字，于是回到旧屋翻出多年之前的绒线和毛线针，开启了我的编织时光。

某人见我不声不响地埋头编织，很是好奇。"你这又在干嘛？怎么想起弄这个？"我头也不抬地说："怎么不能想起来，织着玩呗。""费这功夫，谁会穿？""谁会穿？"不经意的三个字，倒是把我给问住了。是呀，织出来给谁穿？即便是纯手工的，温暖牌的，现在又有谁会穿这样粗粗厚厚的毛衫呢？也罢，不想那么多，我只要感觉这过程，编织的过程。

天生一颗玲珑心，手法生疏的我很快就进入了状态。渐渐地我发现织毛衣是一件极为享受的活儿。可以边听音乐边织，可以边看电影边织，当然我更喜欢安静地编织。没有声音，没有画面，只有我手中的毛线针和毛线，来来回回地缠绕着，这个时候，我的脑海里会有各种各样的画面闪现，我会想起很久很久以前的事情，也会幻想出一些莫名其妙的情节，这时候，我是属于我自己的，纯粹的自己，真正的自己，快乐的自己。

随着针线不断地穿梭，看着毛线团一点一点地变小，手中的毛衫日渐成型，满满的欢喜，情不自禁。我甚至想象着它是怎样的独具一格，又是怎样的温暖舒适。当然我也明白，这毛衣织好后，很可能会成为储藏柜里的又一件摆设，直至遗忘。

只是，那又何妨！很多事情，结果并不重要。真实而美好的过程，于我来说，更为享受。

四、诗意

如果，如果我以我的灵魂飞奔向你

你，会不会张开臂膀

某日，脑海里闪出这样的句子，于是迅速记下来，本想能继续着、来一段诗意的独白，只可惜，思绪戛然而止。

三月春暖，那些叫不出学名的小花小草，都迫不及待地探出头来，于风中摇曳，在雨中低吟，而我又怎能静默无语？

没有诗意的抒发，那就来场诗意的行走。如何？

忙碌的生活，复杂的人际，按部就班的日子，有谁不想搁下所有，来一场说走就走的旅程。又有谁不愿携手明月清风，共赏美景良辰。

我们唱着：生活不止眼前的苟且，还有诗和远方。我们谈着：远方很远，诗意很美。只是，寻寻又觅觅，复复又重重，生活依旧在继续。

与其难以搁浅，与其恋恋不舍，不妨酣然尽兴，在这春尚好的时节，种桃种李种春风。在这芳草又绿时，染墨抒怀，于文字的阡陌，潇洒走一回。

尘世在我的窗外，江湖在尘世间奔腾。而我，信步流连，在一阕诗行间，笑而不语。

午后闲思

群居可以带来无限的快意，独处能够享受无尽的美妙。一个人的世界里，无需顾左右而言它，无需故作姿态地迎合，我属于我自己，自由也自在，舒适而轻松。在我的感觉中这不仅有利于身心的健康，更有利于深刻而细致地思考。

一

和新同事闲聊说到朋友圈的话题，说及朋友，看着她一一点数着天南地北的情谊，那份满足，那种快乐，我竟有点儿不知该如何接荐了，只好实话相告："其实我没有朋友，我的微信上除了便于联系的亲戚就是一些公众号。"对方睁大着眼睛很不理解："怎么会，你看上去那么温柔，那么好说话，怎会没有朋友？"我笑了笑，漫不经心地说："是的，我没有朋友，生活中极个别的友人也是难得一见的，对方若不联系我，我也不会主动联系对方。""啊，怎么会呢。怎么会呢。"新同事不以为然地嘀咕着，我瞅着她十分好奇的样子，笑而不语。

性情所致，我是一个习惯了独处的人。喜欢的氛围，熟悉的场景，我便可以随心所欲，任性地放空自己，快乐地憧憬心中的美好。一旦走进人群，我会变得拘谨，甚至会萌生出随时逃离的想法。

不贪求繁华，更畏惧热闹的我，情愿一个人孤单，也不要一群人的狂欢。这些，很大程度上与我自小传统而严厉的家教有关，念及这些，我的心里总会泛起丝丝缕缕的柔暖。我从不介意我的习惯孤单，如同我习惯凭窗而立，看车来车往、人潮涌动一样。

二

闲来，在网上看《芈月传》，相对于《甄嬛传》似乎没有太多的新意，但这些都不影响我一如既往地喜欢孙俪的表演。

为了免去我追剧的辛苦，在《芈月传》开播之时，我刻意不去关注，就连网络中的炒作也很少浏览，以至于眼下，我可以不紧不慢地随着剧情而陷入而思考。不想过多地评价这部剧的本身，但剧中的一些细节还是很吸引我的，特别是秦王对于八子的爱，那种用心呵护，那份彼此懂得，在我的眼里可谓是琴瑟和鸣之魅惑了，想来也吻合着古往今来众人心中渴慕的爱情吧。恕我直言，随着剧情的展开，八子的聪慧，大王的儒雅，以及王后的心机，都成了让我看下去的诱因，尽管有人说这部剧是弱智人为弱智人拍摄的连续剧，可我还是滋滋有味地欣赏着。

是，别人如何看那是别人的事情，我们无法干涉。网络也好，现实也罢，做自己，做自己喜欢的事情，不强求他人便是了。

三

想起那首获得某市"世界华文"诗歌一等奖，被誉为一字值千金的诗歌，我百般不解。一首小诗，13 个字符，一等奖，真的有那么精彩吗？首先我得承认：我不是羡慕，没有嫉妒，但我真的有点儿恨自己的无知。

退一步说，也许，如我这样的诗盲，本不该去品论此事的，被说成好诗自有它的好，我又何必去绞尽脑汁瞎琢磨呢？可我这人，通常都是稀里糊涂过日子的，一旦陷入某个话题，就会一意孤行，就想弄个水落石出。

就像这首小诗，我很想用我浅薄的鉴赏能力去探究那诗歌的韵味，去幻想那诗意的丰盈，去相信那诗情的醇美。实话实说，这首小诗不乏意犹未尽的美感，只是，只是戛然而止间，我感到缺失了什么，似乎很不尽兴，当然各花入各眼，何况早有行家说过：诗歌无需人人读懂，留有极大的想象空间才是好作品。好吧，既然有人推举，既然被选为一等奖四处宣传，那么定有可圈可点之处留给众人，只是角度不同罢了。

我可以不认死理，不那么的执拗吗？

否，我真的、真的做不到。本着对文字的尊重，对文学的喜爱，作为一种责任，面对尘世间任何一次事件的发生，都有权利去议论，都有义务去思考，就像这首《乡愁》自有它的特质，但被如此地美誉，我觉得过了。

这好比文学论坛里的互动，总是一味夸大其词的赞美，总是甜言蜜语的夸奖，终究会导致后患无穷的。当然，有人会说，文学论坛里不过是彼此熟悉的人儿，在文字里温情相伴着，尽力地说一些温暖的话有什么不可以呢？是，完全可以，彼此呵护是人与人之间的必须，也是快乐同行的秘籍。何况谁和温暖有仇呢。

良言一句三冬暖，恶语伤人六月寒。但是，选择真诚，有话就直说，在当前的大环境下实在是必须。若不能有一说一，就来个婉转表达，可好？

无论做事还是做人，一味地在乎表面，终究会得不偿失。内在的坚实与外在的虚华，孰重孰轻，无需赘述。若想得以真正的繁华，唯有脚踏实地，口号喊得再响亮，不过是一阵风。赞美之词如潮涌来，也不过是昙花一现。唯有实实在在地做事情，方能换取真正的美好，才能让馨香弥久蔓延。

当然适当的鼓励，也是不可忽略的。凡事，把握好度，才是真正的智慧，才能成全更多的精彩。

写给幸福

> 每一条路径都有它不得不这样跋涉的理由，每一种努力都会留下印记。学着为自己的行为负责，学着不去后悔。学着好好地享用我的今天。
>
> ——题记

一、雨中徒步

一把雨伞，一片清寂，暮色中我告别了白日里的忙碌，和纷飞的雨丝一路缠绵。

这是入冬以来的第几场雨，我没有留意。这样的雨中漫步我不陌生，这样的神清气爽我很享受。挺直腰、深呼吸，雨雾中我刻意地让自己放松再放松，好让纠缠已久的倦意渐渐消散，让无以明晰的烦躁与我告别。

日子，在川流不息的迎检中继续；心情，在马不停蹄的忙碌中沉浮。真的倦了，不是想做逃兵回避责任，只觉得如此的反反复复，又能如何？无数次默默地提醒自己，不要太较真，得过且过便好。无数次在茫茫暗夜里告诫自己：所谓完美只在想象中，在于感觉；留些遗憾，才能享受更多的风景。

尘世太繁杂，有些事毫无预兆就会发生。就像今天，白日里我分明嗅得了阳光的味道，傍晚却是细雨纷飞。借助闪烁的灯影，瞥一眼脚上簇新的鞋子，有些不舍有些无奈，早知会下雨就不该穿这双新鞋了。仰起头，清冷的细雨拂面而来，湿漉漉的街道上我和我的影子相拥而行。

生活本就沉重，何必再去患得患失？

郁郁中，手机响了，听着铃音，欢喜蜂拥而至。"忙完了？我来接你。""不用的，我已经在路上了。""不是说快结束时给我电话我来接你吗？""太麻烦了，没事的，就要到家了。"收起手机，加快脚步，我知道走过幽暗便是一片温暖，那里，有我可爱的家人在等我。

二、向往澄明

想起一帧照片：农家小院前，几个山里的孩子，衣衫素朴、神情纯挚地望向镜头。锁住我眼眸的不仅仅是孩子们憨然纯真的样子，更有孩子身后那一片古朴的乡村风情。

我喜欢自然的气息，更憧憬水秀山青的风景。即便我不能时常走近，但我的心里始终有一方明净横陈着，闪亮着，慰藉着。它们如千千丝网构筑着记忆的城墙，将烟火和俗事隔离，把灵性和躁动分开。偶尔我会走出院墙，聆听着尘世的种种；更多的时候我习惯蛰伏在院墙内，承载着清寂，安然着孤独。

我承认，我是任性的，情愿背负着冷漠也不愿曲意逢迎。

喜忧参半的生活中，需要这样的淡泊去面对。喧嚣嘈杂的尘世间，为自己预留一方静谧，让心情回归属于自己的芳草地，且歌且吟，悠然婉转，是对自己最温暖的呵护。

清寂是一种风情，孤独是一种状态。我相信懂得的人自然懂得。那么，且让不懂的人，兀自迷茫吧。

三、学会感恩

敲下这四个字的时候，我的脑海里浮现的是心理学老师带我们一起打着手语演唱的情境。"感恩的心，感谢有你，伴我一生，让我有勇气做我自己；感恩的心，感谢命运，花开花落，我一样会珍惜。"直白的歌词，漾动着无限的坚韧；优美的旋律，牵引出感人至深的情节。

浮浮沉沉的心绪里，也曾怀疑过，也曾忽略过。可它终究存在着，就像蓝天与白云，就像花儿和绿叶。

想起一段公益广告：画面中，那个夜色下骑着单车的姑娘，那个以摆摊点为名，替路人照明的老伯，想，无论怎样的庸碌，不管世事的繁复，人群中总有一些美好会在不经意中闪亮，俗世里总有一些暖意会在自然而然中根深蒂固。面对自己的亲人，面对内心的喜欢，面对那些无辜和弱势群体，人总有良善向上的一面。

懂得感恩，是一种美好；学会感恩，是一种境界。

倘若说，怀揣一颗感恩的心，终能日日清净，夜夜安睡，那么读文字的你会不会微微一笑，与我应和呢？我想，一定会的。

四、静好无价

常常会因着一些细小的情节而感慨，而抱叹自己的才疏学浅，就像面对"静好无价"这个词，我始终不能很好地诠释它的内涵和寓意，却一直把它作为诤言藏匿心间。

网络里走走停停，享受着文字的暖意，沉湎着友情的真切，而我却很少用文字去渲染那些柔软的细节，总觉得有些暖独自触摸才踏实，有些情用心体会更长久。见或者不见，写或者不写，只是一种形式。

纷繁的尘世，五彩的镜像。有人喜欢炽热的红，有人沉湎热情的黄，而我尤爱轻浅的灰，优雅的紫。它们如同我的心性，低温薄凉，不够积极，哪怕招致误解，依然我行我素，寂静欢喜。

于文字，于服饰，于所有的所有，我都期待着它们和"静好无价"有着藕断丝连的情结。

不是吗？适合的才是最好的，习惯了就会延伸出无限的魅力。于是，幸福亦会如影相随。

偶尔地任性，才能更轻松地行走

不是无话可说，而是不知如何说起。沉溺太久，竟有了心慌慌的感觉。

白日里的忙碌，让我无心思考太多；夜下的静谧，就不是那么安逸了，一些蛛丝马迹的东西会在不觉中扩展蔓延，不经意的细枝末节亦会被无限制地放大，由此引发的种种让思绪变得极度活跃。

尽管我在主观上是很想控制自己的。可惜，事与愿违，越是刻意，越是深陷。

寂寞了出去走走，烦闷时听听音乐，有话想说就尽情抒写，这样的日子多好。遗憾。从什么时间开始，我的心空被阴云笼罩少见蔚蓝。是怎样的起因，我的情绪一天比一天地低落，直至难以自拔。

室内，乐音袅袅，可那个低吟浅和的女子，去了哪儿？案前，茶香如故，只是那如茶般恬静的女子，今在何方？

灵魂的舞蹈，日渐生疏；指尖的花蕊，零落不堪；纸上的漫步终究成为记忆。这，何止是遗憾？

以怎样的心态面对生活，就会享有怎样的生活品质。快乐是自己找寻的，凡事太过纠结，必将得不偿失。学会换个角度思考，没有什么过不去的坎。诸如此类的道理，早已心知肚明，可一旦落到自个的身上，就不是那么回事了。

适时地逃避远比敢于直视来得更纯粹。难得糊涂是一种境界，学会忽略是成长的必须。凡尘中的我们，究竟何时能真的摆脱困扰，信步闲庭在属于自己的田园里？

喜欢安静的我，更适合游走。马不停蹄地奔波在路上，没有一丁点的疲倦。陌生的环境，不同的方言，竟会让我萌生出轻松自如的快意。

事实如此，有些距离，是那么的可爱，可以让遥远不再，可以让欢喜自来。

假期里，翻看影集。

岁月匆匆，那个白衬衣、蓝色印花背带裙，撑一纸油布伞，行走在阳光下的青春少女，眼下已是人到中年。时光的打磨，曾经那个爱唱也爱笑的女子，越来越习惯了清净，宁可沉浸在一个人的孤独中，也不愿混杂在一群人的狂欢里。

一边赏着照片，一边听着女儿津津有味地点评着年轻帅气的老爸、大家闺秀般的老妈，侧身打量着身边的女儿，竟有了莫名的感动。

女儿大了，我这个当妈妈的怎能不欢喜？即便我的肌肤不再光滑细腻那又如何，老有老的味道，何况有相片可以作证。只要愿意快乐和不快乐的日子，都能在悄然中抵达，那段用青春的金线和幸福的璎珞，编织而成的美好时光，会在一瞬间闪亮。

因着定格的画面，记忆会越发地丰富多彩；因着相片里的情景，身心会轻松愉悦。恋上摄影，就是这么的简单，这样的快乐。

有事没事，背着我的微单，走走拍拍，很是享受。随着年龄的增长，我发现摄影远比写字和绘画让我更觉舒畅，更加入迷。何况，天生拥有一双慧眼，能够发现美好，善于捕捉精彩。这引以为豪的点滴，运用在摄影上，无疑是一种潜质，更是一种动力。

眼下，对于摄影的偏爱，让我想到了曾经对文字的那份痴。隔几日不去和我的小微单温存一下，就会觉得六神无主、极度不爽。不知道这样的热情还能保持多久，至少目前的炽热让我很是安逸，很享受。

相对于微单，手机的效果，也不逊色。画面富有质感，用起来更是便捷，那些定格的镜像，可以随时随地地翻出来观赏，可以让身心再次神游在某时某刻的欢悦中，甚至能听得笑语欢声，能嗅得馨香缭绕。

"有那么一片田园，不是一个地方，而是一种情怀。"想到这句话的时候，我的唇角上扬，心变得柔软而温暖。

不得不承认，这就是我内心的憧憬，我孜孜不倦地追求，相信在刚刚好的时间里，一切都会顺理成章。

而今，喜欢就尽情地享乐，倦了就把自己藏起来，该任性的时候就任性，是我无法搁浅的执着。

那些柔软的碎片

行走尘世，形形色色的遇见，开阔了视野，让生活变得多元，随之而来的美好与哀愁，也会在不觉中滋生。

一、雾霾

天色阴霾，空气浑浊，哪儿哪儿都是闷闷的。即便只是静坐，也会觉得不适，似乎有一股气流，漫漫地潜入我的胸腔，无法拒绝，又不能逃避，只好挺直腰板，用力地呼吸再呼吸。我甚至会有一种幻觉，是不是一不小心，下一秒就会被窒息？

雾霾，雾霾！不知道是从哪一年开始的？突然就多了一种"雾霾天"，它一次次地潜入城市，无孔不入地占有着人们的生活空间，肆无忌惮地弥漫在城市的上空？它的到来，让空气污浊，视线模糊；它的亲近，困扰了人们的出行，伤害了人们的身体。

其实，稍有点生活常识的人，都会知晓：环保意识的薄弱，导致雾霾天的"幸运而生"。如何让雾霾的侵扰低一些再低一些，该是我们密切关注和必须重视的话题。良好的生态环境，可以成就生命的精彩。糟糕的空气质量，带来的危害哪里是语言能够表述的？

雾霾天气的不请自来，已成事实，喋喋不休的抱怨，不如身体力行，从我做起，从点滴的细节做起，爱护环境，减少污染，才是最为妥帖的方法。

空气中的雾霾，可以自扫门前雪地加以防范；心灵的雾霾，如何清理呢？

由此想来，有些遇见，真的不是什么美好，更没有浪漫可言，甚至是一种摧残，对生命的摧残，对好心情的吞噬。

二、喜欢

我不是一个热情的女子，但这不妨碍我对生活的热爱。

我喜欢花花草草，每隔一段日子，就会为自己选上一些心仪的花儿，养在水晶花瓶里，搁置在客厅、阳台以及书房，"我要我的世界鲜花盛开"这是我的口头禅，也是我习惯的生活场景。

我喜欢清新的世界，我习惯走进自然、独步漫赏。冬日的飘雪，夏日的荷塘，春天的花朵，哪怕只是一枚枯叶，也会成为我镜头下的风物，我眉间心上的爱恋。

我喜欢文字，尤爱那些温暖的、优美的叙说，那些柔情的、浪漫的抒展。于我来说，在文字里捕捉阳光的味道，在平平仄仄的字符间，信步流连，且思且吟，那可是极为快乐的时光了。

我常常会提醒自己：既然喜欢，就尽情地去做，多想一些美好的事情，让心灵的雾霾，自行消散。当然，这并非是我贪图享乐，而是因为生活本来就不容易，何必还要为自己雪上加霜。与其在痛苦中煎熬，不如阿Q一点，让心里的负担尽量地减少，以此来蓄积更多的精力去面对生活中的突如其来。

我喜欢把自己的喜欢，植根于生活的细节中，时时想起，适时沉醉。我常常告诫自己：无论如何，一定要学会欣赏，而不是学会怀念。如此，才能以最快的速度，驱散心中的雾霾。

让心情不急不躁，仿若每天都是快乐逍遥，没有烦恼一样，这就是我孜孜不倦的追求。

三、生命

很久以前，总爱羡慕别人养的花花草草，叶子葱茏，花朵娇艳，而我的花儿，总是蔫不拉唧，一副缺乏营养的样子。我也曾尝试着为它们修枝剪杈，沐浴阳光雨露，只可惜，我的那些花儿，总也不给力，除了那几盆观赏植物能常年保持绿意，其他的都是羞答答的不愿露脸。

好在，我没有放弃。通过查阅资料，小心侍弄，终于有了独属于我的"花花世界"——高高低低的花架子，坛坛罐罐的小容器，形神各异的多肉植物。

稍有空闲，我就会钻进我的花花世界里，和肉肉植物絮絮叨叨，和花花草草缠缠绵绵。特别是近期，那些身姿纤巧、水润饱满的多肉叶片，又冒出了嫩嫩的小丫丫，还有一点点的小胡须，惹得我想入非非，不知道这些小可爱们能够长成什么样子，但眼下一个个小生命的出现，让我有了足够的信心和无限的憧憬。

我喜欢这样的感觉：安然于过程的丰盈，安守于成长的快乐，安享于绿意融融的风情，至于结局，随缘就好。

"生命的意义，不在于长度，而是在有限的长度内活出无限的广阔来。"这曾以为的冠冕堂皇，眼下竟有了别样的感觉。

其实，能够依着自己的心，不强求，不屈就，做自己喜欢的事情，还会有什么烦扰可言。

四、境界

听一段对周国平的访谈，其间说到了他的写作，他说自己从来不约稿，也不喜欢应时而写。言下之意是有了灵感就写，写完了也不着急发表，只有在遇见合适的出版社，能够把作品包装得得体而入心，才会选择合作。

这段话里，细细品咂，包括了多层意义。首先，就写作本身而言，不抱有目的性，也就是只写自己想写的文字，让喜欢的人去喜欢，让不喜欢的人自然飘过。

想想，这境地，是何等的洒脱，又是何等的幸福。

抛开功利心，只为喜欢而作，如此成就的篇章，较之于为写而写来说，更能撼动人心。

为此，我想到了自己，口口声声地说喜欢文字，喜欢纯粹的写，内心也自觉不自觉地坚守着。可事实却未必尽如人意，网络深深，风景万千，倏然的风起云涌，自然的花开花谢，若说不受影响，那不过是自说自话。源于心性，我的写，偏向于情绪化；源于喜欢，我的字始终是清浅若风的。可更多的时候，我不怕无人喝彩，最怕有人误读。即便我常常告诫自己：埋头书写，自娱自乐，外界的终究是外界，只有自己最懂自己需要什么，想要什么。可是，情绪的被传染，总在不知不觉中。

境界，如此微妙，又如此蛊惑。

面向那些高不可攀的境界，凡俗的我只能尽力地保持洁净如初的心灵和丰富多彩的精神世界，安静地做自己真正热爱的事情。除此，别无选择。

五月，花语嫣然

整理衣物才发现，衣柜里那些杂七杂八的春装，还没来得及展示，又要被藏起了。一缕落寞倏然升腾，是这个春天太匆忙了？可是，我镜头前娇羞的花蕊，我眉间的新绿，又如何能忽略？

仿佛就在眼前，那个清冷的晨间，我在一棵树下仰望，没有一片绿叶的枝头，被一朵朵华贵而清雅的玉兰占据。我是那么的欣喜，那么的陶醉，看着玉兰高高在上的样子，我知道它们不是骄傲更不是冷漠，它们只是心性的薄凉，它们只是习惯了远远地欣赏风景，静静地感知生活的清朴；就像某时的自己，或孤独或寡淡，却用一颗温软的心去看云卷云舒。

还记得雨后的晌午，我在湿漉漉的花坛边看垂丝海棠争相绽放。是的，它们太热烈，太妩媚，让我有些不忍直面甚至不能适应了。那粉嫩嫩的花颜，那娇滴滴的神色，都该属于青春年少吧，而我已近中年，那样的脉脉含情，只存在往昔的日记里、瞬时的浅梦中。惋惜吗？想起垂英袅袅、风姿怜人的垂丝海棠，心会突然地绷紧，好在，我不会失落，因为我也曾有过花容月貌的清纯时光，而此间我已是一个端庄贤淑的女子，一个喜欢小浪漫、沉湎小情调的妇人了。我会以我的知性和坦然，面对身边的精彩，面对突如其来的繁盛。

还记得向晚的风中，我在绿幽幽的草地里看小小的蒲公英和那些叫不出名的小花小草，它们三五成群，温情相伴。它们没有娇媚的容颜却以极其素朴的神态，蛊惑着我的心。它们不事张扬，蜗居在不起眼的角落，心心相惜，寂静欢喜。是一见钟情吗？好像不是。可冥冥中的快意，让我好生欢喜，甚至觉得它们和我有着相似的心性，不刻意，不强求，默默地守着自己的喜欢，独自悠然。多好的遇见，多美的相伴啊，我甚至疑惑我和这些叫不出名的花草是不是前世有约呢，要不它们怎会在如此繁盛的春日里被我窥见，怎么又会成为我镜头里的主角，让我恋恋不舍，心动不已。

五月的端口，樱花谢了，桃花凋零，杜鹃萎靡不振，幸好还有蔷薇，它们迫不及待地赶来，一朵朵拥着、绕着、撒着欢儿，那铺天盖地的阵势恨不能占据所有的视线，可是，我没有嫉妒，真的，面对满架蔷薇一院香，我心意阑珊，柔软安适。或许是我老了，开始向往那种繁盛了，那种被簇拥、被温暖的感觉了？每次路过那条开满蔷薇的小径，我都会放慢脚步，屏住呼吸。是的，我生怕自己的一个不小心会疏忽了与它们同在时那种缠心绕骨的美妙，那种默然相惜的温润，那种寂静欢喜的惬意，那种呼之欲出的狂喜，我实在是喜欢呀，我甚至把自己想象成它们中间的一枚，静静地开着，不管是不是能装扮着路人的心窗，但我相信一定会温暖每一颗善感也纤柔的心。

那日，我将新拍的月季花，换做桌面，同事说：你看，花瓣上细细碎碎的粒子好明显呢。我笑而不答。其实这些粒子才是真正的生动可爱，它们真实也妥帖，就像被风吹过的湖面，波光潋滟，别有韵味；就像青春少女脸上的痘痘，顽皮也俏丽，青春也可人；就像女人的心，颓废有时，明媚有时，任性而自在地舒展着。

时光净好

或许，还是那种温文尔雅的舒暖，那种哀而不伤的气息，那种含而不露的玄妙更适合我。而灰，是洒脱，是端庄，可它终究躲不开暗淡的气息，与这个季节格格不入。

一

分明是丽日风和，分明有草色葳蕤，而我却感觉到灰暗漫涌。那灰，一改先前的妖娆，超出常规的清冽，以至于不敢回望。

原本我是喜欢灰色的。一直觉得灰色系，最能现出我的知性和清雅；一直以为大气的灰对我最具蛊惑。而此刻，一切变得无序。是我的内心晦暗抑或是我太小气，总是无法接受那种太隆重、太热烈的气息。

低调是我一贯的风格。可灰暗不该是心情的写真。

纷乱恍惚的时辰，我开始讨厌自己，如何要这般的纤细和敏感，如何要不管不顾地把自己置于不堪，如何会这样任颓废肆意张狂？

我在寻觅，我想诉说，有谁来倾听。绿染满眼，风声轻扬，有谁能伴我行。蓝天白云，青山绿水，这赤裸裸的春意呀，那么清，那么净，那么的张扬又虚幻，而我，竟是无语，难道还有什么被冰封？心被轻轻地拧着。

窗外，凄凄艾艾的二胡声，轰然而入，直抵心间，欲罢不能的抑郁缠心绕骨，究竟是怎么了？难道所有的都和我相抵触？或者一切的一切都只是为了配合着我的低迷？为何只有《长相思》，若不能《万马奔腾》来一曲《赛马》也是一种抚慰呀。

无人懂得，无处告白的时光里，唯有琴音悠悠，唯有心念幽幽。是我太过在乎吗？是我过于苛求吗？

生活本就繁复，何必庸人自扰，再寻烦恼。与其心事迭起地翘首，不如一个人，一片天，任所有的缄默成一种姿势，不喜不悲，不想不恋。

二

最初，我是不爱穿绿的，总觉得它清丽的格调让我心生卑微，但这并不妨碍我对绿色的喜欢，随着时光的流逝，一条丝巾，一个项坠，一枚锁扣，不经意的小细节里和绿纠缠不清，是我乐此不彼的事情。

那春日暖阳下，明媚如花的叶片透着莹莹的绿意，是我镜头前的尤物。江南的烟雨中，青葱滴翠的新绿，是我恋恋不舍的画卷；广袤无边的绿色家园，是我心飞翔的旷野。沉稳中透着淡淡的古韵，清莹中闪亮着勃勃朝气的绿呀，总会在突然间让我眼前一亮，暗生欢喜。

偶尔，我会生出这样的幻觉，这青青的绿呵，是不是就像一种情谊，澄明也养眼，温润也暖心，轻轻一握便会绽放出万千风情。

这极具诱惑的绿呀，该是童年里姨妈家的那座小花园，以它的芬芳和体贴，在我的心底生根，在我的眉间闪亮，在我清淡如水的日子里幻化出阑珊的镜像让我舒心又欢喜，让我矫情也任性。

原来，喜欢，只在心里，在不露声色中，是如此的妙不可言。原来，遇见的欢喜、相伴的净美是这样的熏染欲醉。

三

我对颜色的挑剔，如同我对友情的选择。太过张扬我会退避，过于繁复会让我疲惫。唯有那种大气而澄澈，端庄又雅致的感觉，才是我的至爱。一如灰，恰似绿，透着清凉，散发着与生俱来的素朴，就像蓝天下悠悠的云朵给我的感觉，不张扬，不热烈，或远或近、不动声色地传递出花开春暖的妙曼。

雨雾中徒步

不曾奢望拨开云雾见晴空的明媚，可我向往阳光总在风雨后的静好。
——题记

案前的书刊，那溢着墨香、漾着温情的文字，被我纤细的指尖轻抚着，一枚枚颗粒饱满，一簇簇灵动生香，我不知道那时候的我竟会如此的纤柔和轻灵；我更不敢想象文字里的我会这样的薄凉与婉约；而眼下我是如此的淡定，如此的漠然，以至于指尖花开，一片苍白，少了灵气、多了沉重。是好是坏，我不愿擅自定论。

望着喧闹迭起的窗外，我对自己的心说，文字记载着我的心路，更渲染着我的生活，如同我的孩子更像我的爱人般，与我心心相惜，而我，又何必纠结那些琐碎呢？

然，在我感慨时光的匆匆时，在我不得不面对岁月的无情时，我更相信流逝的时光里，总有一抹温暖如影随形在心底。

和朋友说起田园，说到乡村，忽然就有了无边的憧憬。

习惯中城市和乡村的差距，只是空间上的距离。人到中年方才醒悟，原来这个距离中蕴含着太多太多，原来所谓的差距是时尚和自然的距离，亦是优雅和古朴的距离。

尤爱经典的我，更向往古朴的静谧和自然的纯朴。于是，全身心地融进乡村，在弥漫着清香，有着泥土气息的山村里悉听蛙鸣，漫赏葱茏；在稻谷飘香的天地里看山村风貌、赏田园风情；在溪水潺潺的小河边看鱼儿戏水、听山谷回音，成了我眉间心上的牵念、坚定不移的向往。

如果可以，我愿意搁下所有，徒步去乡间，即便踏遍千辛，遇见万苦，我也心甘情愿，因为我喜欢在路上的感觉，更向往那天蓝蓝、水清清的自然风光。

只是，城市与乡村如同成人和孩子一样，同一片蓝天下，源于种种，一个纯净自然，一个饱经风霜；一个清新脱俗，一个精雕细琢。

七月，阴雨连绵，日子很躁，哪儿哪儿都有着难以名状的不适。他们说江南的七月是花开的时节，稍一留神，就该有清香袭来。可我，只嗅得惆怅，我甚至窥见别离的滋味在发酵，伤感的气息在涌动。

不忍心目睹，便试着拒绝。关上所有，和音乐做伴，让茶色萦绕。

漫不经心地取出最爱的猴魁，一枚一枚地拿捏着，轻轻地放入透亮的水晶杯里。手捧水杯，戴上耳麦，在《千年风雅》的乐曲中凝望着，嗅闻着；硕大的叶片在杯中漂浮着、舒展着；盈盈绿意润泽了眼眸，氤氲出汩汩醇香，沁心入怀。这一刻，整个人仿若步入了玄妙无比的仙境，心宁气畅，极是舒坦。这一刻，曾经的曾经，未来的未来，一切充满了引力，一切盈动着温情。

尽情地享受吧！留一份静好给自己，给身边每一个爱你的人，以及你恋恋不能忘怀的遇见。

"善良的女子，心会很累。但结局会很幸福。"遇见这句话，是在某个午后。于是，抄录在随身携带的记事本上，忙碌或不忙碌的日子里，我会想起；疲惫或烦躁的时辰，我会轻声念及。

没有缜密的心思，但对文字一向敏感的我每每想到"善良"这个词，便会被一种带有温度，极富质感的气韵簇拥着、缠磨着。打小的耳濡目染，早已把我修炼得极其良善，甚至有些"傻"，但我不后悔。来来往往的人群中，我自认为柔弱也偏执，决绝又温情，不会曲意逢迎，更不会和世界打成一片；但我庆幸自己确属人群中的异数，凡事我行我素，但拿捏有度。

我的脑海里没有"恨"这个字，却有"忽略"这个词。面对令我不悦的细节，我会莞尔不语；遇见让我莫名的点滴，我会一笑而过。

我坚定：让一些琐碎在沉默中淡化，让一些浮躁在静寂中消散，是对自己最温情的呵护。

结绳记事

以字为戳，不遮掩，不隐藏，串起生活的点滴。

一、花开的早晨

"老婆，送你一朵花。"晨练回来的男人朝着书房里的女人喊着，扭头的瞬间男人跨进书房递过一枚紫色小花，憨憨地笑着："老婆，给你。""什么？"女人接过小花，笑眯眯地瞅着，"这是喇叭花，挺好看的。""我刚在楼下发现的，只有一朵，我摘下了，你看看，还有露水呢。""你神经啦？"男人露出一贯的憨态，摇头晃脑地唱着："路边的野花不要采呀不要采。"女人瞥一眼身边的男人忍不住地笑了："还路边的野花不要采呢，你不是采了吗？不过这颜色真的很好看呢。"男人扬扬得意地应和着："那是的，就因为它好看才摘下的。结婚时没送你花，今天给补上。""你，神经病。"女人眉开眼笑地打量着手里的小喇叭花，用力地闻一闻，然后轻轻地放在案前的书稿上。

忙碌完家务，女人再次走进书房，不经意间又瞥见了它，紫色的花瓣半合半开，青翠的叶片异常突显，仅仅两个小时的光景，这枚原本蘸着露珠、娇艳欲滴的喇叭花，竟蔫蔫地偎在女人的书稿上。望着没有一点精神气的喇叭花，女人摇摇头，如释重负的感觉慢慢涌来。

花开有时，美丽在心。这小小的花骨朵呀，至少它那短暂的清丽，女人有幸目睹了；至少它那淡淡的清芬，让女人享有了微醺微醉的感觉，即便只在那一刻。

二、故事里的思考

生性的寡淡，衍生出心性的薄凉。

疏离文字的日子，女人在故事里放纵，在或冷或暖的剧情间迷失了自己，甚至暗暗地抱怨起编剧，为什么把生活描摹得这般烦琐；为什么把人情勾勒得如此世故；为什么让相爱的人儿历经那么多的磨难才走到一起；为什么幸福尚未抵达，故事就戛然而止。

女人做事太投入，明知"故事而已"，仍旧抑制不住地让情绪随着故事的发展而起伏；女人有时太任性，总想着以自己的意念来延续尘世的种种。

太过情绪化是一大忌，就像过分地追究完美一样，会让自己陷入困境，在不觉中举步维艰。

人在旅途，又怎能不染纤尘？女人常常这样安慰着自己。

人性中与生俱来的好奇心终是无法抑制。想探究却不敢轻易靠近，想尝试又不能鲁莽行事，让梦儿插上翅膀一路高飞的境况，终究是过于理想化了。

女人深知："逆流而上"，是一种高难度的动作，不是每个人都能有幸经历、轻松越过的；学会面对，就像面对蓝天白云，就像面对花开花落；凡事不苛求是对自己最好的回馈，顺应自然是对生活最丰实的回报。

三、文字的家园

走走停停中女人有了属于自己的"小天地"。也习惯了每天在打开电脑的第一时间里，瞄一眼心爱的"它"，再处理那些不喜不厌又无法搁浅的杂事。

生就不是大气的女人，也曾滋生出决绝的欲念，抛开文字，远离"它"，一个人随性而行。也会因某个细节，甚至一句不能再平常的言语，喷涌出无限的柔软，以至于自顾自地快乐着，坚持着。

没有爱是苍白的，爱的太浓亦是一种负担。

不紧不慢的日子中，那些熟悉或不熟悉的字符，犹如案前的清茶，每天在漫不经心中掠过女人的眼眸，拂过女人的心湖。一杯清茶，一段凝神的交汇，让女人尽享着花看半开、酒饮微醺的妙曼。

平心而论，"它"的出现，让女人改变了很多。

依山走笔，随水流墨的文字；娓娓道来，精彩迭出的评析；苍劲而不失温婉，厚重且溢着灵性的叙说；飘迹有痕，婉约纤巧的诗情。源于"它"，女人忙碌着，收获着。

时光的打磨，"它"由柔弱变得沉练，由苍白走向淳美。"它"远离喧嚣却有着孩童般的纯净自然；"它"没有尘世间的繁庸却有着大家闺秀般的知性。

心暖花开的阅读，一笑而过的瞬间，心有灵犀的快意，偌大的网络世界里，是"它"让不善于随风逐流的女人有了一种"家"的感觉；为"它"，"宅人亦宅心"，女人心甘情愿。

"如果有一天，这样的感觉消失了，或者这样的习惯无法继续了，那么一切会是怎样呢？"偶尔女人也会很矫情地问自己。

没有永远的风景，适时地享受便好。毕竟，生活还在继续，女人相信，曾经的拥有终会化成久远的记忆，在心的一角蛰伏。

爱上一种生活，恋上一种感觉

走出办公室，已是暮色。初夏的晚风，悠然而来，吹乱了我的发丝，却吹不散我的疲乏。仰起头，深呼吸，幽谧的夜下，没有喧闹，无需刻意，我和我的影子相拥而行。

一

是为了拒绝他人抑或是为了保护自己？很久以来，我习惯了独自在狭小的空间里，用音乐缓解我的喜和忧、用文字舒展我的爱和怨。

想起你们，那些一直以来给我温暖的人儿，很想用一句最简单的话，呈现出一个最真实的我；很想用我沉沉的谢意来回报。为此，我舞动着思想的羽翼，我挥洒着灵动的画笔。原来，我只是一个俗世女子，被尘世的种种湮没；原来，我已失去了我的棱角，独爱在臆想的氛围里自顾自地妖娆。

川流不息的繁庸中，有谁不向往明净而柔暖的情谊？

不敢靠近，只怕一个疏忽，濡染了俗世粉尘；不能起笔，只因底蕴单薄，害怕一不留神间打散了原本的清雅和素洁。可我尤爱沉湎这淡如水、浓如茶的情谊。

清净显得素洁，浓烈饱蘸醇香，朦胧里的玄妙，犹如一幅水墨，殷殷润润，轻叩心扉。一笔一画，砰然有声；一张一弛，脉脉生香，而我们便是画中的主角，各自一方，相得益彰。

二

夏的季节，太过丰盈，即便在夜晚，依然有馨香拂面。抬眼望去，不远处的花园里，灯影阑珊，绿意盈动，那些叫不出学名的花骨朵在静谧的星空下，影影绰绰，尤为蛊惑。那些月下漫步的人儿，三三两两，形影相随，好不惬意。

微笑，凝神，沉浸，这初夏里的清芬，让我好生欢喜。这意料之外的风景，让我微醺微醉。

美，是视觉的享受，更是灵犀的传递。在静默中感知，在幽谧中遐思，在每一个风吹来的时辰，左手握着右手，轻轻地念及，悠悠地沉湎，于我，便是一种快乐。

因为性情，我习惯了孤单一人，边走，边想。那些柔暖的时光会让我忍不住地微笑，那些瘦瘦的疼和微微的醉，我都一并攥在手心，悄悄地洒在途经的花坛里，我要它们吮吸着自然的味道，伴着花香，慢慢地长大；我想它们沐浴阳光雨露，渐渐地饱满，茁壮成葱郁滴翠的枝叶，闪亮在我的眉心，支撑起我单薄的心事。

生活中有低俗更有美好，怀揣着暖意，即便是寒风露宿也不觉清冷，何况这熏香四溢的季节，何况这花事绵密的日子。

三

每次看到湛蓝的天空下，那一枚枚洁白的云朵，那一排排高耸的枝干，那一束束苍翠的叶片，我的心情就倏地开朗起来。抖落凡间俗事，不再计较那些琐碎，不再关心那些繁杂，只想大声地歌唱，只想尽情地欢呼，只想风一般地投身到那一片明丽中。

恋上一种感觉，爱上一种生活。

　　这个季节，我恋上了高跟鞋。浅灰、月白、淡蓝，不同的款式有着不同的魅力，不同的色系有着不一样的风格。纤细俊俏的高跟鞋，穿在脚上，美在心里。每每面对橱镜里娉娉婷婷的身影，会忍不住地多瞄几眼。一个人的路上，踢踏踢踏的脚步声会让四周变得清净，会让心越发地坦然。疲于奔波的日子里，穿上高跟鞋的我，会在不觉中变得端庄和沉静，会在琐碎中收获一份欢喜。那日当我一袭素衫，踩着高跟鞋踢踏踢踏地走进办公室时，同事的美誉让我如沐春风。

　　是的，因为束缚太多，太过辛苦，一直以来我都拒绝高跟鞋的。而眼下我学会了接受，确切地说是我恋上了穿高跟鞋的感觉。那飘逸挺拔的风姿，那坚强忍耐的品性，就像生活里的种种，没有付出哪里会有回报，不能承受怎能获取美丽，不去坚守又如何绵延出更多的精彩。

　　爱上一种生活，恋上一种感觉。

　　于是，很多不起眼的细节会让我们眼前一亮；于是，山穷水尽处有一些美好会向我们招手，有一些温暖会飞抵我们的心海。

水净香自远

    光阴里，那个素衣布裙的女子，凭窗凝神；眉间心上的恬静，叠映出无垠的诗意；淡妆浓抹总相宜的画卷里，一束束绿意，一点点橙黄，一片片明丽；远远近近、高高低低的枝桠间，阳光热烈地缠绕，风儿尽情地歌唱，任路人投来欢悦的目光。

◎ 心境素描
◎ 且为莲心动
◎ 情结小巷

◎ **心境素描**

心境素描

请允许我这样写你，在新春尚未抵达的日子。

——题记

一、净土

有些情绪，终是无法搁浅。于是，选择出行，向着远方。

远方很远，看不见尽头；远方很近，就在眉间心上，挥不去触不到。好在，梦已醒来，心不会害怕。一个人的路途，清寂也安适。好在，穿越云雾，走过萧瑟，我窥见一抹明丽。

多想靠近你，我梦寐以求的地方；多想融入你，我心心念念的净土。看你空旷中闪亮着清新，嗅闻你淳朴间涌动的丰盈，我，心似莲花。

二、澄明

有些风景，在于欣赏，远远地，更显丰韵。有些细节，适合铭记，默默地，藏匿心底。

就像你，冬日的雪，那么清绝，那么冷寂，以超尘脱俗的姿容抵达，以灵性肃然的神韵呈现。看你在空中肆意曼舞，看你在枝桠间寂静欢喜，看你在茫茫暗夜里晶莹闪亮，我是那么怦动，那么的神往。

雪，我爱你的素净，我恋你的轻灵，我更痴迷你的气息：透着薄凉，漾着清新，饱蘸丰盈。

雪有暗香，心有灵犀。想到这句话的时候，我的眼前，一片澄明。耳畔，熟悉的声线，由远及近，飘忽而来。

三、跋涉

人生如戏。出戏和入戏，不过是一种选择的方式。

而我，尤爱在一个人的空间里，独自入戏，酣然尽兴，任思想的羽翼恣意舞动，无限蔓延，缠绵出华丽的清寂和优雅的孤独。

一场独角戏，没有对手，无需编排，一切即兴而起，随心而落。或低吟浅诉，或婉转悠扬，或潇潇凄清，或繁盛葱郁。跌宕起伏中，相似的情节，不同的演绎，成全着美丽与哀愁。

人生如戏，以高傲的孤独，面向卑微的俗世该是怎样的结局？你，一定懂得。

四、暗殇

风吹枝叶飘，花落水清冽。

凝眸间，记忆里的熟稔忽明忽暗，习惯中的柔暖渐次离场，蛰伏心底的种种尚未开启随就埋没。

我只能把你守望吗？那么近又那么远，那么明澈又那么朦胧的镜像里，我被一种忧伤缠绕。

凄风冷雨中，我独自徘徊；万般无奈里，我不敢声张。于是，选择抒写，截下瞬间的美丽，渲染刹那的温情，在每一个晨曦和暮色中以干净的色调、以单纯的写意，以一种骄傲的寂寞把你镌刻。

五、尾声

马不停蹄的日子里，向往一片澄明，渴望一片净土，成了喋喋不休的心念。于是，在每一个闲暇里，在每一次躁动间，多想一盏清茶，一段时光，任心境在诗意画情中得以慰藉。多想一方田园，一缕清新，踱步在青山秀水间，掬草尖凝露，嗅枝叶芬芳，任所有的心念携着泥土的气息在蓝天白云下舒展。多想一抹斜阳，一曲雅韵，偎依在敞亮的窗前，听风数雨，看云卷云舒，让花开的声音伴着甜润的心绪，此起彼伏在每一次相聚和别离时。

后　记

　　一池清泉，满目芳菲，我哼着小曲，在云白水蓝的天际下眺望，在想象的净好中漫游，在有你的气场里轻舞飞扬、自顾自地妖娆着。

　　而你，是否窥见我的孤寂？

　　请不要说穿。

一路向前

　　不曾记起遇见的情形，却无法应对即将迎来的别离。我该以怎样的姿容和伊道别，我又能以怎样的话语搪塞我的懦弱和苍白。

　　可是，无法停息的思想牵动着我的脚步，我要继续，一路向前，找寻那一片属于我的云白水蓝。

——题记

　　喜欢在路上的感觉，哪怕只是一片荒芜，我依旧会满怀憧憬，一路跋涉，只要我能感觉到幽暗中微弱的光明，只要我能嗅得寂静中瞬忽的玄妙，我就会心无旁骛地坚持着，一路向前。

　　陌生的环境，熟稔的气场，我为自己营造出种种镜像，且吟且唱，独自欢喜。

　　幽谧的家园，满目的葱郁，我像孩子般吮吸着春花的烂漫，夏日的风情，冬雪的澄明，秋雨的萧瑟。我喜欢轻盈袅娜的气息，我尤爱醇厚馥郁的味道。习惯的氛围里，我搁下所有烘焙着我的喜欢，肆意着我的矫情。

　　是我的不小心，抑或是我的太刻意，蓦然回首，竟发现一些悲伤和落寞在不觉中滋长，一些无奈和怅然在无声中蔓延。

　　一台独角戏，一段人生路。

　　我以为我的极度自恋可以成就我的绝对自信，可事实让我无力争辩。面对镜子里素颜朝天、满目苍白的容颜，微微泛起的心酸，在眉间闪烁，在脑海纠结。

扭过头一脸沮丧地询问着："你看看，我是不是很憔悴啊。"你笑着调侃道："没有，我就记得你的脸上始终写着两个字：幸福。"我不依不饶地继续询问："我说现在，你仔细看看我是不是很疲劳，看上去没精神？""很好很好，我老婆一直是阳光灿烂的，像个孩子一样无忧无虑的。"

实在没有心情去嬉闹了。只是我明白自己真的累了，因为疲惫而慵懒，因为乏力而不求进取。可是我又能如何呢，难不成真的如朋友说的那样：是日子过得太惬意了，自己瞎琢磨，故意找不开心的？

是不是每一个女子都会如此？矜持也温情，简单也执拗。任何事情，一旦习惯就不离不弃，哪怕伤痕累累，也要强忍着继续；哪怕引起误解，也要坦然直言。

就像这个午后，我确实看见了暖暖的阳光，我也感觉到甘醇的味道，可是我依然告诉你："这是早春的阳光，太单薄，无论如何是遮挡不住寒意的。不信你去露台上感觉一下。"我举起纤细的双手对你说："你摸摸我的指尖，拔凉拔凉的，没有一丝暖意。"你笑着握住我的十指："把暖气打开不就成了，为什么不会照顾自己呢。"是啊，我总是犯傻，会在不经意中忘了自己。

深知婉转的美好，可我更深信直言不讳地袒露出真相，是一种尊重，更显严谨。就像此刻，阳光透过玻璃，折射在书房的每一个角落。我听见远方欢笑声声，人影攒动，浩荡的声势逼仄而来，它们整齐划一的队列，犹如阳光下寒风里尚未吐绿的枝干，那积极热烈的样子好像要把整个春天抬来。

我很想告诉它们：分明是春寒料峭，怎么可能有花开春暖呢。不刻意，不矫情，该来的终究会轻歌曼舞，飘忽而至。那么该离散的，亦会在不觉中挥一挥衣袖，渐行渐远吧。

自然而然是一种真性情，随心随意终究要在一个度的范围内。就像那些花花草草，如果不曾用心培植，哪里能开出娇美可人的花蕊。就像那钟爱的家园，如果不能悉心打理，又怎能呈现出心中的净好与温馨。

如果爱，请深爱。如果不能面对，那么情愿转身，以优雅的姿态，继续着，一路向前。

水净香自远

一杯绿茶，些许清幽，任思想的羽翼随意停靠；让或喜或忧的情愫如水一般自然而然。

水

不是一个善于思考的女子，对于文字，我爱极了一见钟情的快意。莫名的喜欢，无尽的想象，然后深陷其中，兀自沉迷。

水净香自远，这几个字出现的刹那，便是如此。

水，至柔至阴却不失韧性；水，无棱无角但饱含风骨；水到渠成，滴水穿石，上善若水，想到这些与水有关的种种，竟有了满满的感动。以不争争，以无私私，这样的坦荡，这样的洒脱，这样的睿智，该是怎样的一种境界？

想象着水样的女子，千山万水，你，是否依然？

净

花团锦簇的街市，她素颜轻扬、眉目安详；他一袭青衫，信步游走，相向而行的刹那，依旧的坚硬，依然的恬淡。

"问候一声，愿好！"

"一切都好。"天凉，记得保暖，扬起的风沙中她自说自话。花无百日红，所谓好只是一个瞬间、一种臆想罢了。

有些事，不断地追逐，反反复复后终究擦肩；有些人，疲惫时欣然相遇，一瞬间，一句话，那种欢喜，像极了暗夜里的星星，那么近那么远，那么清那么静，匆匆一眼，便是恒久。

日子在马不停蹄中远去，一些琐碎登门造访，一些柔软随之潜入，思想的轨迹失去了一贯的明晰，反季节的温润演绎出无声的感动。

117

香

一抹清新，几分薄凉，虚虚实实的幻影中，缕缕馨香，肆意飘散，那是阳光的味道，甜而不腻，气场十足。

摊开掌心，阳光温柔地拂过指尖，欢腾了一片清寂。光阴里，那个素衣布裙的女子，凭窗凝神；眉间心上的恬静，叠映出无垠的诗意；淡妆浓抹总相宜的画卷里，一束束绿意，一点点橙黄，一片片明丽；远远近近、高高低低的枝桠间，阳光热烈地缠绕，风儿尽情地歌唱，任路人投来欢悦的目光。

这个秋天太过繁盛。

关上门窗，握住一个名字，对影自怜。

自

时光匆匆，怎么也摆脱不了素净的蛊惑。浅蓝、烟灰是我不能搁置的爱恋。飘逸的裙袂，柔软的毛衫，时尚的风衣，看见心仪的色系，我会留步；轻触心里的喜欢，我会怦动。

他们说世间好物不坚牢，彩云易散琉璃脆。一直的坚持，一直的沉醉，终会乏味。我笑而不答。

安静是一种状态，一切在心。素净盈动着质感，熨帖真实。

春有百花秋有月，夏有凉风冬有雪。远离尘嚣，安守清寂，你，可以吗？

远

一纸素笺，半盏香茗。我在时光的深处，细细缝合，记忆的碎片实在斑斓，文字的针脚太过绵密，纸上的春天迫不及待地探出了头。

一些人，止于欣赏不可喜欢，于是置于心里，静默安守；一些事，因为欣赏所以坚持，于是在文字里极尽缠绵，想象成一朵花的样子，任它千娇百媚，陪它风雨兼程，看它硕果累累。

穿过尘世的烟火，还有这字符的温度，你感觉到吗？

守望荒芜

守望一片荒芜。见，或者不见，心都在那里；寂静，欢喜。

——题记

田园漫漫，清凉深深。水墨的江南不再激滟，心底的江南明净如洗。

轻抚眼帘的镜像，一抹新绿，袅袅娉婷；一片幽紫，遥遥无垠。两两相望，魅影迭起；我在澄明的暖阳下扬眉淡笑，你在冬日的清芬里沉浸安然。千山万水的人海中相遇，我们不说爱，不谈情，只说习惯，是的，一种根深蒂固的习惯牵引着。

绕行在幽僻的小巷，听风的低吟，想你的温语，微风轻颤的快意拂面而来，不好也不坏的日子里，坚守着属于自己的田园，看春花绽放，听秋风狂卷，任雪花曼舞，沁凉无际。

繁盛是一种热烈，荒芜是一种静默。而我更陶醉荒芜中的沉寂，那是一种品质，更是一种风骨，薄凉如水，细腻如绸，无以伦比的蛊惑似影随形。

有缘何须相伴，灵犀相牵便好。如水的日子，轻握一份暖意，在静默、安适中享受着灵神的交流，感受着惺惺惜惺惺的慰藉，最是一种玄妙。

那日，看见朋友上传的线描画，久违的酣然怦然袭来，于是返回旧宅，翻箱倒柜，搬出自己的画稿还有几本小小的画册，原本雪白的画纸微微泛黄，原本炫目的彩色卡纸失去了先前的亮丽，原本稚气的画面熏染着斑驳的印记。淳淳的时光的味道，淡淡的生活的气息，在我的眼眸氤氲，在我的心海涟漪缱绻。

我曾那么的痴迷线描画，尤爱在白色的卡纸上，精工细绘。笔随意走间，一点一线勾勒出我心里的欢喜，一笔一画舒展着我想象里的美好。手执画笔的我，宛如一条小鱼，畅游在时间的长河里，忘记了忧伤，忽略了烦恼。

那段时光，我的画笔是我至爱的友人，时常陪伴着我，它又像我的影子每天跟随着我。那些日子，面对一张画纸，任纤细的笔尖悠然婉转，勾勒出一幅幅心的印迹，奏响了一曲又一曲无声胜有声的乐章。

红尘漫漫，琐事碌碌。

　　原来，一些喜欢会悄悄地隐匿，但不会消失；原来，一些美好，会在岁月的打磨中散发出甜而不腻的味道，蛰伏在我们的周围，在每一个小细节里，隐隐绰绰，生姿妙曼；原来，心恋一片光影，说，或者不说，暖就在那里，澄明，舒心，千娇百媚。

　　远逝的时光，不变的心迹，循着最初的暖意，且行且吟，安守在有你的气场里，我策马扬鞭，煞是威风；我低吟浅唱，独自酣然。

　　手执一份净好，我一路跋涉，只为寻觅那熟稔的细枝末梢，一一拣拾，粘贴成画，嵌于心间，好让它随我心跳的节拍，起起伏伏，灵动鲜活。

　　面向一片旷野，我攥紧手心里的字符，不说爱，不谈情，粉墨登场的音画里，我的一颦一笑充溢着明媚，跃动着清新。

　　轻展一帧画纸，让想象中的美好，画字成戳，横陈在记忆的长廊，闪闪烁烁，涟波漾动，任无数个傍晚和晨曦次第而来。

　　没有永远的韶华，只有永远的心念。隔山隔水隔不开重重的念想，风卷云涌驱不散切切的情致。心里有的感觉，犹如空气般自然而然。不会说，不要问。有情不必终老，暗香盈动恰好。

安静，是一种美丽

　　想到"安静"这个词，竟不自觉地笑了。

　　安静，是怎样的玄妙？一直很安静，是怎样的境界？

　　那其间的韵味，仅仅以一个词、用一句话是不能诠释的。安静于我，有一种贴心暖胃的舒适。时而如诗，灵动飘逸，婉约柔美；时而如画，水墨淡彩，养眼润心；时而如茶，碧澈通透，清香宜人；时而如歌，宛转悠扬，直抵心扉。

　　缘于安静，喜欢一个人游走。

　　幽长的小巷，风声沙沙，微笑浅浅；脚步轻轻，心绪淡淡。

　　雅致的空间，乐音悠悠，情谊深深；墨香袅袅，诗心款款。

　　习惯安静，于是有了更多属于自己的时间。

冷雨微寒的日子，与文字相依相偎，任悲愁在纸上缤纷俏丽，让凄清由指尖缓缓流失，那些快乐与不快乐的细节啊，只是一杯茶的工夫，竟显得那么的赏心悦目，好似珍藏已久的画册，每一页都精彩，每一帧都可亲。

清寂落寞的瞬间，和音乐耳鬓厮磨。一句歌词牵动一份念想；一段旋律幻化一款韵致；一首歌曲成全一场梦寐。那些往昔，击节而歌，扣动心弦；那些未来，似暗香盈满心房。

闲庭信步的时光，和自己的影子对话。矜持的心性让生活越发地简单，漂浮云端的梦幻竟是那么的魅惑，竭尽全力的付出也会事与愿违。

是的，安静最好！安静，是一种美丽。

安静地走路，安静地欣赏，安静地歌唱，安静地相伴。远离尘世的喧嚣，避开嘈杂的人海，静听鸟语花香，漫赏云卷云舒才是最享受的生活。

安静，是一种气息，熟稔熨帖，触手可及；犹如一件丝绸质地的衣衫，轻如蝉翼，柔若游丝；你说不清它的舒适，却能感觉它的贴切。

安静，是一种情调，与心念有关，随温暖同在。橘色的灯影下，一些馨香，在柴米油盐的烟火中升腾，一些快乐在有一句没一句的对话间传递，一些温软在锅碗瓢盆的交响乐中滋长，一些幸福在肌肤的相触中蔓延。

安静，是一种素朴，好似墙角下的花骨朵，不经意间叫你眼前一亮。因为真实，一举手就能任意捕捉，一不留神便会撞个满怀；因为习惯，一抬头就会尽收眼底，一想起竟又那么的平淡如水，朴实无华。

安静，是心与心的交流，是眼睛和眼睛的对话；是十指相扣的温暖，是唇齿相依的温柔。

安静，是一种修养，更是一种底蕴，是源自心灵深处的蛊惑，有着不能言语的魅力。

时光，素白

别有微凉处，入眼已秋分。某日，在朋友圈里读到这句话，那一瞬间，心被微微地撞了一下，随后莫名的悸动在我的脑海里恣意疯长。

一、时光，心境

秋的抵达，让心思清浅，让情致寡淡。与其硬撑着奔跑，不如把自己沉浸在故事中，看家长里短，听花开花落。

窝在宽大柔暖的布艺沙发里，或者就来个"葛优躺"，总之，怎么舒坦怎么做，怎么尽兴怎么想。脑袋扛在自己的肩上，谁又能干涉。活在自己的世界里，远比活在他人的"感觉"中更惬意。

日子过的是心情，生活要的是质量。而我这个所谓的"文艺女中年"，该做的就是在浮生闲日里竭尽全力地犒劳自己，哪怕只有片刻，我也要忘记远方抛开诗，一手握着阳春白雪，一手拽着下里巴人，在雅俗共赏的质感里翩然尽兴。

二、时光，桂香

一样的月色，一样的桂树，只是今年的桂香不同于以往。漫步月下的我，竟嗅得奶油的香味，它夹杂在空气里，氤氲在秋风中，飘浮在我的鼻翼间。

借助灯影，我想找寻，找寻这香味的源头；循着香气，我要沉浸，沉浸这桂子飘香的时刻。

绰绰影影的枝丫间，我知道所有的不是幻觉，却无欲握住。幽幽暗暗的灯影里，我想象这宛若星辰、馥郁飘香的桂子，它不算俊俏却也婆娑，它不够热烈却足够真实，如同走过的每一个日子，饱满而圆润，妥妥地安置在我的世界。

月光轻抚，花颜静美；微风徐来，花絮纷飞；夜幕里，桂树下，无边的风月潜滋暗涌；桂子香，奶油香，沁心的气息如影相随在我的唇角发梢，在我的眉间心上。

三、时光，絮语

十月金秋，是我喜欢的季节。想好的要背起我的相机，走近荷塘，走进麦田，走入我心心念念的田园草色，走进那一望无垠的广袤山川，结果，一场又一场的风雨，搅得我心思全无。

曾习惯的午间漫步，因着气候，也被搁浅；曾坚持的每晚疾步走，已经断档，一直想继续，一直没能如愿。

其实，搁下琐事，带上耳机，边走边听，在音乐中，在微风里，在花影摇曳、清香袅袅的院子里，疾步而行，那感觉超爽。

其实，让整个人处于一种相对剧烈的状态，既能锻炼身体，也是心境的调节。何况，有些坚持本就是一种美。

一成不变的生活方式，如何能激发出"灵感"？风平浪静久了，总渴望一些新鲜"血液"的融入；频繁的忙碌后，需要适当的休整；一直守着某个状态，就会导致疲劳。

感性也好，理性也罢，始终如一很难做到，固执己见，孤僻决绝，很可能造成视觉的疲劳、味觉的迟钝，更有情感的冷漠。与其"厌倦了贞洁又郁闷的日子，又没有勇气过堕落的生活"，不如学会调整，在细节中为自己营造小欢喜、小可爱，任那些不经意的小确幸次第而起，触手可及。

试着微调，试着在忙碌或不忙碌的日子里，置身自然，吹吹风、听听雨，伴着鸟鸣、循着草色，沿着溜光锃亮的青石板路，一路探访古朴幽谧的废墟；踏上藤萝缠绕的石桥，看两岸青砖黑瓦的遥相呼应；穿行在不同的方言里，看时尚与清朴各自安好，看宁静与喧嚣携手同行，看时光深处那一抹独属于我的素白微凉。

执笔于此，不禁释然。

感谢这季节的馈赠，感念这微凉的浸染，才有了草木染青黄的淳美，才有了残荷听雨的清美，才有了月下漫步的幽美，才有了我执笔绘心的闲情吧。

春去春又来

天很蓝，风很暖，浓浓烈烈的绿意直抵眉间，深深浅浅的紫色娇羞俏丽。

靠近再靠近中，一地的落红，犹如一匹粉色的绸缎，剔透如蝉，轻柔柔地撒在地面，忍不住地俯下身，一瓣一瓣地拣拾着粉红和浅紫，凝望着新绿和金黄，想象中花落水流红的伤情此时悄无踪影，有的只是满眼的风情，满心的欢喜。

轻抚手心里的花瓣，柔软的气息浅滋暗涌，这一地的落英，是风的用力，还是树的不挽留？只是，眼前的镜像着实牵动了我；后退再后退，我生怕自己的一个不留神，踩上这粉粉的花瓣；我担忧自己的疏忽坏了眼前这清雅。

安静地欣赏吧，花开花落，是自然的定律。一如尘世间的种种，有高潮就会有低谷，有快乐就会有哀愁。不经历失落哪里会有崛起的快意，不承受遗憾又怎能感知收获的喜悦。喧闹的退场只是一个伏笔，随之而来的定是一片澄澈。

一

站在季节的端口，笑望尘世的景观。

风暖了，春来了；院子里满树的桃红，大片的金黄，不时地与我撞见；细碎的粉红，葱茏的绿意，不间断地映入眼帘；柔暖的微风里，三两个邻家孩童咿咿呀呀地欢笑着，追逐着。

春来了，花开了。一枚枚含苞待放的花骨朵，在春风中摇曳；一个个明媚的笑颜，在阳光下雀跃，在每一个路人的眼里缤纷次第。很想拿出手机留住这瞬间的美好，很想把这诗意的画面永久地定格在镜头里。凝神的刹那，一只皮球溜到脚边，纠缠间转身寻望，轻轻地把球踢了回去，望着远去的皮球，听着风中的笑声，莫名的欢喜飘忽而来。生活亦是如此吧，一些烦扰会不请自来，一些琐碎会悄悄潜入。与其过于纠结，不如笑着面对。

学会忽略，让那些不愉快的细节自生自灭；学会享受，为自己寻得些许的休闲，去一个染满绿意的湖畔，看碧波漾动，听流水潺潺；剪一段时光，和姿容婆娑的柳枝，身心相依，翩跹曼舞，是我不曾改变的欢喜。

二

春去春又来，我依旧习惯独步珊然；花开花又落，我仍然醉心十指盘花。执手最初的心念，我还是那个素颜朝天的女子，坚守自己的本真，无怨亦无悔。

闲暇时，我喜欢在朝北的飘窗前小坐，或是一杯清茶一本书，或是什么都不做就那么呆呆地望着窗外的风景，任大片大片的明丽摄入眼底，看星子般的绿意，烁烁闪闪。

更多的时候，我会伴着音乐在属于我的幽谧中肆意放飞着我的心念；让浩浩荡荡的暖阳，缠裹着我的肌肤；让柔柔暖暖的气息，轻轻巧巧地潜入我的心底，我不说话，只是扬眉淡笑。任一枚叫作"温暖"的字符缠心绕骨。

三

对于春天的感知，似乎总是由花草开始的。可是，当我走近自然，面对葱郁繁盛的田园，我才明白自己曾是多么的肤浅啊。

一簇一簇的金黄，在阳光下烁烁生辉；一片一片的新绿，在蓝天下生香灵动；层层叠叠的山峦，身姿挺拔的杨树，小巧整洁的农家小院。春天的江南，犹如一幅水墨，盈盈袅袅，直入心怀；江南的春天，犹如碧玉般的女子，温婉动人，纤巧秀丽。

阳光、花草、蓝天、绿地，点染了江南的春天。

春风、细雨，滋润着春天的江南。

原来，真正的美好，不仅仅是外表的隽秀，更是一种本质的纯朴，一种彼此间的交相辉映。

春去春又来，没有永远的美丽，也没有一成不变的风景，有的只是我们对淳朴的坚守，对自然的眷恋，对本真的崇尚。

风烟俱净

茶香袅袅，乐音飘飘，遥望那一片草色葱茏，凭窗而坐的我，不禁微笑。

一个人的时空里，心思如此缜密，又如此的遥远而空蒙，一缕风声会让刻意藏匿的细节纹络清晰地铺陈眼前，灵动在眸光触及的每一个角落；一朵花开能让所有的坚硬全军覆没，以至于不得不强制自己收敛再收敛，摆出一副恬淡的笑颜，信步闲庭。

生就是个易于感怀的女子。

面对摇曳的柳枝，我会浅笑嫣然；面对凋零的花瓣，我会黯然落寞；聆听一曲《神话》，我会为之撼动；沉浸一句"孤独地承受，只因我曾许下承诺"，我会思绪潮涌，念想丛生。

文字间的相伴，牵引出纯粹的友情；坦诚的面对，氤氲出别样的暖意；细碎的日子里，一些人、一些事在记忆中驻留，一些幸福和快乐在指尖生香，在记忆的书简上留下斑斑驳驳的印记，缱绻出淡彩浓墨的韵致。

想起你们，家园里的友人：那个顽皮又淘气的字母妹妹，那个热情又活泼的同谋，那个才情俱佳的静姑娘……不善结交的我，因为你们的懂得，清逸安然在自我的世界里，飞扬着梦中的旖旎，释然着生活的繁复。

一直以来，我都告诫自己：要尽力地写一些温暖的字句，记录那些琐碎的快乐，这样会有更多的柔美在阅读中滋生，在每一次回眸间嗅得心香缕缕，在时光的深处绵延出冬的洁白、春的繁盛、夏的炽热、秋的殷实。

其实葱茏岁月的美好，友情相伴的快意，本就是温润的呀，何必要对风吟月，顾影自怜，又何必要为赋新词强说愁？

看天的蓝心自澄明，望云的白亦会迷茫，想起渐行渐远的熟稔，心有微澜泪莹莹。疲惫反复的日子，脆弱不请自来。

只想找一个理由放任。于是搜出久不曾触碰的连续剧《旋转木马》观看，是性情所致抑或是其他？很快我便进入了角色，一边抹着眼泪，一边津津有味地观看，"这是编出来的故事，别太当真了。"猛然间发现某人一手拿着纸巾盒，另一只手夸张地抽出一张白净细腻的纸巾，那一脸可爱的神情，竟让我忍不住地笑了起来。伸手间，纸巾已贴上了我的脸颊，"来来来，我帮你擦干啊。"瞄一眼憨憨的他，我满不在乎地说："别管我，好感人的。""看你这傻乎乎的样子，这是编出来的故事。""我就喜欢看。""看吧，看吧，来，这一盒纸巾都给你了，不行我再拿个盆来接。"不想多话，只为沉沦，扭过头一个人自顾自地观看着，任泪眼婆娑。

是的，我被剧情感染了，我的心被那两个自小失去亲人的姐妹牵引着。

其实，有谁不爱自己的父母，有谁不渴望着亲人的团圆，可是，很多时候我们却以工作忙碌为借口，以照顾孩子的学习为理由，有意无意地忽略了家人的感受，甚至毫无知觉地接受着年迈的父母无微不至的关照。

故事毕竟是故事，我不否认剧情的拖沓，可我也不得不欣赏剧中积极向上的一面。

讲真，无论怎样的编纂，能在琐碎中感染他人，并能引发出深刻反思的作品就是有价值的。就像我们钟爱的文字，高山流水是一种纯美，感风吟月是一种凄美，云淡风轻是一种静美，大气滂沱是一种壮美。试想：大漠孤烟的豪情怎能替代小桥流水的风韵？

不同的底蕴有着不同的心性，不同的境遇有着不同的需求。所谓美好，是力量的凝聚，是饱蘸真情、涌动实感的画面；生活需要感动，感动源于细节，而细节里的美好最是一种沁心的暖。何必要拘泥于某种形式呢？纵情高歌是一种宣泄，潜然泪下是一种释放，选择适合自己的方式舒展心底的忧患，就是一种享受。

世事如水，流年偷换，所有的都可能改变，唯有向往美好的心性不能忽略。为自己寻得一个出口吧，让心绪自然流泻，让悲愁尽量远离，让风烟俱净的镜像如影随形。

归·隐

不知道自己是不是老了，可我越来越喜欢那些纯粹的，没有雕琢的镜像了，比如那素色的衣衫，比如那碧澈的茶水，比如那蹒跚而行的孩童，比如那阳光下的枯枝和落叶。

——题记

一

每每行驶到高速，我都会迫不及待地张望着，心无旁骛地沉醉着。

我喜欢无垠的田园，即便只是一些枯黄，或者一片荒芜，我亦会兴致盎然地欣赏着，想象着，沉溺着。

我喜欢看寒风里枝桠间悬着的鸟巢，清寂傲然，有一种与世无争的淳美，有一种不可违逆的淡定。

面对冬季的田园，我会心生感慨，我更爱自顾自地遐思；那凋零的枝叶零零散散，蕴藏着无限的美景；那荒凉的田地稀稀落落，溢着别样的熏香；那高高在上的鸟巢更是清清幽幽，风情万种。

记得第一次发现鸟巢也是在这条通往故乡的高速上，一排排耸立的杨树没有了夏日的浓密，没有了秋季的丰盈，有的只是风雨中挺拔的身躯，有的只是阳光下树与树之间的脉脉相牵。而鸟巢与鸟巢之间却始终保持着距离，彼此守望，互不干扰。后来的无数次遇见中我习惯了它的孤清和朴实，习惯了它的冷寂与沉静，更习惯了它的无法靠近。

二

畏惧喧闹的我，总会在不设防中把自己陷入一种状态。于是清芬在鼻翼间萦绕，于是丽日风和的气息在眉间心上蛰伏，于是潮涌的心绪伴着妙曼的情愫在眸光触及的每一个角落袅袅婷婷，次第缤纷。

那日缘于一件琐事，朋友调侃着说："呵，一直以为你是个温婉柔弱的女子，岂不知你竟有如此刚烈和帅气的一面。"

我笑而无语。

其实，未必是我刻意矫情，更不是我隐藏太深。有时候，有些事，无须辨析，答案早已在那里。以优雅的沉默来应对虚伪的嘈杂，足见一种涵养，而我，又何尝不去坚守呢。

浮躁的尘世里，用自然的风骨，以素朴的心性为自己筑起一座城堡，像鸟巢那样，密密实实，孤独而立，悠然着自己的喜欢，该是何等的惬意啊。

想到高耸的枝桠间，鸟巢弱小也饱满的身姿，忽然就有了一种心动。我不知道这一个个鸟巢是经历了怎样的过程铸就而出的，但我深信每一个鸟巢里都容纳着千般的情、万般的爱，枝枝叶叶、相依相伴，挤挤挨挨、错落有序。

无需渲染，不去雕琢，以自己的方式牵绊着、包容着，即便是在凛冽的寒风里，即便那枝桠间只剩下一片寂寥，鸟巢依旧立于枝头，安然无恙。这正是冬季的鸟巢别具一格的魅力所在啊。

三

尘世间，确有这样的一些风景，只在于静默观赏，只在于心领神会；生活中，定有这一类人，无需读懂，不爱逢迎，只是安静地做着自己想做的事情，即便窗外箫声四起，依旧保持着最初的从容，不与世争，不与己悲。

面向林立的高楼，游走在川流不息的人群里，总会想起寒风中的鸟巢，它们纯朴质感的容姿，它们不远不近地相守，它们孤清傲然地生存。这一切，让我羡慕，令我憧憬。

做一枚鸟巢吧，以踏实的根基丰盈着生命的本质，以自然的状态沐浴风霜雨雪，迎接花开春暖。

做一枚鸟巢吧，静守在习惯的氛围里，不虚张，不刻意，恬然地做着自己喜欢的种种，哪怕只有寂寞相依。

做一枚鸟巢吧，远离花团锦簇的街市，让孤独中的坚守成就风雨中的飘逸，让安静中的美丽沉淀出寂寞里的优雅和决绝。

诗意地栖居

且容我华丽地娱乐吧。就在此刻，在文字的阡陌，悠然婉转，极尽缠绵。

——题记

"诗意地栖居"读到这句话时，午后的暖阳正浩浩荡荡地朝我涌来，莞尔间，一抹熟稔让我无处可逃。随之而来的凌乱，次第缤纷；忽而浓重，忽而轻浅的印迹里，我藏匿已久的心事豁然开启。

是怎样的缘起，桃之夭夭、黄萼裳裳的景致间，愁绪翩跹的我与恬淡素净的你，在蝉翼般的暖阳下，静默、凝神、轻唤、浅笑。

"怎么了？要尽力地快乐啊。"循着声息，我望见风中你俏丽的身影还有那一抹淡定的神韵；沉浸、回味，隐隐约约里，一丝渴望，一些向往，一种纯棉般柔软熨帖的温馨感蠢蠢欲动。

一切很好，不缺烦恼。遥望蓝天，我对自己的心说。

捧起茶水，轻抿一口，淡淡的苦涩在唇齿间溢开，丝丝的甘甜如暗香盈动。是怎样的蛊惑让我心海泛舟，是怎样的强悍让我心驰神往。

明净的阳光，穿越剔透的玻璃，种下一屋子的温暖。馨香飘然，魅影迭出的瞬间，眯缝起眼睛，尽享一份酣畅；张开臂膀，揽住一怀的润泽。

柔若游丝的情愫在阳光下竭力地升腾、缠蜷、蔓延。反反复复的细节中，重重叠叠的琐碎里，有些事，只能发生在心里。不事张扬，无声无息。有些人，只能相遇在文字里，落墨安守，不离不弃。

翻开昔日的字迹，轻弹飘浮的尘埃，看它们在时光的深处，蘸濡着愁绪，闪耀着明媚，盈动着清寂，铺陈着幸福。

舒展记忆的脉搏，扑捉往日的芬芳，凡尘俗世，谁能做谁的永远；繁华也寂寞的心音里，谁是谁真正的同谋。何必去追究因为所以？一程山水一程歌里，能让浮躁的心绪在文字间淡然，能让想象里的静好在眉间心上沉淀，能让旖旎的梦幻丰满骨感的现实，还有什么遗憾可言呢。

阳光宁静得能弹出声音，鸟儿成群结对地拜访，风中摇曳着粉红月白，枝头缀满了鹅黄嫩绿。如此繁盛、如此妖娆的风景，怎不叫人心生眷恋？

摊开掌心，曾经柔若无骨的十指眼下不再葱白；曾经颗粒般的乐音，迂回缭绕的曼妙，日渐生疏；曾经浓墨淡彩的画卷，映射眼帘的快意，不复存在。阳光下，或明或暗的掌纹烙印出岁月的痕迹，素手轻扬的刹那，一缕柔滑让我好生欢喜。索性取下发夹，任秀发瀑布般撒开，在眉眼，在唇角，在柔暖的气息下百媚千娇。

绸缎般的春阳照耀着纤巧的发夹，灼灼生姿，莹莹剔透。想起那日的遇见，只是多看了一眼啊，再也没有能忘记它的容颜。整个中午偌大的商厦里，唯有那琉璃般的诱惑牵引着我，以至于无力逃脱、无法回避，终是折回头，当热情的导购小姐把这枚精致的发夹递给我时，叫我诧异的还有它不菲的价位"这是什么质地啊？"导购小姐微笑着解释："这是正宗的进口发夹，可以随时来保养的。"左看右看，忍不住的笑意，止不住的喜欢，一见钟情的快意让我爱不释手。

其实，漫漫人生，能够遇见，能够沉迷一场源自心底的至爱，就是一种幸福。就像这枚发夹，时至今日，我对于它的宠爱，依旧那么的单纯，那么的执着，那么的坚定，那么的心无旁骛。

其实，凡尘中拥有一份喜欢，执着一份纯美，该是怎样的庆幸呢。若能让心里有的，洋溢眼前；让梦里想的，活色生香；让红尘中的繁复琐事，指尖花开，纸上漫步，那又是怎样的舒畅啊。

听　海

　　说不清为了什么，在我力不从心时，我会想到你；在我落寞不堪时，我想走近你，哪怕默默地不发出一丝声息，也要一个人静静地与你，相向而坐。

一

　　难道还有什么期待吗？当我走近时，欢腾的不仅仅是你的身姿，更有我拨开云雾的念想。

　　好久不见，你的步调，依旧苍劲；你的音韵，依然高扬；而我，一路跌跌撞撞，在川流不息的纠结中，失魂落魄。

　　久违的欢喜，轰然而至，不动声色地掠过眉间，叩开我紧锁的心门；而你，是否窥见那圆润的印迹，烁烁闪闪。

　　走近你，如同走进一片旷野，满目葱茏，无际无垠。走进你，仿若走进田园山色，花开半夏，丰韵悠然。

　　面向你的豁达，我是这样的单薄；面向我的清浅，你竟如此深邃。

　　感谢距离，让我学会了留守；感谢你独一无二的气场，让我的眷恋颗粒饱满，越发通透。

二

　　一首歌谣，在风中唱响；一款情节，由心底升腾。

　　沉沦吧，就在此刻，凝眸你的浩瀚，我要振作精神，再现恬静的妖娆，舒展我清醇的丰腴。

　　沉沦吧，轻踏松软软的沙砾，和着清风漾起的笑声，无端的疼痛缓缓溢出，有一个声音在我的耳畔低语：你只有这一瞬间，沉湎或者幻想；你只能在这一刻，放纵或者挥霍。

　　好吧，请许我片刻，在面向你时，用空灵的虚幻诉说我真实的念想。是的，我不贪婪，只要瞬时，在有你的气场游离或者安睡。

131

你是我的海，横卧在我灵魂的深处；你是我的海，燃亮着我幽寂的长夜；你是我的海，研磨出我的静好时光；你是我的海，成全了我的万千风情。

三

向晚的海滩，一片湛蓝；飞舞的浪花，清逸飘洒。远处的情侣，身边的孩童，唯有我，孤身只影，幽寂默然。纵使这样，我还是会满心欢喜的，毕竟我可以做回自己，在臆想的空间里酣然一份与爱情无关，和心性有染的美丽与哀愁。毕竟我能酣醉一场，在你敞亮的心胸、我魂牵梦绕的神秘园里。

凝神如境的海面，一份悠然浅滋暗涌，一些温润缠心绕骨；聆听海潮的欢唱，一些憧憬随风而来，一份恬美袅娜娉婷。

四

曾想象着，背上行囊，独自融入山水清幽才是净。一直以为，远离尘嚣，缄默在人群中才是静。而此刻，你让我顿悟，心净处处静。

静是一份踏实，哪怕惊涛骇浪，也会纹丝不动；静是一种意念，即便面向荒芜，也会花开春暖；静是一种姿容，在有情的世界里妙曼生香，趣味盎然。

原来，这个世界，一切都可以带来欢腾，喧闹可以令人欢腾。安静也会让人欢腾。而所有的都该感谢一份固执不变的心恋。

后　记

某时，面向一片海，我竟一时语塞。是梦境吗？朦胧的视线模糊了惆怅，倏然的欢喜氤氲出无边的柔暖。于是轻敲键盘，留下点点絮语，权当记忆。

至此，不再纠结，不去追问，唯愿一切的一切，如同初见。

执手春天

突然，有些不喜欢春天了。面对远远近近的金黄、粉红、翠绿、浅紫。

我不知道它们为什么会如此欢喜地结伴而来，我甚至开始讨厌它们挤挤挨挨的样子了。就像先前，经过它们的时候，我刻意地加快了脚步，有意识地屏住呼吸，可阳光下它们恬美的神情偏偏挤进我的眼眸，躲不及，逃不了，一刹那的心动让我思绪纷飞。

一树一树的俏丽，一枚一枚的温润，一缕一缕的馨香，我该如何忽略你？

我还是不喜欢春天的，面对浩浩荡荡的春意，面对迫不及待的繁盛，一种说不出的担忧从心底溢开。不是我患得患失，事实如此，天长地久的美丽，只会在文字间驻留，只能在屏幕上呈现。而生活是一个凡俗的过程，风花雪月的柔暖又怎能抵得过尘世的烟火，细枝末梢的净雅终究会被湮没。

高扬的美丽可以让精神为之振奋，低调的行事更能成就返璞归真的踏实。

一抹青色，些许粉红，所有的含而不露，影影绰绰。记忆始终定格在春意渐浓的镜像里。

我喜欢用"温文尔雅"来描述我心中的春意，没有早一步，没有晚一步，在我寻她的时候，她正微笑着走来，神情自若，步履坚定。

我习惯用"轻舞飞扬"来舒展我想象的春天，一张一弛，击节而来；一颦一笑，有我沉迷的风情；一丝一缕，是我习惯的气场。

我更爱用"清新俊逸"来勾画我的春天，庸常里有温雅，隽美中显质朴，任烟火的气息伴着飞花点翠的浪漫袅娜生香，让尘世的繁复在春草如丝间蔓延。

记忆里的春天，犹如一杯清茶，醇香悠远，清美温润。而眼前的春天，竟是如此的浓烈炽热，如此的撼动心扉。一不留神就能牵扯出太多的妙曼，蛊惑着我的眼眸，让我孜孜不倦地想象，让我马不停蹄地追逐，让我在顾影自怜间哀叹。

美好的总是短暂的，即便这自然界的馈赠，这风暖丽日的春天亦是如此：来得迅疾，走得匆忙，如风一般稍一疏忽便会离散。

遇见和别离，只在一个闪念；美丽与哀愁，也只是一个转身的距离。

如果可以，我情愿和春天远远地相望。看她，由春寒料峭变得暖意融融，由一片荒芜步入草色葳蕤。

突如其来的心颤妙不可言，循序渐进的感觉才是一种真实。不刻意、不强求，在每一个琐碎的日子里，信步闲庭；任春天自顾自地美丽着，而我始终是一个路人，邂逅或者转身，在云淡风轻中，在花开花落时。

我不能喜欢春天，可我依旧沉迷它的气息，就像依恋那些蛰伏在心底的温软一样。

行走在红情绿意里我且吟且行，流连在春深似海中我扬眉浅笑。和春天同在，犹如品读一本喜爱的书刊，没有大起大落的情节，也没有婉转柔肠的故事，有的却是舒缓悠扬的韵律，有的却是花香鸟语的轻灵，有的却是微微一笑的舒心。

是的，如果可以，我愿意行走，和春天一起。如两条平行线，不远不近，默默相伴。抬头，眉间的澄明映照着彼此的心湖；凝神，温暖的气息在触手可及间濡染着，在自然而然中绵延婉转。

佳人，在水一方

某日，在朋友圈里读到了一篇关于邓丽君的文字，于是便有了再次聆听的冲动。

"任时光匆匆流去，我只在乎你。"这甜蜜的嗓音，如涓涓细流，溢漫心田。"夕阳有诗情，黄昏有画意"这熟稔的歌词，轰然出空灵婉转的气韵，竟让我有了戳心的感觉。微闭上眼睛，让心随着耳朵极尽缠绵。

柔情似水的一句"绿草苍苍，白雾茫茫，有位佳人，在水一方"让我禁不住地低吟浅和；莺声燕语的一句"绿草萋萋，白雾迷离，有位佳人，靠水而居"叩击着心扉，以至于我的思绪纷纷扬扬。

我知道这首出自诗经《蒹葭》的歌词，曾是电影《在水一方》的主题曲。电影没有看过，这歌却有着余音绕梁的玄妙。

"我愿逆流而上，与她轻言细语，无奈前有险滩，道路曲折无已。"

记不起第一次聆听是在什么时间，但我确定那纯粹是意外，少不更事的我，只觉得这歌声好听。随着年龄的增长，我对流行歌曲并不热衷，甚至一度以为"卿卿我我"的吟唱不是我的菜。后来的后来，是怎样的缘故，我喜欢上这类歌曲？但我确信这"喜欢"，不是源自旋律的诱惑，也不是因着某位歌手的演唱，说白了就是被歌词打动。

走进歌词营造的氛围，我会变成另一个自己，时而像无拘无束的孩童，或哭或笑，自在随性。时而宛若深闺里的幽怨女子，轻愁淡绪，挂在眉梢。更多的时候我就是那个懂得享受生活乐趣的妇人，知性也悠然地沉溺于属于自己的小情小调。

"我愿顺流而下，找寻她的足迹，却见仿佛依稀，她在水中伫立。"

邓丽君用她甜而不腻、柔而不弱，犹如天籁的音色，将一首首歌曲演绎得淋漓尽致，让一代又一代的人儿魂牵梦绕，也让安静成了我的一个表象，让浮想联翩成了我的习惯。

沉浸在绵柔婉转的音乐间，放纵的情绪如同一匹脱缰的野马，一路狂奔，一路酣畅，独我的世界里恣意狂欢成了我的最美时光。穿越人海，奔向心中的"佳人"，是我无法搁浅的执着。

良辰美景奈何天。

不是所有的付出都有回报，不是所有的梦想都能成真，一成不变不过是一厢情愿。庆幸，有"佳人"在我心中，即便无法抵达，即使不能如愿，我始终没有放弃。

念及那个在睡莲池中划船，喜欢穿棉布复古长裙，迷恋绘画的塔莎奶奶；那个爱和小生灵们做伴，会缝制玩偶的奶奶；那个把自己的小庭院装扮成童话世界一样鲜花遍布、鸟雀欢畅的奶奶，"每天每天以度假的心情，清晨在院子里摆弄花草，午后在藤架下小憩一会儿"的田园生活，如同夏日里的冰淇淋，随时能唤起我的热情和憧憬。

想象很美妙，现实太脆弱。

无法两全的尘世，稳妥而有序地做着自己喜欢的事情，让心"幽居田园"也是极好的选择。

只是，放下与拾起，看似简单，实则饱含有太多的细节；只是，让梦想只能是梦想，实在太残忍。

只是呵，我的"佳人"，如何能让我忽略？与其遥遥相望，不如用心靠近。穿越尘世的雾霾，用我的率真撑起我的柔情，以我的坦然成就我的坚韧，让心儿随着喜欢翩跹起舞，是我不曾更改的执念。

用一朵花开的时辰，去品味生命的美好；在一杯茶色间，感知生活的丰盈；在一首歌里，让跃动的心儿自由自在。如此，把足够的时间浪费在美好的事情上，于我就是简净中的繁华，凡俗之外的安宁。

我有佳人，在水一方。

敲下这句话时，我的脑海里再次闪现出那个雨后的傍晚，天空蔚蓝，云朵悠然，湖光倒影中的城市一碧如洗。

安逸，是心的感觉

风拨开云层，水舞动裙摆；暮色下的我，孤身只影。

一丝微凉，是风的气息还是水的温度，或者根本就是心的感觉。随之而来的是幽暗，是清冷还有些许的澄明，它们成双结对，在我的眼帘旋转着，欢闹着，那阵势怎一个轰轰烈烈！

一个人，一片天。这一刻，无人的水岸边我和我的影子极尽缠绵；这一刻，飞鸟鱼跃穿行，思想的羽翼轻歌曼舞。

我不知道有多少人会如同我一样，满腹心事地走来，在这无垠的水岸，听风儿掠过水面的声息，看浪花拍打水岸的壮观。可我相信一定有些人和我一样，在无声无息中和清清的水色相向而坐，在一池涟漪中漫思。

泥土的芬芳，水色的空蒙，一不留神就摄入眼底、萦绕鼻翼，这是脑海里时常涌动的画卷，也是我深深眷恋的风景。从青春少年，到初为人母，从浅夏到深秋，这么多年来，不变的只是心情，每一次来时的繁复；不同也是心情，每一次别离时的轻盈。

风起时，群鸟欢腾；云舞中，念想纷飞。此刻，面对一枚漂浮水面的落叶，我，心意阑珊。

想，从幼芽到成熟，从飘摇到零落，这叶片的生长如同我们的生命一样，漫长也短暂，未曾目睹过它的娇俏，却能在这水天一色的朦胧中，遇见它的安详，实在是幸运。

尘世间，风情万千，而我，能如此安逸，在这幽僻的水岸，和一枚落叶含情脉脉，随一群飞鸟翩然起舞，任汽笛声声，欢悦飘飘，从远方或者更远处传来。

我，是该为自己庆幸的。

月光清浅，水波轻漾，如同记忆里某个时辰，偕同友人，月下漫步，这一份安逸让我如何去忽略。

安逸，我喜欢的字眼，它吻合着我的心性。一如此刻，缘于安逸我学会了以沉默去应对。用我的冷寂去放纵我的胆怯，以我的小心翼翼去成全我的远离喧嚣，让自己的心在一方幽静中适时地调整和修正。

安逸，是心的感觉，就像温暖的友情，就像习惯的氛围，总会在不自觉中诱导着我的情绪，让我一步步陷入再陷入。原来，世间的所有都在改变中发展，幽暗不可避免，清净也不会消失，那么，彷徨之后的觉醒呢，不就如同这暮色下的水波一样吗，荧光闪烁、此起彼伏。

这世界有离散和无奈，有纷乱和冷漠，也有着层出不穷的新意和永不干枯的清灵。

是该庆幸的。庆幸，我能在旖旎万千的世界里情有独钟这片净寂；庆幸，一直以来我的孤清，让我得以在喧嚣之外徘徊；庆幸，这世界还有一个如此僻静的角落，可以搁浅一颗疲惫也无力的心，让我的假清高成全着我的恬淡与安逸。

我的文字，我的心上花

我是幸运的，因为有文字做伴。

面对文字，我毫不遮掩，甚至有些肆无忌惮地放纵着我的情绪，当然，文字里的我亦是唯美、浪漫的。穿越尘世的烟火，行走在未知的风景里，不管怎样的遇见，结局都是妥帖的，温润的，情暖我心的。

文字，是我的心上花。它携着蜡梅的清美，雏菊的清朴，静悄悄地绽放在我的眉间心上。

我的文字，如同一位知性的女子，没有大喜也不会大悲，在蜻蜓点水中舒展着我的心之向往，如春风拂面般挥洒着我的绵绵爱意。

　　我偏爱纤尘不染的文字，如同我的阅读，享受为首，随心随意，宁可极度空虚地闲逛，也不要把自己置身于苦难的剧情里，替他人流着不相干的眼泪。悲悲戚戚地看一部电影，读一段故事，让自己白白地浪费情感，这些，我，绝对做不到。

　　文字，如同案前的画稿，素白洁净，散发着淡淡的香味。心目中它的主人该是安然若素的，有着健康向上的心智。而事实，却让我难以理解：总有些人习惯在"消极和绝望"的情结中徘徊，在"悲情和杂乱"的故事里纠缠。

　　是环境不同，导致取向不同？纵观屏幕，翻阅书刊，一旦涉及悲苦，总会博取同情，换来掌声一片，甚至出现了这样的怪圈：苦情戏就是亮点戏，杂乱就能吸引人们的眼球。

　　回顾一些媒体报道：什么大学生失联，什么亲情冷漠、友情背叛……这个世界究竟怎么了？

　　文艺作品，贵在欣赏。而欣赏的目的各有不同，从中获取美的享受，该是不变的真理。我的唯美，促使我面对悲情的画面会绕道。何况，我的抑制力很薄弱，不想整天凄凄惨惨地沉吟在痛苦中，更不愿自己难得的空闲，被那些生死离别的剧情缠绕不清，被那些啼笑皆非的事件扰乱情绪。

　　职场的压力，家务的琐碎，生活其实很不易。为什么不能尽量地对自己好一些？为什么不能多想一些快乐美好的细节，安慰一下因忙碌而疲惫的身心？

　　寻一方净土，悠然自在。让心回归本初，做回真我。理性的世界，感性的认知，唯此，才是真正的智慧。

　　执笔至此，居然想到了苦瓜。很久以来因为它的苦我始终拒绝着。而近期每隔一些日子就会从超市里买回，或煲汤，或清炒，不是我习惯了苦瓜的味道，而是目前的我可以接纳它的苦或者说是我的身体需要吧。必须强调的是：我只是偶尔需要，若每天用以佐餐，那必定导致难以下咽，甚至严重的营养不良。

　　饮食如此，穿衣打扮也是这样。长期坚守一种风格久而久之，会失去新意，会导致视觉疲劳。始终沉溺一种氛围，会引发窒息，思想的窒息，行为的窒息。

　　弘扬正气，传播美好，是我们应尽的职责，也是我们心中的向往。试想：谁和快乐有仇？又有谁愿意和痛苦结伴？

　　文字如花，心上的花儿，岂能任它被无辜染上俗世的繁杂？

亲，听我一句：能不能聊一些轻松的话题，能不能说一点快乐的事情？让文艺作品远离阴暗和残酷，少一些冷漠和丑陋吧。

何况，为自己营造轻松而舒适的阅读空间，让自己在温馨祥和的氛围中小醉一下，随性而起轻松愉悦地漫步在诗情画意里，该是多么美好的事情呀。

我在路上

这一路山长水远，这一路四面楚歌，这一路风生水起，这一路波澜可否不惊。

——写给自己

江南的秋，铿锵有力，容不得你思忖，就浩浩荡荡地涌来，一路铺天盖地，一路英姿飒爽，一路风生水起。

茂密的枝干，卓然的风姿，整齐划一的队列牵引着我的视线；枝枝叶叶的缝隙间，一抹灰蓝，几许清幽，远远近近，疏疏密密，那么的苍劲，那么的醉心。

灰暗的天色，朦胧的镜像里有一个词在闪亮，"肃杀"，是的，我想唯有这个词最能彰显出眼前的一切。

无关风月的日子里，在江南，在路上，在目光触及的每一个细节里，我信马由缰，我酣然自在。

一种氛围会让我蓦然沉浸，一个日子会叫我心如潮涌。

微闭上眼睛，我用指尖轻触心房，我用微笑聆听自然，我用虔诚的心伴着思想的羽翼，飞进那一片属于我的芳草地。

喧闹退场，寂静降临，我和我的心开始对话。

南方，微凉。衣袂翩然，素颜轻扬；一个人，一片天，在路上，我是如此的酣然；在路上，我是如此的本真。

马不停蹄的奔波中，我告别了闲愁和文字亲昵着，我远离了喧闹和音乐缠绵着，我舍弃了种种和绿茶唇齿相依。是的，文字、音乐、绿茶一个都不能少的日子里，累并快乐的感觉，触手可及。

清韵悠扬，吻合着我的心境；思绪飘逸，放飞着我的美丽。柔暖和薄凉次第而来的日子，明媚和安适执手相伴。

我喜欢这样的节气，没有想象里的林寒涧肃，没有梦幻中的雪染苍原；有的只是缥缈洒洒，零零落落的叶片；有的只是阑珊的意韵，醉人的心香；有的只是飘渺的云烟，如梦似幻；有的只是你轻轻的问候、我深深的眷恋。

与爱无关、和情有染的琐碎里，你用稳健撑起一片蔚蓝，我以恬淡感知你的温厚、你的超然；明净也素朴的时光里，你以睿智包容我的倔强，我用执着镌刻梦的旖旎、情的印迹；山长水远的日子里，不求朝夕相伴，只待一份庸常在平平淡淡中绵延不断。

什么时间开始，每年的这一天，无论怎样的忙碌，我都会抽点时间，回到你的身边，看你含笑细语，随你闲话家常；每年的这一刻，我都会写下一段文字，提醒自己，我是那么的殷实，那么的幸福。

有母亲的家，是温暖和煦的；有母亲的孩子，是安逸踏实的。

想你白发苍苍的容颜，想你步履蹒跚的身影，想你吴侬软语的亲切。亲爱的，你一定要快乐！轻击键盘，我笑着对自己说。

风日洒然，心境澄明。文字间独坐的我，缘于你们，又怎能不快乐？相知在琐碎，相伴于彼此，倏忽而来的柔暖，情不自禁；相逢于网络，相知于文字，一触即发的快意，毫无遮拦。

你说，天凉，多穿点；你说，身体不适，别再熬夜了，记得吃药；你说，学会忽略，快乐生活……你说了很多很多，而我，只是微笑，握一缕熟稔，在你的唠叨中笑得没心没肺，笑得春暖花开，笑得轻舞飞扬……

纵使怎样的坚硬，终究是女子，不想让"我们曾经相爱而却浑然不知"成为永久的遗憾，且容我尽兴吧，在文字的阡陌，在心灵的家园，我要大声地呼唤：亲爱的，我在路上，携一缕心香，朝着有你的方向，我一路飞歌……

◎ 且为莲心动

且为莲心动

循着清香，走近一片幽静。

这里，没有想象中的"接天莲叶无穷碧，映日荷花别样红"的大美，却有"婀娜似仙子，清风送香远"的简静。一眼望去，它们或白或粉，错落有致地嵌在一枚枚油绿色的莲叶间；它们依风伴水，丽影婆娑，点染着澄澈的水面，如诗如画。

近了，更近了。一枚莲花，一款丰韵；一片荷叶，一脉生机。从没有这样地靠近过你，静美的睡莲；从没有如此端详过你，媚而不俗的莲花。

一直以为睡莲只有清雅素洁的白和深入浅出的红。而今，面向田田荷叶、亭亭荷花，面向那一块块解说牌，我才知道被称为芙蓉的睡莲，竟有那么多的色彩和种类，除了印象里的月白和柔粉，还有橘红和深紫。作为花中仙子的莲花，依着花瓣可发现它的容颜各不相同，品种更是纷繁多姿，莹宝石、红仙子伊拉莎白公主、科罗拉多、俊愉莲等，无法探究每一款名字的由来，但千奇百怪的名称，实在是魅力十足，蛊惑我心。

让我眼界顿开的当属克鲁兹王莲，那白如月、紫透心的肌肤，宛若凌波仙子涉水提裙，低眉含羞，柔婉入怀。

凝望着，凝望着，一见钟情的快意，肆无忌惮，端起相机，对着它扬眉浅笑，心里却止不住念叨着：太棒了，太棒了。怎么可以如此清朴，如此妖娆，如此的蛊惑我心呢？

"中通外直，不蔓不枝，香远益清，亭亭净植"的睡莲，生长在灵动也柔润的水里，它的根底会有怎样的污浊，无需探究，可它挺拔的枝干，姣美的容颜，在夏日和风中，在盈盈水色间，真的让我心动啊。

一眼望去，绝世而独立，洁净而优容，恰似伊人，在水中央。那绿水芙蓉衣的风韵，那罗裙玉腕轻的姿色，怎么看也看不够，怎么拍也拍不尽。

这小小的王莲，这窃取我爱怜之心的仙子，让我如何不心动？

幽香入怀的欢悦中，莲叶悠然自得，莲花风姿摇曳，王莲大而平实的叶片，圆润也质感，自然上翘的叶缘朴实中见俊逸。眯缝起眼睛细细地瞅着，竟发现叶片上还竖起一根根小茎，和一般荷叶上的纹脉截然不同，阔绰也青翠的叶片隐隐地透着仙气，以至于好奇心顿起，却又不敢轻举妄动，只怕一不小心就亵渎了它的圣洁。

没有数点飞来荷叶雨的娇艳，没有波光染彩斜阳下的风情。眼前，墨绿如染的荷叶将莲花映衬得清淡雅致，将荷塘装扮得静谧安适。

面对一脉幽香，无端的感伤悄然袭来。

滚滚红尘中，有几人能如莲一般，始终不被环境所干扰，哪怕孤然而立，也要不落俗套？茫茫人海间，又有几人能如莲一样，守着骨子里的耿直和率性，坦然面对俗世纷扰？

不求澄净一世，但愿明丽一时，

想，做人和处事，也该如莲一样，出淤泥而不染，濯清涟而不妖；像莲一样，俗世中不随波逐流，挺直腰身，保持根本；尽力地将自己最美好的一面呈现在众人面前，不为虚浮，只为感染，让明媚的阳光在丝丝缕缕间绽放，让生命的丰盈在琐琐碎碎中闪亮。

雏菊花开

这是一个阳光灿烂的日子，也是一个秋风四起的午后，隔一层玻璃，看秋阳笼罩着大地，覆盖着庭院；听秋风呼啸而来，潮涌而去。

一

为自己续一杯红酒，偎坐在朝北的飘窗前。

嘈嘈切切中一些柔软开始蔓延，一些哀愁渐次离场，一些模糊的影像，化作颗粒饱满的碎片，在阳光下熠熠生辉。

我知道这是红酒的功效，我更相信这是我内心蛰伏已久的物象；日日复日日中，它们寂静、欢喜，它们默然、相守。终于，终于在这个秋高气爽的日子里破土而出，扬眉浅笑。

是沉寂太久了？是隐匿太深了？如常的日子里，我如同一枚叶片，在风的牵引下飞舞着，旋转着，精疲力竭中我看不清风从哪个方向吹来，只是一味地追随着，坚持着，好在不离不弃的意念中，我懂得了坚守，懂得了容忍，更懂得细细咀嚼那过程中微乎其微的点点滴滴。

以坦诚去应对严谨，以宽容去面对固执，以淡然去迎接狭隘，我想即便没有想象中的美好，也会有着意料之外的轻松吧，毕竟每一颗心都有善良的一面。

凡庸的尘世间保持惯有的姿势，固然很难；适时地停下脚步，试着在每一个浮与沉的瞬间去盘点，去思考，去面对。

倘若可以，我愿像雏菊那样，以清雅的姿态，以古朴的韵致，默默地盛放在尘世的一隅，不张扬，不畏寒，保持着自身的清丽与端庄，寂静着，芬芳着。

二

半盏红酒，一抹清寂，秋日的暖阳下，我仿佛看见了一枚将开欲开的雏菊，静静地立在墙角，孤独而傲然，素净也清扬。

喜欢雏菊，只因你的喜欢。小时候，每每这个季节，庭院里零零落落盛放着高高低低、神态各异的雏菊。我喜欢黏在你的身边，看你默默地侍弄这些小小的花骨朵，我喜欢拽着你的衣角笑眯眯地听你絮叨着关于雏菊的种种。我还喜欢趁你不注意时，用小手轻轻地摩挲着雏菊纤巧也饱满的花瓣，好让花粉沾染在指尖上，然后使劲地嗅闻着，甚至偷偷地放在舌尖上品尝着它的香气。

"永远的快乐"是雏菊的花语，也是我给自己的告诫，无论何时，要尽力地快乐，要学会让快乐传递，就像小时候那段有你陪伴的日子一样，没有多彩的玩具，没有同伴的欢闹，有的只是淳朴的日子，有的只是甜腻腻的吴侬软语，有的只是因你而起的细细碎碎的暖意串起的大片大片的清净和丰实。

"快乐，可以永久吗？"美酒飘香时辰，不胜酒力的我，看杯中鲜红的液体不由得心悸摇曳，似乎是一伸手的距离，我看见一朵花开，从含苞到绽放，由秀美到颓败，那么短暂又那么的自然，那么平实又那么的令我憧憬。生活亦是如此吧，不强求，不刻意，自然而然，便好。

三

"我爱着，什么也不说；我爱着，只我心理知觉；我珍惜我的秘密，我也珍惜我的痛苦。"这是哪儿遇见的，我早已忘了。可是这段话，如此柔情，如此动心，每每念及，心事缱绻，一如我心中的你。

岁月的长河里，你像雏菊一般盛放在我心里，无声无息又那么温润沁心。长长短短的日子中，是你让我明白，没有不变的风景，只有难以更改的心性。面对纷纭繁复的琐事，人总会有一刹那的恍惚，心总会有一瞬间的迷失。跌跌撞撞中谁又能预知未来，谁又会拒绝美丽？

不要笑我幼稚，更不要说我矫情，云淡风轻的日子，心亦会疲惫。

今时今日，我需要一把钥匙开启我的心门，好让自己轻松行走。我在等待，等待一个丽日风和的日子，走进自然全身心地吸取秋日的阳光雨露，还有秋雨中的点点凄凉；我需要一个切口，让心田里的一些杂质慢慢地溢出，让尘世间一些柔暖缓缓沁透。

我不要刻意地压抑自己，我要让喜欢和爱自然地生长，让悲伤和愁绪如水样地流淌，让生活的味道挟裹着烟火的气息，让阳光的馨香渗透在每一个落寞和颓废的细节中。

如果可以，我愿意做一枚小小的雏菊，清寂傲然，从容淡定，在秋日的凄风冷雨中，在秋阳的抚慰熨帖下，任别离或是相遇的剧目缤纷入场，而我，兀自悠然。

桂花，桂花

院子里的桂花开了。

窸窸窣窣的风声中，花色明丽、香味袭人的金桂，花色素洁、清香怡人的银桂，浩浩荡荡地掠过我的眼眸，潜入我身体的骨骨节节，于是，幽香慵慵懒懒地散开，像一款无踪无迹的萧音，让心变得无比柔软。

"桂子月中落，天香云外飘"，这逃不掉、躲不开的桂花呀，让童年的欢悦在香到骨髓中蔓延，在馥郁芬芳中滋长。想起姨娘制作的桂花糕，那看上去晶莹剔透、入口细腻清甜的桂花糕；想到母亲精心酿造的桂花米酒，那"一坛桂花酒，香味飘满屋"的时光。

关于桂花的记忆，实在浅薄。而这一季的遇见，让我分外欢喜。

那是一个午后，嗅闻着缕缕花香，我看见了她，一位采摘桂花的老人，好奇心的驱使，让我忍不住想走近，可老人专心致志的神情让我不忍打搅，于是，放慢脚步，远远地看着老人一枚一枚小心翼翼地采摘着，一点一点轻拢慢捻地收藏着。若有还无中桂花妖冶的香味如缕回旋，直入心怀。

清静的午后，幽谧的花枝下，老人安详的背影，忽然就让我想起了友人的《桂花熏茶》，亲切也淳美的画面，柔暖也平和的字符将"父亲摘桂花，母亲熏桂花茶，我用浇桂花树的古井水冲泡桂花茶"的情境淡描轻绘如电影般一幕幕展开，定格，回放。那个午后，那位老人采摘桂花的用途我不得而知，可是，桂花飘香幸福来的感觉，竟是那么的真切。

"月待圆时花正好，花将残后月还亏。须知天上人间物，同禀清秋在一时。"关于桂花的诗句，我尤爱朱淑真的这首。不仅仅是委婉、细腻的运笔，更有着轻轻弹拨，便被击醒的酣然。

沐浴扑鼻的桂香，那些以字取暖的日子浮出水面，那些文心相悦的感觉迂回缠蜷，那些浅唱轻和的妙曼盈盈袅袅。遇见的暖意，别离的感伤，生命中有着太多太多的意料之外。

书上说，花好月圆只是一种臆想，而我，始终执迷不悟地沉醉着，不离不弃地追随着，就像我对桂花的感觉。我知道，我虽然不喜欢桂花，可是，它开放时，我仍然会远远地看一看，静静地嗅一嗅。毕竟，内心的不喜欢，未必可以拒绝真实地存在，有时候懂得面对，也是一种心智的成熟。

喜欢清淡的、似有若无的气息，就像纯棉的质地，柔软却那么真实地存在。

喜欢率真坚毅的，像杨树那样，随遇而安，与世无争。凄风冷雨中，即便被脱尽了叶子，依然透着精神气，昂首傲骨地伫立在寒冷中，树树无字，树树有声。

喜欢自然素朴的感觉，无论饱满或纤弱。太过浓郁，会让我窒息。桂花的香气便是如此，分明是浓得化不开了，却依旧肆无忌惮地绽放着，摇曳着，浮动着，实在是妖娆，实在是掠人心魄，以至于，面对它，我有些不安。

看风吹桂枝摇，我担忧桂花的颓败不堪；看秋风伴细雨，我焦虑着桂枝的萎靡不振；看太多的路人来采摘桂花，我害怕花影无踪的那一刻来得太急。其实，我明白我是多虑的。花飞花谢，这是自然的定律，即便一夜之间，桂树被清风冷雨侵蚀成了一棵孤零零的枝干，来年的此刻，桂花依然会开，风动桂花香满庭的日子依然会有。

写到这里，我竟有了莫名的疼惜。香得妖艳、美得素净的桂花啊，分明知道自己是畏寒的，却依旧选在渐浓的秋日里绽放，只是一场雨便会让容颜憔悴，花香散尽。

我是不是过于悲情了？其实，我是该庆幸的啊，桂花美丽也妖冶的神韵，终是闪亮过，在每一个路人的眉间心上。

石榴花开

小区里的石榴花开了。

那种艳丽到俗气的橙红，我一直不看好。可就在那天，那一眼的明媚，让我的心豁然舒朗起来。那一刻的凝神，我被石榴花纤巧却不够娇美的姿容生生地吸引住了。原来，浓重和热烈的碰撞竟是如此惊艳，如此触目，如此的不可忽略。

满怀着侥幸，我没有靠得太近，只是眯缝起眼睛，默默地打量着，面对一朵花、一片绿，我在脑海里使劲地搜寻着，"浓绿万枝红一点，动人春色不须多"，"不为深秋能结果，肯于夏半烂生姿"。关于石榴花的种种，似乎太多太多，一时的思维短路让我词穷，一瞬忽的失落被突如其来的明丽牵扯着，整个人像被勾了魂似的躁动不安又极其舒畅。

接下来的几天，我的心里一直惦记着它们。偶尔也会绕过去远远地瞅上一眼，看它们摇曳在早晨的清新里，明媚在灿烂的阳光下，嫣然在向晚的微风中。石榴花没有沁心的气味，也没有骄人的容颜，但这不妨碍我将自己融进一份虚幻的温馨中，朝朝暮暮，让心里有的感觉相伴着，踏实也自在，寂静也欢喜。

又一次走近是在那个雨天。那个傍晚当我收起湿漉漉的雨伞走进楼道时，忽然的想念让我迫不及待地折回头，沿着幽僻的小径，伴着雨丝的轻吟，隔一簇簇浓密也热烈的金黄我望见了它们。是距离太近吗？是花事繁盛吗？雨幕中的石榴花少了心中的俏丽，多了些许的清幽。微微的疼由心底泛起。是日子的打磨，是风雨的袭击，抑或是自然的定律？好在初遇的明丽早已定格在我的心间。

想，生命不过如此，花季年华的靓丽令人心悦，人到中年的沉稳彰显风骨，白发苍苍的暮年更显底蕴。其实，每个年龄段里都有着自身的魅力，坚守心中的美好，不屈从，不落俗，让快乐和哀愁自然流放，才是一种舒坦。就像风雨中的石榴花一样，纵使怎样的憔悴，怎样的落寞，依然让我疼惜着，眷恋着，想象着。

倘若说经历过便是美丽。那么每一次的别离，是否意味着会再一次地相遇；那么彼时的清寂，是否暗示着此时的殷实？

风清云舞，榴花欲燃。再次近距离地欣赏，是在某个晴好的早晨。面对一枚枚玲珑小巧的花朵，面向一片茂密葱翠的枝叶，无法表述的满足感让我格外地兴奋。轻抚一瓣橙红，嗅闻一缕清芬，我心绪如花。

小区的花儿品种繁复，抬眼望去总会有新异。而那天若不是为了停车，我定会错过这一片风景的。我为平日里的疏懒而叹息，我更为自己一直以来的偏执而诧异，如何这般的狭隘，复复又重重的日子里把自己圈在某个空间，还能强词夺理地冠名以习惯，标榜着自己是如何地执着？

有谁知道呢，在我恬静的外表下还有另一个感性也笨拙、热情也简单，只会想入非非却不谙世事的我，因着某个细节而哀怨，因着一次偶遇而悸动。

有谁知道啊，细细碎碎的时光里，一些习惯在潜移默化中成就，一些感觉根深蒂固在生活的每一个细枝末梢里，一些无厘头的念想在不觉中华丽登场，黯然退场于我竟有着别样的酣畅。

想，世事如此吧。

有时候，有些事，无需太刻意。就像这个季节，我和石榴花的遇见，只一个偶然，所有的美好便在不觉中潜入心底，娉婷袅娜，生香灵动。

月季花开时

"生活不止眼前的苟且，还有诗和远方的田野"，想起这句歌词的时候，我的眼前有月季花儿，轻盈曼舞。

它们沐风而立在幽静的角落里，它们不畏暴雨守候着过往的路人。我不知道别人的眼里这一排小小的月季会有着怎样的故事；我也不知道这墙角的月季，会不会染亮他人的眉间，而我确是真真正正地恋上了它们，凝视或者远眺，靠近或者擦肩，每一个细节里都有我深深的眷恋。

翻阅自己的文集，打开自己的相册，关于它们的点滴，实在是多而又多。是，这一棵棵生长在墙角的月季，或低眉含羞，或摇曳娉婷，宛若冬日的飘雪，好似秋天的麦浪，随时随地都会舞动出万千风情，展现出端庄秀美，以至于我会忽略其他，自顾自地沉溺，遐思。

说及月季，宋代诗人杨万里的一句"只到花无十日红，此花无日不春风"，最是让我爱不释手。我甚至会在突然中冒出一个念头：倘若可以穿越，我定要去拜访这位诗人，感谢他美妙的诗意敞亮了我的心怀，妖娆了我的心事。

是，为这叩击心弦的诗歌，哪怕千里迢迢，哪怕山高水远，我定要一路探寻的。

于我，娇而不媚、艳而不俗的月季，恰似一位知性的女子，典雅又温婉。她恬淡的神韵，让我尽享着闺蜜一般知我懂我的舒心。每每邂逅，总有欢悦悄然生发。

我的阳台上也有一盆小月季，那是春节前夕，去花市闲逛带回来的。小巧而淳朴的花盆儿，玲珑也秀气的身段，花开半朵的娇羞。一直记得邂逅时的那份惊喜；一直忘不了卖花师傅一边掐饬花儿，一边不紧不慢的话语："这月季好养，你看看，花苞儿一个个的，不出意外春节就会花开满枝了。"

事实未必如此。

是我的太过刻意，是月季花儿羞羞答答不适应新的环境？任我怎样地呵护，刚刚探出点红晕的花瓣儿总也不肯露面，叶子一天天地变黄，眼看着天气渐渐地暖和起来，而它却在不声不响中憔悴着。

　　冬去春来，我的小月季依然窝在那只可爱的花盆里，而我并没有完全放弃，每隔几天就会为它浇水，让它沐浴暖阳，我的心儿如同过山车般地由激扬到平静再到落寞，好在，我没有失去信心。是，我怎么能眼睁睁地看着我心爱的小月季像生了病的小娃娃一样，蔫蔫地打不起精神？探访度娘，问询友人，如水的时光里，是月季的清香撩拨了我的思绪，是风儿的顽皮唤醒了沉溺中的我，微风轻扬的刹那，沉积已久的迷雾终于消散了。

　　感谢这墙角的月季，它们挤挤挨挨，葱茏茂盛，让安静的院落充满了生机，也让我的心儿豁然开朗。感谢我的执着和细心，让我知晓同样的月季，不同的生长环境，会有着完全不同的神色。这墙角的月季，是露天的，是野生的，每天沐浴着阳光雨露，所以能茁壮成长。而我的小月季呢，哎。

　　如此想着，不禁释然。原来，任何超越常规的行事，终会弄巧成拙，得不偿失。凡事，少了地气，就会变得缥缈而不切实际。精致也好，拙朴也罢，适合的才是最好的。

蜡梅，蜡梅

　　写在前面：原来，我是那么的矫情，一束小小的蜡梅，写了又写，依然不够，去年此时，今年此刻，同样的蜡梅。不同的触角，而我，如此沉醉。

　　走近它，是在一个阴郁的午后。

　　我像着了魔似地被那一树嫩黄蛊惑着，被那一氤清香熏染着，被那一抹莹润诱引着。澄澈浩然，娇俏玲珑的蜡梅，清灵灵地点染了我的心房。

　　欲赏蜡梅，待雪后。想起那个雪后放晴的晌午，匆匆一瞥，让我和蜡梅有了一面之缘；再次遇见，是在雾霾升腾的早晨，朦胧中它以出尘的幽韵，在我的眼前闪亮，在我的心底植根。想要靠近，以我的恬淡去品读它的冰清玉洁，用我的孤寂去体味它的素心如雪，以我的笨拙去捕捉它的灵动生香，成了我念念不忘的心结。

　　看，那一朵朵花蕾明丽也素雅，疏影横斜在幽静的小院；那一片片花瓣晶莹也剔透，暗香浮动在清冷的冬日。挤挤挨挨间，一枚枚鹅黄迎风沐雪，孤然而立。墙角数枝梅，凌寒独自开。蜡梅，以它淡雅的姿容，以它似海的香气，以它独一无二的神韵，濡染了文人的笔墨，情动了歌者的诗心，锁住了路人的视线。

关于蜡梅，眼前的镜像足够丰盈，而我却无力勾勒更无法舒展它的痴恋。

安谧的时空下，无人的午后，与一束蜡梅默然相伴，寂静欢喜。任芳香由花间溢出，在我裸露的肌肤间沁染、漫涌、眉目传情。

我爱花，是因为它姣美的姿容吗？我想我爱的是那种感觉吧，独坐或者漫步，清芬萦绕，花姿娉婷；倏然的欢喜，瞬间的萌动，在一朵花里念及那些远去的日子，那些值得我记忆的细枝末梢。

想起幼年那一段寄居的日子。夏日里的栀子花，秋日里的小雏菊，还有这冬日里的蜡梅，似乎每一个日子都有花相伴，每一段时光都明丽清新。

姨妈是个典型的江南女子，说话的语速和做事的风格一样，干净利落，唯有在她的小花园里才会显现出不紧不慢、悠闲自在的丰韵，而我始终像个小尾巴，紧随姨妈的身边捣鼓不停。年幼无知的我会悄悄地折下花枝，掰开待放的花骨朵探个究竟，也会乘着姨妈不注意时把娇美的花儿一朵朵摘下来捧在掌心，像天女散花一样挥散着，欢喜着。姨妈一直很疼我，纵容着我的好奇心，只是在我把她心爱的花花草草扯得惨不忍睹时，才会生气罚我离开花坛，然后再用她那极好听极好听的吴侬软语，编撰出各种各样的故事说给我听。

或许是耳濡目染吧，姨妈的勤劳和用心，让我明白养花养的是一份心情。一束小花就是一个孩子，需要精心的呵护，需要阳光雨露的普照，更需要及时地修枝剪杈。或许是潜移默化吧，不爱动脑筋的我对花儿始终怀有别样的眷顾，眼下的我恋花情结更是越发浓烈，甚至到了无花不欢，为花痴狂的地步。

我爱花，爱的是那丰满的过程，是那即便枯萎也有余香的美好和温情，如同我不再年轻的容颜，以及只属于青春年少的浪漫时光。

花开花落是自然的定律，向往美好的心性又有谁会轻易搁浅？有些美丽，远距离的欣赏会留下无限的想象空间，而近距离的感知更能收获别样的精彩。就像此刻，面向一树蜡梅，让恋恋不舍的情结得以释然，让想象中的美好在瞬间触手可及。

每一束花都有它独特的神韵，就像每一个女子都有属于自己的味道。

念及这些，不禁微笑。如果可以，我愿做一朵清丽也素净的蜡梅，怀揣澄明，与世无争，在幽谧的时空下独自娉婷。像蜡梅一样，不畏清寒，以我的本真面向生活的琐碎，不刻意，不张扬，悠然在自己的世界里。若你有幸路过，因我的清寂而放慢脚步，你会窥见我凉薄也澄明的心，还有闪烁在一朵花间的笑颜。

一花一世界

只是和你相遇，我的心变得如此温柔。

一、我要去看你

薰衣草花语：等待爱情，只要用力呼吸，就能看见奇迹！

梦想着大片大片的薰衣草，在阳光的照射下，静美如画。在蓝天白云的掩映中，温婉典雅。

你，是我梦中的伊人，那么远那么近；那么丰盛那么柔曼。多少次我在想象中走近，看你摇曳旖旎，看你幽雅和暖。多少次我和自己的心说：我要去看你，纵使万千山水，哪怕风霜雨露。

终于盼来了。这一季，你如约而至；这一刻，我惴惴不安。

在此之前，我不敢确信会不会失望，我更怕心中的画卷被更改。何曾料及，当我踌躇不决时，你竟是毫无防备地闯入我的视线，占领了我心田。来不及掸去凡俗的尘埃，也无需道白，曾无数次编排的场面瞬间云散。

只一眼，只是一眼呵，道不清的撼动冲击着我的周身。

蓝紫色的小花，拥拥簇簇；细细的枝干，清朴飒然；和畅的秋风中，我们极尽缠绵。

嗅闻着你的气息，沉浸着你的芬芳，我的眼睛开始湿润，我的视线变得模糊。其实，我不是想要流泪，我是真的真的被蛊惑了。

亲爱的你，怎么可以如此的美丽？

二、怜取眼前人

格桑花的花语：怜取眼前人。

是性格的缘故，抑或是心性的使然，在我感觉：有些出行，一个人最舒爽；倘若三两结伴，反会觉着累赘。于是，独步漫赏，在自然的世界里，任风儿轻拂，看花蕊含苞，赏草色葳蕤，成了我闲暇时最美的时光。

邂逅格桑花，就是在这样的日子里。

记得那天，阳光灿烂，人流如织。正当我沉浸在喜欢的场景里左拍右拍，不亦乐乎时，一个头戴花环的姑娘闯入了我的镜头，那用格桑花枝做的头饰，那精心装扮的容颜以及那飘飘的裙袂，让我有点吃惊，像是被什么戳中了一般，极不舒服。

于是俯下身子，细细地打量起身边的花儿。茎儿纤细，花瓣单薄，看上去弱不禁风的格桑花儿竟是这般纤巧娇美，宁静素朴，难怪会赢得姑娘的青睐啊。

只是，花儿好生生地被折下，它会不会觉得疼？至少，我的心已经隐隐地感觉到了。

从来喜欢素净幽雅的色系，太过闪眼，我不习惯。就像格桑花，对于它的缤纷艳丽，我曾有那么一瞬间的排斥。甚至在我第一次走进格桑花海，面向风中摇曳的花枝时，没有丝毫的感动和兴奋。

可是，这一刻，它新蕾展颜的热烈，它欲露还羞的娇俏，竟让我的心变得无比温柔，我多想好好地宠溺着它啊，小小的格桑花，我多想那些美丽的姑娘能如我一样地爱怜着、疼惜着它们，小小的格桑花。

花开一季又一季，能够遇见就是精彩，能够在遇见时彼此珍惜，岂不是更美吗？

三、独自倾心向阳开

向日葵的花语：信念、光辉、高傲、忠诚、爱慕，向日葵的寓意是沉默的爱，向日葵代表着勇敢地去追求自己想要的幸福。

不去赘述你是如何的明媚，不去探究你是怎样的热烈。

走近的那一刻，我是激动，是震撼，为这浩浩荡荡的场景，为你从容而立的神韵，为你向阳而开的执念。

你以独一无二的清韵和纯粹，传递出阳光般的磊落，释放着无与伦比的魅力。

我知道，你有一个很美的名字叫望日莲。而我，每每读起，便会唇齿生香；每每念及，总有馨香入怀。

关于你的传说，我更倾心于那段水泽仙女怀揣着信念，为爱守候的故事，它如同你的名字一样，简单，直白，却又是那么风情万种，蛊惑我心。

更无柳絮因风起，唯有葵花向日倾。古人咏花明志，今人赏花怡情。而此刻，我想说：随着太阳的方向行走，何惧风声四起；为着心中的喜欢，至于结局又如何？

爱情如此，生活已然。

桂子飘香时

确切地说，我是被香味吸引的。

放慢脚步，我四下寻找。分明记得是在昨天，QQ里我和伊絮叨：今年的桂树如何不似往年那么大方了，即便靠近再靠近，也很难沐浴到记忆里纷纷扬扬的花瓣雨，更别说那沁心的香味。伊安慰我：改天陪你去植物园吧，那里的桂子保准香气袭人。

想着那一小朵又一小朵，彼此簇拥，相互牵念的花枝，我笑了笑，其实，心里很期待。

我就是这样的女子，埋头走路，不问世事，陶醉在自己的小情绪里，宁可面对一朵小花，流连忘返，也不愿走向热闹的街角看人来车往。

记得绿罗裙，处处怜芳草。想象玲珑娇俏的桂子，沉湎沁人心扉的气息，竟让我有了一瞬间的恍惚。浅浅的清风里，匆忙的步履，醇厚的音色，在我静如秋水的眼眸闪亮，在我沉寂的心湖迂回缠绕。

一枚小花，缱绻一段心韵；一瓣清香，渲染一片风景；一帧影像，传递一款心念。安然一场花事，我习惯独步，在每一个琐碎的日子里。

一、蒲公英

蓦然间，你的清雅弥漫我的眼帘。

纤细娉婷，悠然静默，茂密的草叶中你沐风而立，温婉秀丽。凝望，有素白掠过眉梢，在蓝天下轻灵曼舞，温情簇拥。

追随你的身影，读你飞翔的艰辛，读你阑珊的秋意，读你零落一地的心痕，读你锲而不舍的坚韧，我竟有了一种疼惜。万绿丛中，你不热烈，不回避，清逸，素然，尽力向上，朝着更高更远处，一路跋涉，为心中的眷恋，哪怕沦落苍茫。

是我的顾影自怜，还是你的恬淡自如？向晚的余晖下，看你细若游丝的花瓣，飘然落入风里，旋转，扬起，又悄然落下，整个心倏地沉了下来。

"慢点跑，别着急。""哦，哦，哦。"有孩童欢笑而来，又奔跑而去，蹒跚可爱。寻声，年轻的母亲依然是熟悉的模样。

轻颤的快意，在微微一笑间弥漫。呵，美丽总是这样，悄悄地来，像梦一样美好。

二、落叶

风沙飞过，沧桑肆意。触目的疼痛，随着斑驳的叶片横陈眼前。幽暗的光影下，无望漫溢，伤情蚀骨。

花有花的宿命，爱有爱的因果。远去的时光，在伸展的经脉间落下点点晶莹，如露珠般剔透，明媚了记忆。

还有什么遗憾吗？相聚和别离不过是一种形式，为曾经的萍聚，寻找最后的归宿，落吧，落吧，别离是唯一的选择。

匍匐在大地的怀抱，你，一声轻叹。

凋零，只为重生，在来年轰然出遍地繁盛。

三、影

透过柔和的光圈，我看见了你。静谧的路口，以仰望的姿势，锁住我的视线。是在等待？是在憧憬？面向无垠的苍穹，你环抱自己，凝神眺望，以沉寂构筑一座封闭的城。

拒绝喧闹又怎能拒绝阳光的折射、风的潜入。柔和的光影里，你端坐一隅，任阳光轻抚，听风尘扬起。

清寂里的繁华，孤独中的守望，渲染出如梦似幻的画卷。

为更长久的拥有，情愿与清寂相守，和孤独相伴。

幻象浮动间，你以独一无二的气息成全了我最美的遇见，在清秋，桂子飘香时。

盛放或者凋零，不过是一种形式

暮春时节，染满绿意的植物园里，没有想象的花开嫣然，却有意料之中的繁盛。

一眼望去，大片大片的枝干，纤细挺拔的身姿；走近，零落一地的郁金香花瓣，那么热烈又那么凄美，那么隆重又那么静寂。偌大的植物园里，除了欢呼雀跃的孩童，以及成双结伴的游客，似乎感觉不出这是春天，印象里花开满园的春天。

乘兴而来，自是要尽兴漫赏的。

沿着湖畔小径，随着清脆的鸟鸣，拂面而来的清香，携着游丝般的惆怅，轻盈妙曼，柔软了心房。

我将如何遇见你？而你又会以怎样的姿容迎接我？

就这样一路寻寻觅觅，就这样一路满怀憧憬。从湖畔走向馨园，由草地越过长廊，哪儿哪儿全是你，娇羞是你，端庄是你，优雅是你，憔悴也是你。卷曲的花瓣上隐约着斑斑点点的锈迹，枯萎的花朵泄露出难以名状的哀婉，落花凋残的画面，让我如何不疼惜。

高雅的紫，珍贵的黄，幸福的粉，喜悦的红，一瓣一瓣地捡拾又放下，一声一声地轻唤又沉默，一枚一枚地靠近又离开，面向一朵朵打蔫的郁金香，我心有戚戚，凝望满地的艳紫娇红，我意兴阑珊。

走过无数花海，看过太多的绚丽，此时此刻，小小的欢喜，在怅怅然中紧追慢赶，澄明的快意，敞亮了心房。

没有娇艳欲滴的容颜，没有娉婷妖娆的炫目。匍匐在泥土的馨香里，你是如此柔曼；落花如飞雪的镜像间，你的风姿直抵眉心。

回想曾经，太多的繁花盛开，让视觉麻木；太多的馨香缭绕，让嗅觉失灵；太多的姹紫嫣红，让心浮气躁。此间的遇见，恰似一剂清心丸，唤醒了混沌中的思绪。

想到这些，不禁释然。感谢这满园的落花，让春日里的惆怅不再是惆怅，让繁盛之后的落寞别具风韵。

其实，如水的时光里，精彩无数，而我们需要的是心境，我们渴求的是赏心悦目的快意。

那日在朋友圈里分享了一组郁金香图片，友人问我为什么没在盛放的时候去观赏？只看见这些零落的花瓣，会不会觉得遗憾？我笑而不答。遗憾，终究会有的。毕竟郁金香是我的至爱，它的美好缠心绕骨。

然，生命中，有些美丽，适合欣赏，止于靠近；生活中，有些黯然，需要面对，更要反思。养眼或者养心，只看以怎样的角度去思考。何况，有谁不爱娇艳欲滴的鲜美，有谁不期待花开不败的永恒，又有谁能逃得过苍老呢？

花好月圆人人向往，萧瑟清寂更具风韵。而我们该做的便是适时欣赏，善于取舍。相信，时光打磨下的物是人非，定会化作晶莹的粒子，装扮着我们的生活，成就另一片风景。

世间的薄凉，让行走其间的我们深情而多情，让感性的我们敏感也善感。

面向这暮春时打蔫的郁金香，不曾设想化作春泥更护花的豪情，至少，这缤纷的落英让我懂得，没有不变的风景，只有不变的眷恋。一如我对植物的喜欢，对花儿的宠溺，对生命的敬仰。

我坚信：生命的过程，可以不够美丽，但一定要有风骨，就像这撒落一地的花瓣，让我思绪翩然，令我兴致盎然；让我止不住地想俯下身，凝神静赏；让我在淡淡的清芬间，一次又一次地怀想着，沉吟着。

◎ 情结小巷

情结小巷

月盈则亏，水满则溢。生命的轨迹也会如此吗？

倘若是，我愿独守这条小巷，看岁月静好。

——题记

我没有想到，在这初冬的早晨，在这条小巷，遇见深秋。

满地的橙黄，让我诧异；满目的静美，让我不忍心打扰。尽力地绕过每一片树叶，看它们打着卷儿，看它们轻歌曼舞，看它们娇小的身躯，极尽缠绵。

初冬的早晨，薄凉浸染，而此刻，眼前的画面，让我撼动。

是秋的不舍还是冬的性急，站在季节的门楣我看见素净的秋，温雅的冬，它们微笑盈盈，步履款款，我嗅得它们馨香缕缕，情意绵绵。

这是一条行人稀少的小巷。清一色的灰砖，在光天化日下裸露着；锈迹斑斑的电线在众目睽睽中纠缠着；零星的几扇小窗上五彩的画报显得极不和谐，又那么的自然而然，遮遮掩掩中泄露出一抹熟稔，那是家的味道，那是烟火的气息。

穿行在这条小巷，总有些许的暖意，悠然缠蜷。想，那些擦肩的行人，也该有着和我一样的心境吧。否则，怎会如此的陌生又如此的眼熟呢？

那个年轻的妈妈，总是一身裙装，婷婷娉娉，眉眼恬静地牵着孩子的小手轻轻走过，而梳着羊角的宝贝更是一脸稚气，可爱至极。眉眼相望的瞬忽，微微一笑，小家伙便会眉飞色舞地欢喜着，跳跃着。每天，我们相约一般走进小巷，又一路安然地走出小巷。

巷口那对老人，似乎习惯了在这个时间段出门，偶尔的喋喋不休，偶尔的轻言细语，凝望由远及近、由近而远的身影，他们满头的银丝，苍老的容颜，素净的衣衫，看上去是那么的祥和，那么的柔暖，那么的温情，犹如一组长镜头，光影融融，乐音悠悠，养眼更养心。

人终有老的一天，就像这条小巷，无法探究它的前身，能够安享眼下的静谧，于我还有每天经过的路人，也是一件极为惬意的事情。

我不知道自己是不是老了，也不知道自己为何如此的善感，蓦然惊觉我是这般的怀旧，想念那些远去的身影，向往那些自然的景致。多少次梦回故里，多少个依稀幻象，你就在那里，灯火阑珊处，你笑颜轻浅，身姿绰约；你不悲不喜，静默安然。

曾经，你如草尖凝露，洗去尘埃，明澈了眼眸。

曾经，你是馨香一缕，拂去云雾，闪亮了日子。

曾经，你是我夜夜吟咏的篇章，伴我月下浅唱，随我微笑入梦。

眼下，每每回到那个叫石头城的地方，我尤爱穿越一条条小街，寻觅着那时的足迹，那些因你而鲜活的细节，那些由你而明晰的琐碎，可是，一切不再，再见的只是丝丝缕缕的印迹，只是猝然萌动的幻觉。

小巷是一湾浅浅的心河，流淌着岁月的歌谣，漾动着如釉的心事。

小巷是一条长长的丝线，缀满了五彩的碎片，铺陈出斑斓的画面。

小巷是一卷厚厚的书稿，承载着前生今世的眷恋，以及难以搁浅的柔软。

我是一个不善记忆的女子，可是关于你的点点滴滴偏偏一丝不漏地记下了。你的家园，你的那些花花草草，是我指尖花开不败的风景；你的喜好，你的热爱亦在我的心田里身姿摇曳，鲜活灵动；你的声音，你的笑颜早已成了我耳熟能详的乐音。有你的细节里，就有温情的眸子。

风吹来的日子，我会想起你；雪花曼舞的时辰，我会念着你。你离我那么远，远到今生今世难以相见；你离我那么近，只在轻轻一叹间便能嗅闻到不能再熟悉的味道，那种亲情的味道，童年的味道，家的味道。

小巷深深，情韵悠悠。

记忆的长廊里，那些繁盛与虚浮日渐浓缩，那些美丽与哀愁日渐模糊，那些花好和月圆被浣洗一新，于庸常中溢着淳淳的气息，就像我心中的小巷：幽谧也温馨，清净又美好。

远去的风景

有一首歌怎样的熟悉也唱不出声，有一个地方怎样的向往也无法抵达，有一段情怎样的不舍也不会再现。

——题记

喜欢听你说那些花草树木，那些果树林荫，还有记忆里的老屋。

想象着花开满枝的繁盛，还有果树下你仰首凝神的喜悦，我的情绪会莫名地欢快，整个人也变得精神十足了。

你一定不知道的，眼下的我，也是如此，始终摆脱不了故乡情结。我一直畅想着走进自然，流连在"采菊东篱下，悠然见南山"的田园风情中。我一直渴望着有一片属于我的林荫，那里藤蔓攀附，花枝嫣然；那里我和我心爱的花骨朵儿呢喃细语，纠缠不清。在大片大片的葱郁旁，我会摆上一张小圆桌，闲时，伴着茶色的清醇看鸟儿和蝴蝶在光影下捉迷藏；倦了，偎在皎洁的月下听笛韵箫声。我还要在小圆桌边支起我的画架，随性涂鸦出我的梦里水乡，书写着相看两不厌的琐碎和温情。

你说，青石板、马头墙，斑驳的印痕里有你鲜亮也温暖的记忆。其实，每每念及这些，我就想回到故乡，循着熟悉的小径，重温充满童趣的日子。那布衣素颜的束发女子，那眯缝着眼睛打着盹的花甲老太，那捧着紫砂茶壶围坐闲话的老伯，相见不相识的遇见里，只因喜欢，我将思想的羽翼放飞，我把记忆的锁扣打开，我在属于我的水色江南里，酣然尽兴。

高高的院墙，隔开了前世今生的遇见，却割不断古朴典雅的情怀；幽静的小巷，斑驳着时光的印痕，恍惚了你温婉也灵秀的身姿。

只是，我又如何能忽略呢？面向墙角新近探出头来的绿意，一抹熟稔横成而起，一些印记如风轻盈。雏菊的清芬，茉莉的馨香，栀子的素朴，月季的芳菲，记得你说过：一束花儿就是一个生命，一款颜色就有一份精彩，那么一腔的赤诚能不能撑起一世的眷恋？

流水的时光里，经历着一场又一场遇见，一次又一次的别离，可是我却怎么也忘不了你，我的故乡，我的亲人，还有你的唠唠叨叨，你的漫不经心，你的和颜悦色，以及你教会我的那些童谣。

如今，那条悠长悠长的小巷里、那个小尾巴一样拽着你衣角的小小人；那个仰起头好奇地听着你和张家奶奶、李家婆婆絮叨的小娃娃；那个整洁的小院里看着你一边自言自语，一边拾掇着花花草草的小人儿；那个你手把手教会她用花手绢折长耳朵的小兔子、用糖果纸剪窗花的小姑娘，已是孩子的母亲，一个人到中年的妇人了。而你呢，我的亲人，还有我记忆中的小巷，你们都去了哪儿？

又是一年新春，少了烟花爆竹的喧闹，少了街坊邻里的问候，更少了你亲手烹饪的什锦菜、糯米糕，还有你清脆的说笑声。

可我，如何能把你遗忘？我的童年在你的臂弯下流逝，我的记忆里有着太多关于你的烙印，就连我的文字里也时不时地响起你的吴侬软语。

我如何会把你遗忘呢？从一个新春到又一个新春，故乡、童年，成了我恋恋不舍的情结；从一次遇见到又一次遇见，青石路、小花园，成了我记忆中的千娇百媚。

只因身在俗世，无法抽离所有，只好把诚挚和朴实藏匿心底，悄然呵护；只想把一份简约怀揣在心，独自遥想。

故乡很近，就在我的心房；小巷很静，一声轻叹也能听得见回音；而你呢，是不是如同故乡一样，只能在我心中的一隅蛰伏，在我纤尘不染的文字间含笑不语？

风中，你奔跑的样子，让我思绪绵绵

是春光的明媚，是枝头的粲然，蛰伏已久的心，不再沉寂。

想起那日，篮球场边那个奔跑的小姑娘。深灰色的棉风衣，大红色的小靴子，风中的她，一会儿张开臂膀，一会儿舞动着手臂，笑着，跑着，唱着，跳着，那欢天喜地的样子，可以唤醒整个春天。

银铃般的笑声，由远及近，由近及远，打我的身边穿行而过。我忍不住地放慢脚步，循声凝神，眉眼含笑。

阳光下，她的两只马尾小辫，一摇一摆，可爱极了；她的那双小红靴子，在我的眼前晃动着，闪亮着，好看极了。我情不自禁地追随着，观赏着，欢喜不请自来，一冬的惆怅，倏然云散。

孩童的世界是清纯的，无需担忧生活的繁复，不用担心外界的叨扰。那所谓的和谐，那人为的纠纷，与他们毫不搭界。

孩童的世界是简单的，可以随心而起，也可以随性而为。一缕阳光，一阵微风，一氤草色，足以撑起千般甜蜜，万般幸福。

那个午后，那幅画卷，那种澄澈清透，宛若天籁，余音缭绕，明净了我的眼眸，柔暖了我的心房，唤起我魂灵深处的记忆。

也是这样的小人儿，也是这样的马尾辫，童年的我，在甜腻的吴侬软语间奔跑，在悠悠的小巷里玩耍。半掩着的木门里偶有如我一般的孩童，进进出出，欢呼雀跃；那吱呀吱呀的门楣边，会有一脸皱褶的姨婆，时不时地叮嘱着：这小娃，小心哦，慢一点。而我更喜欢看井边的女子，说说笑笑，洗洗涮涮，以及她们清瘦的背影。

就这样，从小巷的这头，到小巷的那头，不知跑了多少个来回；就这样，我在风的低吟、雨的呢喃中，从一个小娃娃变成了大姑娘；就这样，我离开了那座碧玉般的小巷，拥有了属于自己的家。只是，那一抹养在深闺的幽谧，始终魂牵梦绕，始终无法剥离，始终形影相伴。

不想长大，不愿意走入人群，人到中年的我常常会有这样的想法。

其实，不想长大，不是害怕承担，而是不愿面对各种人为的"雾霾"，不想应接无谓的客套。

何况，人不可能生活在真空中。与各类"病菌"纠缠不清，是常态，也是必然。"病菌"的滋生和消灭，仅仅依靠人为的控制，难以成气候，唯有养成良好的习惯，拥有健康的体魄，加之方方面面的配合，才能最有力度地防患于未然。

其实，行走尘世，一些喜欢可以快乐地收藏，尽情地享受；一些不喜欢同样要面对，要接纳。

红尘漫漫，人海茫茫，谁能没有烦心，谁又会始终地兴致盎然。

渴望着远离俗世，期待着回归田园，而现实又有几人能如此幸运？采菊东篱也好，种豆南山也罢，不过是选择逃离的方式，更确切地说：这些，只是精神上的自我安抚，而所有的皆因我们内心那向往美好的执念。

不得不承认：我们真正想要的不过是一种纯粹，一份清新，一片澄明。为此，我们一直在奔跑，为了生计，为了事业，为了心中的喜欢，只是少了孩童的轻松和自如。

倘若可以，我要选择做个"老小孩"，哪怕是白发苍苍，哪怕满脸皱褶，哪怕被称为"老妖精"，也要自由自在地奔跑。是，我要让自己始终拥有一双明净的眼睛，来欣赏美丽；始终怀揣一颗温柔的心，以保留纯净。闲暇的日子，能在花坛边漫步或者小坐，听风声浅唱，看草叶轻扬，任孩童的欢笑奔跑，萦绕身边，那便是极其的幸福了。

偶尔的天马行空，总会生发出这些不着边际的念头。可我明白：生活，始终在继续，煮字疗饥，不能是唯一；信步田园，漫赏花开，是我内心不曾改变的执着。

小巷人家

静静地坐在书房，凭窗远眺，明晃晃的阳光轻轻柔柔，吸附着耸立的高楼，掩映着茂盛的枝干。

这样一个朗润的季节，这样一个明媚的日子，这样一个静谧的午后，没有馨香缭绕，没有音乐婉转，没有鲜花簇拥，有的只是一抹淡淡的愁，一缕浅浅的怨，一份殷殷的恋。

依然记得，那悠长的小巷，还有小巷尽头那几棵茂盛的杨梅树。童年的我，喜欢站在树下透过枝叶的缝隙，仰望蔚蓝的天空还有那薄如蝉羽般的云朵；喜欢微笑着冥想那镶嵌在葱郁中，如红宝石般剔透又撩人的杨梅，甚至幻想着那红得透亮、润得可人的杨梅，是不是天上的仙女向人间播撒的玉液琼浆汇集而成的。

杨梅成熟的季节，我尤爱在树下玩耍，我好奇她圆润柔软的身姿竟是如此的魅惑，能吸引那么多的孩童欢呼雀跃，能惹得那么多的行人望梅抒怀。那时的我，不爱说话，心里确有着自己的小九九，总觉得水灵灵、红艳艳、带着黑色小刺刺的果子味道一定不错。于是趁着你不在的时候，拣拾一些随风飘落的梅子，躲在拐角偷偷地品尝，战战兢兢中我伸出舌尖去舔茗，我用牙齿去咀嚼。酸甜酸甜中的惊喜，清清凉凉里的欢喜，直到如今，我依然相信它是我记事以来最美味的享受，有着我心目中永远无法取代的味道。

童年的我羞涩寡言，最大的乐趣就是搬个小凳子和你一起坐在树下，伴着浅浅轻轻的风声，嗅着悠悠淡淡的泥土味，看着熟悉或者不熟悉的身影在小巷里穿行而过。你说，小巷里来来往往的人都是在附近居住的。于是，他们行色匆匆的神态成了我最为期待的风景，他们和善可亲的容颜成了我最为留恋的画卷，有时候我也会对着他们露出稚气的笑容，甚至望着他们的背影奇思妙想。

这些路人中最让我喜欢的还是那挑货郎的老伯，每当听到"猫耳，卖猫耳哦"的吆喝声，我知道我最爱的老伯来了，我会欢喜地寻声眺望，一路看着他由远及近，由清晰变得模糊，直到完全消失在小巷的那头。老伯的方言过于浓重，那所谓的"猫耳"只是一个谐音，依然记得它的样子看上去像个耳朵，白白的，脆脆的，香香的，轻轻的，稍一用力就会四分五裂。在我的心目中老伯的吆喝声是极好听、极好听的，能够穿越心海迂回飘荡。"猫耳"的味道香甜不腻，清脆可口，更是极好吃、极好吃的，能够让我回味无穷。

居住在小巷的都是一些平常人家，不算富裕，却有一种素朴踏实的暖意。每到晌午或者傍晚，我喜欢和你一起到那口老井边，看着她们洗的洗，淘的淘，一边说笑，一边忙活。那时候，谁家有了喜事，谁家有了烦恼，只要在井边待上一会保准全部知晓。谁家来了亲戚，他们会结着伴去探望；哪家女人购置了新衣裳，她们会凑个热闹评头论足；哪家有了好吃的，整条巷子里的人都会有口福。

如今，那条小巷，那几棵杨梅树，那口老井早已被城市的钢筋水泥所替代。那井边说笑的女人们，那卖"猫耳"的老伯或许都已经作古了，可那温馨的画面，那温暖的气息，那温柔的笑脸，还有童年那美好纯净的记忆，始终弥留在我的心底，犹如一片永不枯萎的芳草地。

上午，在路口看见一个卖花的摊点，一枚枚粉色的花骨朵，一朵朵白色的花蕾，一束束紫色的花蕊，还有那极不相称的瓦罐式的花盆，让我又一次想起了那条小巷，还有小巷尽头那窄小的院子，那院子里始终忙碌的你。

不知道你是否喜欢白色的小菊花、紫色的勿忘我，可我分明记得小院里最多的就是这些不算娇贵却很素朴的花朵。

没有过多的询问，我刻意地挑选了两束，一路上小心地捧着，我要让它们与我朝夕相伴，一如你的身影，始终镌刻在我的心底，弥漫在我的眼帘。

心清趣自真

一直觉得，雪是用来听的。如同听曲，倘若愿意，总能入心。

这感觉，源自怎样的情结，似乎很难道清。只是随着年龄的增长，每逢飘雪的季节，我都会想起那条小巷，记忆中那条古老而悠长的小巷，以及小巷尽头的那座小院子。

称为"院子"其实并不确切，但姨娘总是用她那好听的吴侬软语，温柔地絮叨着有关"小院子"的故事，我也就跟着"小院子、小院子"地喊了起来。

那是一片独属姨娘的小天地。院子里所有的摆设，在姨娘的精心拾掇下显得有条不紊。记忆中的小院，有青青的草叶、美丽的花朵。而我每天，像个小尾巴一样随着素颜布衫、清秀贤惠的姨娘进进出出，看她在院子里为花花草草修枝剪杈，听她和那些叫不出名的花骨朵儿喋喋不休。偶尔，我也会模仿着姨娘的样子，和那些花花草草说几句"悄悄话"。

到了冬天，特别是雨雪天，姨娘怕我着凉生病，就会把小院的门扣得紧紧的不许我出去。

没有草色的葳蕤，没有落叶的吟唱，没有蝉儿的合奏，冬日里的小院是静寂的。光秃秃的树丫上鸟雀不见，枝叶稀疏，一切的一切进入了冬眠的状态。看雪听雪，成了我每天的期盼。江南雨水多，下雪确是难得。偶尔的几粒飘雪，总能惹得小小的我手舞足蹈。若是遇见雪花曼舞，小巷里定会引发小小的"躁动"，而我，只能扒着木门缝往外看；或者踮起脚尖，趴在窗台上向外瞅，用耳朵去听外面的动静。

那时候巷子里几乎家家都有小娃娃，可姨娘不喜欢我出去和他们一块"疯"。其实，我也习惯了跟着姨娘转悠。现在想来，今天的我安于清净，习惯独处，或者就是那时落下的"根"了。不喜热闹，不爱结交，情愿一个人的孤单，也不要一群人的疯玩。

一个人有一个人的精彩，因此，萌生出的小欢喜，又何尝不是一种乐趣呢。随着年龄的增长，隔窗看雨，午夜听风，静听雪落，成了我生活的一部分。

一场飘雪，一段记忆。一款情结，一种美丽。

伴着鸟鸣声以及风吹枝叶的簌簌沙沙声，我告别了童年，告别了故乡。简单而闲逸的日子里，我，恋上了雪色的素净和澄明。

雪，清透也玲珑，如同烟雨中走来的江南女子，不娇媚，不张扬，却能在一呼一吸间透着灵气。

轻舞飞扬的雪，是自然的馈赠，是清美的代言，她揣着独一无二的气息，悄然而至；她携着季节的芬芳，奏响了一曲又一曲的恋歌，扣动着一颗又一颗向往澄明的心。

眼下，缘于城市的改造，小院成了记忆。而童年里那被白雪覆盖的小院，有着洗尽铅华般清朴的小院，早已镌刻在我的心间。每当看见精灵般的粒子姿意飞舞着，忽儿攀在小树杈上，忽而落在花坛里，就会想起童年，以及那个有花、有草还有姨娘的小院子。

穿行，在记忆的雪地

落叶满地，风声肃杀。新一轮的寒流，逼仄而来。

不断地看到有关北方飘雪的报道，不断地有朋友晒着如梦如幻的雪景，不断地读到如诗如画的雪语，想来，少了艳阳的南方，终究是逃脱不了被侵染的。

呼啸着的仅仅是寒风，哪怕再强劲，也无需担忧。何况，现代人出门就有车，进屋就有暖气，御寒的方式远远地超越了想象。如此，若能亲临一场飘雪，看薄雪覆盖的街角，赏冰清玉洁的风情，那便是再美不过的事儿了。

"下雪了，都别拦着我，我要去雪中漫步。"发出这句话的时候，我已经在雪地里一边搓着手，一边裹紧围巾，深一脚浅一脚、小心翼翼地走着。

这样的冬季，这样的冷，在我的记忆中似乎很稀缺。小时候没有空调、集中供暖也未曾听说。特别冷的日子，家里会生个炉子取暖，是那种由屋子的中间支起，一根长烟囱横跨客厅，穿过玻璃窗，一直通向屋外的暖炉。我很喜欢看着烟囱里冒出的一圈一圈、一朵一朵白色的烟儿，童年的我总觉得玻璃窗外飘着的烟儿，像个仙女在跳舞，裙袂翩翩，水袖飘飘，好看极了。那时候的我，也会围着暖炉转来转去，当然不是为了取暖，只是好奇，这长长的管子里为什么会冒出那么好看的烟儿。

随着年龄的增长，每逢去山涧游玩，看云烟缭绕，我的心里就会蹦出一个小小人，雀跃着、轻唤着。那远山含黛的风情，如此柔曼，如此轻盈，如此宁静，像极了童年时我窗外的烟圈儿，飘逸轻灵，纤尘不染。

说及小时候，就会脑洞大开。

那时候的我，整日里有使不完的劲，跳皮筋、扔沙包、踢毽子、跳房子、捉迷藏，想起什么玩什么，用今天的话就是疯玩、穷玩。

那个年代远不及现在，花花绿绿的糖果包装纸，方方正正的小盒子都能成为我的"宝物"。看着院子里的小伙伴们踢毽子，扔沙包，我就回家央着"奶奶"帮我做，但我们之间有个小秘密，那就是不能给爸爸知道，否则就会挨训还要被没收，因为这都是不务正业、影响学习的事儿。再大一些，我便学会了自己制作玩具，写完作业就躲在我的小屋里，把挂历纸裁剪成大小不一的形状，用来折小鸟、小飞机、小气球、小电话等，每一个小物件上，我都会用不同颜色的蜡笔，画上自己喜欢的图案，就这样不断地"发明"，不断地"配制"，直到后来，收藏了整整一抽屉的"宝物"。

小时候，我最拿手的就是缝沙包。趁着妈妈上班的时候，就去她的缝纫机旁找些小布头，以及被搁置一边的旧衣物，一块一块地剪下，一针一线地缝起，在快要完工的时候，去厨房的米桶里抓一些米粒放进去，再缝合起来，这样一个个小布头，经过我的裁剪、拼凑、缝制，最后终于变为沉甸甸的小沙包。这些沙包被我藏在书包里，每天悄悄地背到学校，课间就拿出来和同学们一块儿玩。现在回想起来，我缝沙包的手艺，应该归功于家里的保姆"奶奶"了，真的是她手把手地教会了我，而这不就是传说中的"女红"吗？最让我引以自豪的是在那年六一节，上小班的女儿要参加幼儿园里的时装表演，我特意为她缝制了一条黑白波点吊带裙，不仅色彩清丽，款式别致，更有细细密密的针脚，着实地让我沾沾自喜了很长一段日子。而今，市场上应有尽有，各类服饰美不胜收，我那颇为精湛的手艺，也在不知不觉中被丢下，想想，倒是觉得有些可惜了。

童年的我贪玩并非傻玩，比方说踢毽子。毽子是由一块铜板做底，用布头包住，再用塑料管子做衔接，最后把它们缝制在一起，上面插上鸡毛。那时候城里人家也会有小院子，会喂养一些大公鸡、老母鸡的。记得班里有个同学，毽子上的鸡毛每天不同，都是那种金黄、橘红，还有点儿亮闪闪的、带着斑纹的，据说那是大公鸡尾巴上的羽毛，特别闪眼，特别好看。别说被抛在半空中，就那么拿在手上，也能吸引来很多羡慕的眼光。就像我，每每看着别人踢毽子时那个灵巧，那个轻松，我就特别的难过，总觉得自己笨笨的，连踢几个就会败下，院子里有个小伙伴，简直就像变魔术一般，左脚踢踢，右脚踢踢，跳起来踢，弯个腰转个圈接着再踢。每次我都会傻傻地站在一边看着、想着，回到家后就悄悄地躲在自己的小屋里练习。可进步就是不大，好像我天生与毽子无缘。再后来，我也想明白了，你有你的毽子，我玩我的沙包，那时候院子里接沙包最准的人，非我莫属，跳皮筋最厉害的也是我，而且我的沙包也是与众不同的，又好看，又干净，从来舍不得把它们弄脏。想来我的洁癖也就是打小养成的吧，只要是自己喜欢的东西，一定会小心呵护，甚至不愿它有半点差池。

小时候的我，学习没上多少心，玩倒是一个顶俩、特爱钻研。比如说踢毽子，我一直把控不了重心，为了却我的心愿，我就试着用一根长长的毛线，一头拴在毽子的根部，一头绕在我的食指上，一边踢、一边走、一边数，哇，别说还真有点儿给力呢。再后来，我会找一些纸头，折上两三层，里面包一个纽扣或者硬币大小的铁片，然后直接用长长的毛线把它们拴紧，再用剪刀一条一条地剪开。纸做的毽子省却了很多道工序，踢的时候还会发出唦唦拉拉的声音，那感觉不比鸡毛毽子差。

就这么，踢呀，玩呀，渐渐地，我的童年生活结束了，我的那些自制小玩具也被一个个丢下，埋藏在岁月的印痕里。

那日去旧房子整理杂物，在书房的抽屉里，又翻到了曾经的备课笔记，还有夹在里面的那个折纸——一只小鸟，水笔画出的羽毛五颜六色煞是好看，两只眼睛更是夸张得有些可爱，背面还有一行字，歪歪扭扭地写着：圣诞节快乐！

时隔多年，这批孩子，也该上高中了，不知道他们还记不记得那个飘雪的圣诞节，教室门口那棵我们一起制作的挂满心愿卡的圣诞树，以及栖息在树上的那些鸟儿。可我相信他们一定会如我一样，喜欢看雪花曼舞的轻盈。

雪，依旧在飘，一粒一粒，轻舞飞扬；寒风，一阵又一阵，拔凉拔凉的感觉，防不胜防。

这个冬季，说来就来，毫无防备，又在情理之中。就像这日子，不管你愿不愿意，童年不再，青春已逝；与其瞻前顾后，不如悠然而行。念旧也好，固执也罢，人到中年，有一些喜欢的事情可做，有可爱的家人，有三两知己，如此，还有什么能媲美的。

这样想着，倒也不觉得太冷了。仰起脸，使劲地搓了搓双手，我，继续着我的雪中漫步。

忽而嫣然

立春时节，生活无恙。

一如既往地忙碌，一成不变的简静，为自己写下只言片语，是我的习惯，也是兴趣所致。

人到中年，我始终如此，循着心中的喜欢，一路前行，即便偶遇风寒，即使邂逅美丽，心的轨迹却不曾有过明显的偏离。欣赏的仍旧欣赏，沉溺的依然沉溺，当然一些令我心生厌倦的细节我还是会刻意地回避着。

有时候会觉得自己傻傻的，不懂世故，不够圆滑，更不善掩饰，快乐和不快乐都写在了脸上；有时候觉得自己很幸运，即便笨拙，不懂世事，可我的心里好像住着一个春天，忽而细雨如愁，忽而柳绿花红，忽而春寒料峭，忽而草色葳蕤，她就像一位诗人为我打开了一扇扇窗，让我赏得万千旖旎。那里有水色江南的婉约，有信步田园的舒畅，有风和日丽的澄澈，有碧海蓝天的阔绰。

这么多年来，她不离不弃，始终驻扎在我的心灵深处，让习惯独处的我不觉得孤独，让喜欢安静的我并非寡淡；这么多年来，她成就了我浪漫的诗心，滋养着我诗意的情怀，以至于，恋着她的我安逸也恬适，随心也随性。

这一生，我想我是不会弃她而去的。

那日做了一个梦，梦里的我在一座院子前，漫步流连。不知是院子里淡淡的清香飘忽而来唤醒了我的记忆，还是院子里悠悠的琴音拽住了我的脚步，梦里，我退也不是进也不是，就那么站着，一声不响，兀自沉浸。待我醒来，使劲地回想着梦里的每一个细节，无奈，所有的如烟缥缈；好在，那座院子，那扇木门，影影绰绰，让我有着好久不见的感觉。

立春了，天暖了，回家的心更切了。这不是广告语，这是亲人的渴盼，这是游子的心声。

写下这句话的时候，我的脑海里又一次闪现出那个梦，还有梦里的那扇木门，因着久别而陌生，因着眷恋而熟悉的地方。

梦里梦外，我曾无数次靠近又转身；时光匆匆，我曾一次又一次地念起又搁浅的情结啊，如今，再一次被轻轻唤起。

古朴而幽雅，宁静且温暖。就像我记忆里童年生活的地方。那里没有车流人海，却有市井的自在与安然。

那里没有雕刻精致的栏杆和石桥，却有青石板铺就的小路，若是有幸，还能遇见提着盆儿和水桶的女子，秀发轻挽，三两儿结伴着去井边洗洗涮涮；咿咿呀呀的木质门前，偶尔会撞见孩童穿堂而出，嘻嘻哈哈地奔跑着玩闹着。

那里没有旧时乌衣巷的沧桑，却有着吴侬软语的清欢，偶尔会听得货郎挑子的叫卖声，从小巷的这头传到小巷的那一头，那晒太阳的阿婆呢，也会凑着趣儿一般絮絮叨叨、说个没完。

这么多年了，那些曾在小巷里进进出出的身影，那风吹门楣的声息，那穿行而来的叫卖声，还有那笑起来满是皱褶，却习惯了唠叨的阿婆，他们早已消失在人海中了。

"摇啊摇，摇到外婆桥。"这是一首童谣，记忆中奶奶和姨娘都爱唱的童谣。而今行走风中的我，偶尔会想起，会轻轻地哼唱，任所有的在臆想中风生水起。

这么多年了，我时常念起我的故乡，我的亲人。那感觉仿佛就在眼前，就在身边。为此，我喜欢一个人，漫步在悠悠的小巷，走走停停，不为找寻，只为沉浸。

执笔于此，忽而嫣然。

这世间，没有一处风景，会久久常常，花开不败；这世间，确有一些情结能馨香久远，每每触及，仿若昔日重来，一如我梦里的所有。

梦里花落知多少

小巷，是童年，是故乡，更是一种情结。我写了又写，尽管再也没有什么新意，可我依然孜孜不倦。只因回眸间有你，不曾模糊的温颜。

——写在前面

　　是幻觉吗，江南小巷，青石板路，还有你的俏模样。

　　停下手里的琐事，饶有兴致地观看着：墙壁有些陈旧，周围一片安静，半掩的木门边，淳朴是你，乖巧是你，眉清目秀也是你。

　　可爱的女孩儿，你，是在等待？是在告别？或者只为瞧一瞧外面的精彩？

　　就这样，我看着你，你看着外面的世界。

　　就这样，看着，想着，暖暖的气息漫漫涌来。就这样，想着，看着，你如歌唱般的吴侬软语，你娴静淡雅的装束，你裙裾随风的身影，你牵着我的手从圆润清凉的青石板上走过时的欢快，如同电影，一幕幕打开，在眼前，在心上。

　　记得当时年纪小。你爱在庭院里种花栽草，我就在一边叽叽喳喳地问来问去。

　　是时光走得太慢，还是我的记忆太深？黑白胶片的影像，随着清扬的微风，漫漫开启：幽静的小巷，同样的羊角辫，同样的笑意盈盈，还有那个轻轻探出的小脑袋。

　　那时候，你踢踏踢踏的脚步声，轻盈舒缓，不急不慢，像一首歌，怎么听都听不厌；那时候，你轻挽的发髻，窈窕的身姿，以及素朴得体的衣衫，宛若一幅画，看也看不够。那时候的我呀一心想着快快长大，长大了要和你一样，做个清素若菊的美人儿。

　　记得当时年纪小。我喜欢拽着你的衣角，随你在小巷里穿行；喜欢挽着你的胳膊，陪你散步，听你絮叨；喜欢黏在你的身边，看雨落庭院时，鸟雀穿梭而过，飞入小巷寻不见的妙趣。

　　良辰美景奈何天。而今，乌溜溜的小马尾变成齐耳短发，腼腆的女孩儿成了优雅的妇人，你却去了一个很远很远的地方。

　　寻不见你温暖的臂弯，听不到你莺莺燕燕的江南小调，我只能面对一幅画，一首歌，故地重游。

寻你，在悠长悠长的小巷

　　斑驳的墙壁，是时光烙下的印迹。青石板小路，是我寻你的途径。

　　没有如愁的丝雨，没有哒哒的马蹄声，有的只是一腔的眷恋。

油纸伞，雕花窗，你是画家指尖的笔墨；

丝竹声声，弦乐飘飘，你是歌者心中的旋律。

你，如一阕小令，洇濡着微雨湿花的柔情，惹得路人频频回望。

你，是春风里行走的闺秀，玲珑婉约，风姿娉婷，蛊惑着我流连忘返。

小鼓咚咚，那是心的节拍。微风沙沙，那是你的轻唤吗？

寻你，在时光的水岸，在悠长悠长的小巷。

青砖黛瓦，古朴而幽谧，那是你吗？我的心目中的水墨江南。

古韵悠悠，空蒙而厚重，那是你吗？我记忆中的梦里的水乡。

如果，如果你是一树枯藤，我愿化作落英，

以我的纤巧，染亮你的稳健；用我的简净，装扮你的幽深。

你是我心底的歌谣，浅唱低吟，婉转悠扬，唤醒一个又一个寂夜。

你是我案前的画稿，浅墨淡描，晕染出青衫水袖，翩跹妖娆。

乌篷船，杨柳丝，小桥流水人家，我心灵深处的浅怅啊，

我的一枝独秀，不为你的欢欣，只因你的沉静。

且行且思量

　　守住自己的心，就能轻松地行走；凡事收敛一些，就不至于那么艰辛。时光的打磨，总有一些棱角被淡化，总有一些美好会在某一刻闪亮出璀璨的光影，如风一般涌来，让我们不自禁地为之心动……而我们该做的便是微笑迎接，淡然面对。

◎ 且等春归

且等春归

　　"在这我能感觉到我的存在，在这有太多让我眷恋的东西"，车内，男歌手沙哑的音色、歇斯底里的吼着，让空气变得凝重起来。

　　摇下车窗，寒意冷不丁地袭来，微微一颤间女人把脸转向窗外，深呼吸，任清凉吸附在裸露的肌肤上。

　　雨雾朦胧的城市，灯影闪烁，高楼林立，车流如海；斜对面的建筑工地上，晃动的人影，凌乱的摆设，忙碌的工人，似乎是一个反衬，无形中拉开了距离。所谓"繁盛"竟是如此？道不明的情绪牵扯着，女人陷入了沉思。

　　城市在不断的发展中，这期间耗去的财力和物力，难以计数。可那些生命呢？年轻或者不算年轻的生命，只在一个"不小心"中便永远离去的生命呢？原本，他们是为了生存不得不背井离乡的，原本他们是为了让家人过上更好的日子的，结果却在事故中丢下亲人甚至来不及留下一句嘱托。离去是那么的无助，留下又是何等的感伤。

　　生命如此可贵，怎么能这样毫无预兆地失去？除了叹息和怜悯，又该做些什么？又能做些什么？作为社会的一份子，我们，会不会在某个瞬间为了他们而悲伤，因了他们而学会珍惜，那些身边的暖，心中的情。

　　是简单的女子也是善感的女子，偶尔会愤世嫉俗，甚至会感慨万千：那些城市的建设者才是真正的智者，是值得尊重的人。他们如魔术师一般将一块块砖瓦搭建成造型别致的大厦，让一座座高架如彩虹般腾空而起，让城市越发地靓丽，让交通日渐畅通，他们的聪明才智是用双手来呈现的，是以责任来撑起的；他们的爱是无私的，是用辛苦的劳作铸就的。

又至年关，那些关于农民工的话题，一次次被媒体曝光，一次次让听者唏嘘，是不是能一次次被重视再重视起来？那些离乡背井的人儿，是不是可以满载着行囊，朝着家的方向一路飞奔，一路欢唱。

不爱刻意，更不愿被叨扰。一些纠结，源自于敏感的心性；一些凡俗，会在一不留神间成为眼里的风景。

"我在这里欢笑，我在这里哭泣；我在这里祈祷，我在这里迷惘。"雨落无声的傍晚，逃离一场纷乱，聆听，成了最好的选择。

是豪放也沙哑的音色，是心中那难以搁浅的惆怅，整个人像丢了魂似地被诱引着，于是聆听再聆听，任性地将清愁渲染，顾影自怜在焦躁不安中。

孤独里的酣然、寂寞中的精彩，如胶似漆地纠缠着，潮湿的心被雨雾氤氲出斑驳的痕迹。与他人无关，和性情有染。无需道白的情绪里，独自承载，胜过喋喋不休。一如面向那些琐事，我不说，你不懂，这是距离，缘于我的矫情。

不说不破，让所有的被密密实实地封存，在时光的长河里，漂游，漂游，若侥幸被捡起，那是魂灵的召唤，闪亮出心领神会的快意；若流失，也是命中注定，不用叹息，更无需赘述。所有的曾经和潜在的未来，都将云散，在缄默中……

悉心聆听，且等春归。

任时光匆匆

窗外，有风。

起身，为自己续上茶水。一氤浅绿掠过眼眸，灵动生香；一抹柔软漾动心湖，涌上眉间。轻抿一口，醇香肆意缠裹，在每一个缝隙间若游丝盈动。

一

我爱绿茶，缘于心性。就像我指尖的花朵，拂面的馨香，让我一见如故，再见尤新。那些俯首皆是的温语，让我窥见了淳朴和沉稳；那些信手描摹的情节，让我享受着风趣和温情；那些精工细琢的画面，让我酣然着柔情和婉约。时光在流逝，心中的喜欢在默默中滋长。有时候我宁可杜绝时尚，也要在回忆中小憩。有时候，我情愿躲在文字的一隅，也不想走近尘世的喧嚣。

越来越习惯清净了。

不写作的日子，我会用大片的时光，在习惯的网页，在熟悉的氛围中流连。微笑或者轻叹，低吟或者浅唱，任思想的羽翼一路飞翔，任潮湿的记忆渲染成章。

一个人的时光，是安静的。没有尘世的纷扰，没有喧哗的人群，有的只是绿茶的醇香，有的只是简净的氛围，有的只是熟悉的空间和喜欢的旋律。一如此刻，情动我心的音乐，在耳边传递；柔润眼眸的细节，在心的最深最底里脉脉盈动，幽幽缠绕。

朋友说，当你习惯喋喋不休地怀想童年，回想过往，就说明你已经开始变老了。也许吧，所谓青春常驻，只是一种意念；心中怀有美好，每一天都会如流水般自在悠然。

二

路遇曾经的一位家长，礼节性地问了一句："莲儿现在好吗？"一瞬间，略显风霜的女人眉开眼笑，絮絮叨叨中，一切仿佛回到了多年以前，莲儿刚入园的情景，弱小的莲儿，说起话来轻声慢语，就连孩子们最开心的户外活动，莲儿也是一脸胆怯地跟随在队伍的后面。那时候，莲儿是个不爱说话的小丫头，几乎没让我们操过心。"莲儿现在个头比我都高了，平日里能说会道，是班里的活跃分子。""女大十八变嘛，活跃一些挺好的。"莲儿妈妈兴致高涨地谈笑着："我们小莲从小就爱当老师，经常在家里模仿你们，还要我跟他爸做学生呢。"望着莲儿妈妈幸福的样子，我打心眼里为他们高兴。孩子在一天天地长大，作为妈妈的我们即便满头银发、步履蹒跚又如何？看着自己的孩子，能坚持着心中的喜欢，能快乐地成长，还有什么能与之媲美的呢？

如水的时光里，总有一些美好在传递，总有一缕明媚如暗夜里的星辰，陪伴着我们，且行且吟且欢喜。

想起最初，面对那些精力旺盛的孩子，我是那么的痛苦，我甚至有了离开的念头。可是后来，当我走近那一群欢闹的孩童，当我素洁的衣衫被染上黑黑的小手印时，我竟变得无所谓了。我忘乎所以地跟孩子们一起玩沙、戏水，我无所顾忌地和孩子们一起唱歌、舞蹈。我沉醉在阳光下最灿烂的职业，我享受着爱与被爱，我真正地融进了孩子的世界。他们稚气的话语，他们无止尽的嬉闹，甚至他们顽皮的小动作，在我的眼里依然是一种可爱，一种无法言语的小欢喜。

岁月如歌，我心安然。流逝的时光里，孩童们一天天地长大，那些纯美烙印在心底，那些温情的细节在眉间，那些欢悦的时光啊，犹如一首优美的田园诗，在记忆的长廊里沉淀出一幅幅至纯至真的画卷，淡彩浓墨，沁染心扉。

三

每一场遇见，都有不可言说的温软；每一种风景，都有自身的隽美。

闷热的午后，当我站在琳琅满目的店堂，面对葱绿、湛蓝、橘红这一系列粉得娇艳，美到醉心的色彩时，无比的欢喜涌上眉间。瞥一眼同行的友人，精致的妆容还有那绚丽的衣衫，再看看镜子里的自己，黑发轻扬，素颜朝天，米灰色的小开衫，浅蓝色的半身裙，不够闪亮，却那么的纤尘不染；不算清丽，却那么的温文尔雅。微微一笑间，我对自己的心说：我素净，我快乐。

生就是爱美的女子，尤爱那种明丽的感觉。要是以前，我定会冲动着走近那些让我眼前一亮的风景，可是现在，我的内心似乎缺失了一些热情，确切地说是学会了控制吧。面对突如其来的炫彩，我懂得了取舍。

如水的时光里，万千精彩，次第缤纷，有些是可以靠近的，有些只能用来欣赏，而有些必须深藏心底。

守住自己的心，就能轻松地行走；凡事收敛一些，就不至于那么的艰辛。不是吗？时光的打磨，总有一些棱角被淡化，总有一些美好会在某一刻闪亮出璀璨的光影，如风一般涌来，让我们不自禁地为之心动，而我们该做的便是微笑迎接，淡然面对。

云在青天水在瓶

沿途的风景还在冬的梦床里安睡，春就悄悄地来了。

蜗居在冬的岑寂里，我，迟迟不愿出发。只是看路上的行人，成群结对似乎为赶赴一场盛宴，马不停蹄。

何至于此呢。寂寞沙洲处，做真实的自己才是安适。

这个初春有飘雪的澄明，亦有雾霾的侵扰，而我，仍旧素颜清扬，随遇而安在习惯的空间。只是不再如从前那样絮絮叨叨了，更多的时候，我会手持画笔，肆意涂鸦，将那些梦里梦外的场景，轻轻勾勒；让那些点点滴滴的细节旋转指尖，生动明媚。我尽情挥霍着我的想象，我顾影自怜着我的欢喜，我淡描轻绘着我的期盼。

我做不来人间富贵花，也不想做人间惆怅客，我只是偶尔沉浸在梦幻中，握一缕幽香独自取暖。其实，长长短短的日子里，又有谁能摆脱烟火俗世的叨扰，又有谁能舍去小情小调的蛊惑。

很久以来，我笔墨间的风景，如同我心底的眷恋，始终不曾改变。很久以来，我案前的画稿，支撑着我的心念，点染我的憧憬。是的，我喜欢独树一枝的简净，我习惯素雅清爽的视觉，我陶醉纤尘不染的风情。

为寻得一份踏实，我情愿孤身只影在人群之外，烟火之内。

想象一个空间，不够敞亮却很舒适，不够精致却很安逸；我可以素衫清颜，偎依在某个角落，用大片大片的时光和一段故事缠绵，欢笑或者流泪，无所顾忌。我可以低眉垂首在花草间，修修剪剪，和一朵小花呢喃私语。我还可以什么也不做，什么也不想就那么捧一杯清茶，望着窗外发呆，倏忽而来的燕子会牵动我的眸光，骤起的风声会撩拨我的思绪，当所有的一闪而过后，我仍旧会在茶的甘醇中窥见内心的澄明。

并非厌世的女子，偶尔的天马行空，驱使着曾经的曾经，还有将来的将来，此起彼伏、烁烁闪闪在我的眉间心上；偶尔的诗意浪漫，会让我有着漫步云端的惬意。于是，截一段时光，看人群中的别离和相遇，任红尘深处的烟火，丝丝缕缕、缠缠绕绕，一路漫溢在我洁白的画稿上，成了我眉心的花开春暖。

我是矫情的，缘于我有一颗温软的心。是，我足够敏感，我尤爱收集一些温暖的细节，一些温馨的场景，还有一些说不清、道不明的懂得。当寂夜来临，当萧风漫涌，当暴雨滂沱，我会为自己取暖，在幽寂的角落和心中的"你们"喋喋不休，从而忘记那些冷、忽略那些疼。

是的，我用意念牵引着脚步，我用眼睛去感受尘世的繁复，我用一颗虔诚的心聆听弦断处的轻颤。

是骨子里的孤清吗？偶尔会那么的迷茫，偶尔会那么的无奈，偶尔会涌动出莫名的愁绪。

欲将心事付瑶琴，谁与共鸣？

复复又重重的日子里，我憧憬，我迷茫，我期待，我轻叹，也罢。不如邀一弯清月，裁一片白云，独行在静谧的家园，看阳光轻拂烟雾笼罩的尘世，看细雨涤荡迷蒙不清的镜像，任那些不明白和看不懂，自生自灭在凡俗中。

而我，兀自悠然，浅吟低唱，在一片寂静里，哪怕你说我足够笨拙。

一路向暖

感谢遇见，让我在一场花事里小憩。

一

分明是阳光灿烂，分明是草木葳蕤，我却窥见一缕斑驳，浅浅轻轻在我途径的街角，无所谓缺憾，只觉得惊奇。不是吗，印象中的丰盈似乎就在昨天，我还没来得及好好享受，怎么就成了这样？是感觉出了差错？是世事变幻太快？

也罢，能够遇见便是幸运。繁盛和凋零的轮回中，我看见了自然的清新和生命的顽强；艳丽和素朴的光影下，我收获了生活的斑斓和拥有的幸福。这，就足够了。

二

一杯红酒，甚至一枚清凉爽口的八喜冰激凌，都会成为我的道具。一边品尝，一边端详，一边想象，那感觉极其受用。和自己做伴在静谧的时光里，一些琐碎，一些走过的点点滴滴，便会绰绰影影，次第缤纷；一些柔软，一些无处停靠的牵念，便会剔透生香在眸光触及的角落。

我是不是太过矫情，总会被一些微小的感动打湿双眼，于是用文字铺排，用臆想着色，用我单薄的笔触勾勒着属于我的诗情画意。它们时而如青春少年，张扬着热烈也风发的气息渲染视线；时而如深闺女子，清淡婉伤间透着一抹温润覆盖心湖；时而是娴雅的妇人，素丽清朴中流溢着别样的端庄。

想，姿容不过是一种外在的形式，能够让身心得到舒展，便是收获。

三

打开相册，万绿丛中那个素颜女子，黑发清扬，浅笑低语，如此净好，如此安适。或许只有花草能听见她的呢喃，只有微风可以随她同行，只有一颗纤尘的心能感知她的哀怨和净美。

忙里偷闲的日子，背上行囊，徒步去那些向往的田园小径，不需陪伴，只是幽然独步，是那么的踏实。一个人的旅程，没有客套，便少了烦扰，是那么的舒爽。一个人的时空，嗅闻炊烟，捡拾心情，是那么的惬意也清朗。

原来，无需太多的顾忌，不用刻意面对，淡然也自在，澄明也安谧，就是我的春暖花开，我的净好时光呀。

四

我一直好奇，是不是每个人的身边都有一扇无形的屏障，挺拔而坚韧，宛如古朴的城墙密不透风，让城外和城里共一片蓝天却不得相见，让城里和城外千山万水彼此相念？城里的月光照亮梦的影子，城外的某个地方会不会有风声扬起？

听说，越是离群索居，越是丰盈润泽。

听说，喜欢独处的人儿，有着绸缎般的性情，薄凉，华美却不失净雅。情愿守着内心的美好，欢喜着，哀愁着，也不愿屈就高傲的魂灵被俗世隐没。

听说，当所有的成为习惯，怎样的孤清都会流溢出温润，传递着柔暖。

五

某个雨夜，在电影《看得见风景的房间》中沉溺，确切地说是那个看似文静柔弱、内心却澎湃激情的年轻女子露西深深地蛊惑了我。想，哪个女子不向往浪漫的爱情，又有哪个女子会波澜不惊地面对心中的喜欢。

生活需要束缚，身心需要舒展，适时地打开心窗，任缤纷和俏丽浅滋暗涌，该是对自己最温柔的呵护了。

不如微笑，追随着梦的足印，一路向前，做一朵自由行走的花，在自然的清芬里，在万千的旖旎中，在薄似烟云的幻象里小醉一场，如此，也是对生活的回赠和对生命的感恩了。

行走，在一片旷野

秋，不该是冷色调的。

当我走进黄叶满地，野草漫漫的旷野；当我透过澄黄和一片云天相遇时，我确信，秋，是纤柔的也是苍劲的，是冷净的更是温润的。

因这秋，我的思绪从一片纷乱中抽离，回到我的水韵江南，那个有你也有我的地方。

那一年，我捧着我的阳春白雪，在钢筋水泥铸就的市井里，编织着我的一帘幽梦。复复又重重的日子，我用我笨拙的技艺装扮着我的亭台，我用我喜欢的色调点染着我的院落，从墙角的花草到案前的摆设，每一个环节的添置，都是我的期许；每一个细节的展示，都有我的精致。

不为懂得，只为喜欢。以我的恬适撑起我的梦里水乡，用我的温婉织就我的杏花烟雨，是我至始至终的心恋。

那一季，你路过我的家园。是我的空灵明澈了你的眼眸？是我的薄凉扣动了你的心窗？

没有客套的问候，更没有面对面的坦言。你用清幽如画的诗韵，舒展着你的大漠孤烟；你以清净悠然的禅意，研磨着你的水色江南；你用你的温和，勾勒着你的沧海桑田；你以你的孤独，撰写着你的烟雨人生。

阳光下你漫不经心的风雅，掠过我的眉间，映入我的心湖，涤荡出纤尘不染的韵致。

梦里江南，江南如梦。自认恬静的我又如何逃脱这烟雨朦胧的惑引？

从春到夏，我一路狂奔；从秋到冬，我马不停蹄；从一个地方出发，抵达另一个地方，我揣着不舍搁置的夙愿，蹒跚而行。

日渐简约的行囊，如何抵挡寒冷的秋霜；依旧的涛声里，会不会焕然出一片澄明？蜷缩在梦的巢穴里，我仰首翘望，期许黑暗中有一个声音把我唤醒。

是的，我该打起精神，昂然阔步。为了觅得净好一片，我情愿忍受孤独的煎熬，寒意的侵蚀。

我喜欢纯净的世界，就像孩子的眼睛，没有杂质，更没有闪烁其词的光晕。我渴望烟火的醇香，就像记忆中的水墨江南，以及弥漫着吴侬软语的小巷。

深秋的旷野里，我在树叶和根的离歌中迷失。

潺潺的河水拂去尘世的雾霾，云林深处有没有一枚属于我的深秋红叶。

不可知的相聚中，我以我的清浅临摹着我的水秀山青。而你，我依旧淡描轻绘，置于画中，和我的故乡一同，藏进我心中的麦田。

听。秋阳呆呆，一枚落叶，在流水中旋转，重生。

心，净如莲

是午休时间。偌大的店堂里，顾客稀稀落落，女人漫不经心地游走着。耳边，奶茶的歌犹如轻烟，迂回缠绕。清雅的店面，熟稔的旋律，这一刻，女人身心舒畅。

女人不是一个购物狂，但尤爱在疲乏的日子，来这里走走看看，独享一份清净。若是遇见眼前一亮的衣衫，会微笑观望；若是遇见心仪的服饰，会留步静赏。就像今天，一抹浅紫色，锁住了女人的视线，折回柜组，琳琅满目的衣衫，让女人有些茫然。踟蹰中，妆容精致的导购员笑着迎来："姐姐想要什么样的衣裳？"随即从衣架上取下一款裙装，微微一笑："姐，这件你试一试，一定好看的。"一瞬间，欢喜涌来。好敏锐的导购员，正是女人看上的花色啊，轻柔飘逸的质地，柔和清美的视觉，极有女人味的款式，女人笑着接过，在试衣镜前比划着，欣赏着，转身走进试衣间。

再次回到试衣镜前，镜子里那个恬淡温雅的女子，唇角微扬，好不得意。休闲的款式看上去轻柔柔的，干净的色泽尽显夏日之风，满心欢喜中女人禁不住地侧过来，转过去，左左右右地端详着镜子里的自己。

"姐，你皮肤白，这款桑蚕丝的裙子你穿上特有味道。"导购员的美誉之词，很中听却又那么的恰到好处，女人不动声色地享受着。面对镜子里似曾相识的感觉，女人想起了前段日子新购的那款长裙，犹豫了片刻，还是决定不买了。女人深知，得体的衣衫可以给自己带来美丽的心情，可任何美丽一旦泛滥，定会造成视觉上的疲劳，甚至会消散它原本的底蕴。

喜欢未必要拥有，留一些美好的念想在心里，于疲惫时怀想，于喧闹中独享，于时光的长河里灵神相伴，更能演绎出别样的精彩。

女人的字典里没有所谓的"时尚""新潮"这样的字眼；女人不热衷追风，也不擅于怀旧；女人只是喜欢自然的风格，尤爱典雅的气息。

于服饰来说，类似的款型穿得太多，便没有了新意；于饮食来说，美味佳肴品尝得太多，定会造成味觉的迟钝，以至于食而不知其味。可是，女人也有着不为人知的小心思，她很在乎感觉，尤为陶醉精神上的享受，品尝一杯醇香的绿茶，沉浸一曲婉转的音乐，品读一段暖心的文字，那发自肺腑的、只可意会不能言传的快意，最让女人欢喜。

于女人来说，感觉是那么的重要，会在不觉中化作一股力量，使自己心绪恬淡，神清气爽。

女人没有大智大慧，却有着自己的小情小调。她深信，尘世间有些美好，可以拥有，但不能执着，毕竟没有哪一处的风景会是永恒的，也没有哪一种花可以永不凋零的。懂得享受过程的欢悦，善于捕捉细节里的温软，就是对自己的呵护。一如此间，漫步在清雅的店堂，沉酒于独属于自己的清净，女人，心似莲花开。

默然，相惜

时光的打磨，一些心恋在潜移默化中缔结，一些美好在突如其来间闪亮，一些琐碎在不觉中幻化出饱满的粒子，铺陈在眸光触及的每一个角落。

一、感谢，相遇

清冽的寒风，前后簇拥，左右搏击，立于其间的我无处可逃；索性仰起头，沐风而行。

这是一个清冷的早晨，也是一段悠闲的时光。风儿浅唱，枝叶曼舞的湖畔，哪儿哪儿都有沾着霜的叶片儿，一些清冷冷地立在枝桠间，一些零散散地落在鹅卵石铺就的小径上，或蜷缩，或舒展，或相偎，或牵手。停步，静赏，心也随之柔软起来。这些叶片，它们曾是春日里枝头上的一抹新绿，引来了鸟雀的栖息；它们曾是夏日里的一片葱郁，给行人带来了阴凉；它们曾是秋日里的歌者，渲染出一片繁盛。而眼下，它们彼此热恋着吗？这般的情深意长，这样的风情万种，或者，它们本是身心相许的情侣，缘于种种，只能默然相惜，寂静欢喜。

很久没有这样的出行了。暂别诗意，抛开自以为是的美丽忧伤，与自然亲昵，和草叶相伴，走走停停中，让心情在一片叶子、一朵花儿间得以舒展，在自然的清新里淋漓尽致。

凝眸处，有晨练的老人轻轻走过，略显老态的神情合着熟悉的乡音，由远及近中传递出别样的安详，渐行渐远的背影里，我读懂了一枚叫浪漫的字眼。倏然的惊喜掠过薄霜覆盖的草叶，清淡出尘的风韵横陈眼前。幸好是有备而来，我取出相机，摁下快门，变换着角度把它们一一定格在镜头前。

感谢相遇，让时光温暖也明媚。

二、日子，寂静

不是一个乐观的人，可面对"世界末日"的讨论，我却冷静到近乎麻木。其实又有谁能撇开自然，摆脱尘世的侵扰？有些事不是你刻意就能回避的，也不是你喜欢就可以拥有的。喋喋不休的唠叨没有丝毫的意义，试着用眼睛去看，用心去思忖，该是最明智的选择。

行走在尘世，有意也无意中被知晓、被渲染、被思考。于是一些改变在不觉中发生，一些棱角在不经意中滋长。纠结在烦庸的俗事里，我怕自己变得冷静也敏感，远离了风花雪月；我怕自己被世俗侵染，丢失了原本的简净和飘逸。

选择逃避，以我的沉静面对世间的繁复，让骨子里的矫情在自然而然中轻盈曼舞。

安妮宝贝说："当一个女子在看天空的时候，她并不想寻找什么，她只是寂寞。"可我却常常在莫名中把自己陷入一种寂寞的状态。

害怕抬头，害怕被光影刺疼，害怕我不听话的眼睛会在一不留神间被冰凉的液体沁湿。更多的时候，我习惯于低头走路或者远望，任一种叫作寂落的情绪划过我的心湖，就像有你同在的时辰。暖吗？宛若阳光穿越指缝的感觉，柔软到无法捉住，只能在一瞬间嗅闻着，想象着，迷醉着。

面对，让我变得更加敏感，更为善感。

三、沉湎，意象

很久之前，我的窗外有一片金黄。闲暇时我会捧一杯清茶，与它两两相望，我甚至能嗅得裹挟在阳光里的清香，那抹独属于它们的淡淡的，似有若无的气息，还有那穿越喉嗓，熏染肺腑的酣畅。而眼下，它们被一幢幢建筑替代，多了棱角，少了温情。可我依然习惯透过玻璃看外面的世界，臆想着风烟俱净的镜像。

或许，兴致寡淡的女子容易被陷入。

一句歌词能让我潸然泪下，一段文字会让我感慨万千，一些图片竟让我蠢蠢欲动。骨子里浪迹天涯的梦一次次被消沉，又一次次被击醒。我要去远方，海滨或者大漠，南方之南或是北方之北，这些都不重要，只要一个人在路上，不停息地行走就足够了。

其实，外表的安静只是一个幌子；四处游走、肆意妄想确是我内心孜孜不倦的喜欢。

四、默然，相惜

感谢遇见，让孤单无助时有一些可以惦念的事情，比如喜好，比如一些说不清道不明的情绪，柔柔地牵绊着，不用承诺，却被紧紧地抓着，像亲情一样在寂寞无声中感应。

你在，我也在，说与不说，就像邂逅与别离，不过是一种形式，只要来过，便会烙下痕迹，哪怕清清浅浅，也是一种生动。

遇见，清欢

这个雨天，一场摄人心魂的亲密接触，让我无比享受。

清寂退场，明丽绽放，云雾缭绕的画面中，小女孩天使般的笑容一下子将我的视线锁住："它太美了……我感觉我和它的距离是如此的近"，"我的脑海里只有那只狐狸"。这是电影《狐狸和孩子》中的情节，也是女孩与狐狸初遇时的一段旁白。

面对视觉的震撼，面对灵神的牵系，我在仙境一般的画面里，我在童话一般的纯真里，我在女孩和狐狸间的遇见中迷失了自己。

随着剧情的展开，看着女孩和狐狸像朋友一样在草地上奔跑，在湖边戏水，在山涧漫步，我的心也随之飞扬着。当女孩微笑的眼眸伴着指尖的轻柔在狐狸毛茸茸的耳际间、唇角边游走时，无以表述的柔软让我有了如沐春风般的舒心。

随着镜头的转换，美轮美奂的影像中，一份想念悠然而起，一种渴望如影相随，一些朦胧的幻觉冉冉升腾。透过明净的眼神我看见一颗纯美的心，我窥见了那种对未知世界的好奇和喜欢，一句"我一定会找到你的"

让女孩的执着和良善淋漓尽致在佳境中，在不经意的细节里。

是女孩的太投入抑或是狐狸的太谨慎，蓦然间，一切在悄悄里氤氲，一切又在不觉中延伸。随着情节的深入，伴着同行的欢悦，女孩对狐狸的爱是那么的诚挚，那么的入心，那么的不可控制。

当女孩满怀欣喜的把小狐狸领回家时，一向温顺的狐狸却一改常态。狂躁不安中狐狸破窗而出的刹那，女孩惊诧也痛苦的眼神让我揪心。面对遍体鳞伤的狐狸，面对女孩瘦小的背影，我的眼底一片模糊。"求求你，别这样对我，我做了什么？我保证以后不会强迫你做任何事了，我保证以后听你的……"任凭女孩如何呼唤，一切都来不及了。女孩太执着，只是一意孤行的亲近却忽略了人与动物之间固有的不同；女孩太单纯，以为喜欢就要拥有，岂知一厢情愿的付出终会导致隐患重重。

一场相遇就此结束，一份温软从此不再。女孩的悲伤和失望有谁能分担又有谁能真正地懂得？再次遇见，那个女孩一心一意迷恋着的小狐狸，却不再是曾经的那只温顺可爱的小狐狸了，在回避和不信任中游移于女孩的心海之内视线之外。轰然间的失去，有谁能面对？又有谁能安抚？奔涌的小溪旁，面对女孩落寞也孤独的身影，除了叹息，又能如何？

想，每个人都该有一片属于自己的天地吧。不靠近，不强求，任一切在自然而然中延续，才是真正的美好和幸福。

想到电影开场时，女孩面向狐狸的那一份心动和无助："我一定要驯服那只狐狸，我暗下决心，可我没有想到后来变成了一场大冒险。"怜悯不请自来，疼痛悄然而至。

爱不是占有，人和动物之间一如人与人之间，很多习性是完全不同的，一旦忽略了对方的感觉以自己的喜欢去面对，终将会让所有的渐行渐远渐消失。不以自己的意念去干扰对方的生活，在若即若离中相伴，在不远不近中感知最是一种智慧。如果真爱，就给对方自由；如果真的在乎，就要习惯让彼此在距离中温存。

爱，如此的美丽，犹如那一片水秀山青的旖旎，撩拨人心。爱，如此的纯真，就像女孩那一双澄明的眼睛，扣动心弦。

写着写着，忽然就有了这样的念想：如果可以，我愿意入戏，做那只小狐狸，在不觉中被吸引，在同行中收获纯挚和美好，在跌跌撞撞中学会保护自己，在反反复复中学会思考。

如果可以，我愿帮着那个女孩，在凡俗中学会面对，而不是只能在回忆中念及那些过往的暖意，在遥遥无期的等待中生活。

简净，与我不曾远离

　　每隔一些日子，会循着文字的韵脚，阅读走过的日子，回望生活的点滴。

　　不想说岁月匆匆，更不愿说时光如水，可事实真的是如此。一切都在不经意中流逝，一切又在不知觉中抵达。

　　面对镜子里的自己，我窥见了眼底的清寂，我读出了满脸的疲倦。是，我本薄凉，冷眼旁观是习惯。人到中年，凡事淡然是必须。我害怕繁复如同我害怕离散……只是一切的一切如何能掌控？渴望着所有的情谊能久久长长，却又不得不隐忍着失去的哀伤，逃避着不再去念想。渴望着所有的心愿能如花绽放，却又不得不默默地收拾起行囊，迎风沐雨、一路向前。

　　就这样，走着走着就散了。

　　散就散吧，何必要强忍着坚守？何必要委屈求全？执着是需要代价的，为自己心中的眷恋，我情愿独自清欢，让懂得的人更懂，就是我的岁月静好。散就散吧，山一层水一层，不辜负花开静美的风情，不枉费清风和畅的舒爽，时光的深处，我依旧自顾自地简净安然，如此，没有什么不可以。

　　简净，与我不曾远离。

　　即便说着说着就淡了，我依旧诺守着初始的简约，任所有的固执在心的一隅，不让风雨侵染，不许雾霾渗入。

　　一种清寂，可以执迷不悔；一款心结，可以魂牵梦绕；一些习惯，又如何能轻易地改变？与其违心而就，不如学会放弃。喜欢就是喜欢，否则就忽略。人云亦云，不是我的风格，独自悠然在属于自己的空间，即便无人喝彩又何妨。

　　我不怕寂寞，如同我习惯了冷清。

　　循环往复的日子里，总有些琐事会突然登场，左右着我的情绪，以至于忽而欢喜，忽而哀愁。好在我有喜欢的文字，它如同我的亲密爱人，蛰伏在我的心间，静静地陪伴着我，穿过骤起的风雨，平安抵达初始的宁净。

琐碎的日子里，我该感谢我的花儿，素洁清雅的茉莉，清芬扑鼻的栀子，热情姣美的蟹爪兰，至今含而不露的茶花，以及眼前这让我忧愁让我欢喜的郁金香。记得去年春节从花市把她带回家的情景，记得从春到夏她的杳无音讯，记得那个秋日的午后我在干枯的花盆里翻出的那个蒜瓣一样的球球，记得那个初冬的早晨我的惊喜……我的郁金香真的长大了，从一个小嫩芽芽开始，看着看着就长大了，一身青绿媚而不俗，尖尖的叶瓣挺拔俏丽，不张扬、不绚烂，静静地生长在我的小花园里。

凡俗的日子里，有文字的慰藉，有草叶的缤纷，我又如何会寂寞？

想起新近看的一部连续剧，那乡里乡亲的热闹和淳朴实在喜欢，那画面的唯美和清新让我禁不住地向往，而一波三折的故事中主人翁的严谨和执着更是情动我心，感慨万千：原来，不管怎样的环境下，懂得坚守，终究会有云开雾散的那一刻。原来，时过境迁，每一场别离都是另一种相遇，每一次哀愁都会带来别样的欣慰。

经历，是一笔财富。因这期间心动的细节，让我学会了感恩，懂得了珍藏。

经历，是一种美丽。让我学会了欣赏，即便迷雾笼罩，依然有清逸的诗心，点染着我的空寂和落寞。

不想说且行且珍惜，走过的日子里，我用文字淡描轻绘，舒展着心中的画意，我用时光烘培着我的诗情，即便做不到收放自如，依旧有着独属于我的简净时光。如此，还有什么可媲美的。

◎ 千山万水中走来

千山万水中走来

一路风程仆仆，一路翘首遥望。

再次走近远山含黛的徽州，走进古朴清幽的民宅，漫步青石板铺就的小巷，我是如此的平静而安逸。

是，好久不见。

不管你信，还是不信，我一定要说出来，我一定要让你知道：千万次想象中的幽远和沉重，散发着檀香味的徽州，一经靠近，就被浸染，就被它纤细而柔曼的情愫牵扯着，不得不融入，不能不安静。

晨光里，它恰似迎面走过的素颜女子，身影袅娜，莲步轻移，如梦似幻出它的百媚千姿。阳光下，它像一位慈祥的妇人，眉清目秀，典雅温婉，一举手一投足间散发出温暖而温情的气韵。

山光水色的掩映下，棠越牌坊群古朴典雅的气息，扑面而来，那七座高大挺拔的牌坊，依照"忠、孝、节、义"而排列，让明清时代的政治、经济以及建筑艺术再一次真切而翔实地呈现在每一位到访者的眼前。

位于歙县城内的许国石坊更以它的工艺细腻精湛、气势古朴豪放而举世瞩目，不论你站在哪个角度去欣赏，它都是那样的稳健有力，那样的气宇轩昂，试想，"东方的凯旋门"美誉除它还能有谁？

踏进呈坎村，迫不及待闯入眼帘的是那一片片，一堆堆，一串串的金黄、火红和葱翠。定睛一瞅，红辣椒、玉米棒还有金南瓜等各种农作物有序地摆放着，铺展着。这，就是传说中的晒秋吗？好一幅稻谷飘香的农家乐啊。抬眼望去，荷塘里风声低吟，残荷摇曳；远处山环水抱，炊烟袅袅。一步一景间如诗如画，一草一木中清芬恣意。古乡村的气息沐风而来，人在画中游的美意如影相随。

据导游介绍说八卦村呈坎，是徽州的风水宝地，古往今来，留下了众多虔诚的目光和脚步。呈坎晒秋，早有所闻；综艺节目"偶像来了"剧组的古镇寻宝活动，又一次把呈坎这位"山中村姑"推向了众人的视野。好在骨子里的那份淳美和善良，乡里乡亲日出而作日落而息的习惯，依旧如初。

穿行在鳞次栉比的民宅间，欣赏着恢弘华丽的古典艺术，除了发自内心的惊叹和欣喜，也会滋生出些许的思绪。

古人的智慧不可低估；古人的虔诚不能轻视；古人严谨而细腻的行事风格，在一点一滴的装扮里，乃至一笔一画的舒展中缓缓溢出，这是魅力所在，这也契合了后人访古探今的热情所在吧。我本阅历浅薄，不懂世事，也无能去辩驳其间的种种。但透过这一系列的画面，我还是打心底里被这样的精细而撼动，被这样的淳美而蛊惑。

徜徉在纵横交错的田园间，游弋在水气氤氲的山水画廊，我的心是安宁的，如同我眉间的画卷，温婉也娴静，浪漫而柔情。

我想，我也是属于古镇的。那潜在于骨子里的薄凉和清寂，一次又一次地验证着我的这种感觉。如同我深信，古镇给我带来的那种幽远和厚重一样，自始至终蛰伏在我的魂灵深处。

后　记

"这里安静而美好，我喜欢。我想我是不会离开了。"这话，是在哪儿听过？我一时半会居然想不起来了，可它是如此的直白，如此的暖心。

搁下所有，在青墙黛瓦的民宅间，在迷宫一般的古巷里，我四处找寻。

想来，是不是在很久很久以前，亦有着如我一般简净安然的女子，因着心中的执念，远离尘世，只为一场邂逅；心甘情愿地守一方田园，只为这一眼千年的相遇？

这样想着，我的唇角已在不觉中微微地扬起了。

西塘漫步

抵达西塘是在午后。

没有太多的惊喜，更没有想象中的怦然。一切是那么自然，仿若久别重逢。

漫步在烟雨长廊，风格别致的装饰，琳琅满目的店面，一不小心就会拽着你徜徉其间。好在这里并非人流如梭，也没有传说中太过浓重的商业气息，相反店家的坦诚竟让我觉得莫名的舒坦。没有购买的欲望，只想放慢脚步，细细打量。

长廊边河水潺潺，长廊内一派闲适。这厢，几个学生模样的女孩，围拢在一间酒坊里，品尝着店家自己酿造的果酒，看她们专注也新鲜的神情，忍不住停下脚步。店员热情地冲我招呼着："来尝尝吧，没事的。"我笑着摆摆手，只是观望。整洁的店堂，紧凑有序的布置，青花瓷的酒坛，水灵灵的江南风情，眼前的一切，如此美好。

这就是千年古镇，这就是我一直向往的西塘给我的第一感觉。

船从碧玉环中过，人步彩虹带上行，矗立环秀桥畔，抬眼望去，有驻足观赏水岸风情的，有停步留影的，还有如我一般流连忘返的游客。

骨子里的慵懒，让我对古镇西塘有着别样的欣喜。寻一处美人靠，听听风，发发呆，赏一氤水色，看小船儿悠悠，怎样的匆忙都会情不自禁地松懈下来，怎样的疲惫也会悄然退场。

想，擦肩的路人，定会有着如我一样的情结吧。

第二天一早，适逢雨天。迈着轻盈的步履，看沿街的风情，一身旗袍一不小心就成了别人眼底的风景，而别人也会在我的镜头前定格。悠长悠长的雨帘中，我是如此的惬意；淅淅沥沥的雨声中，我是这般的舒心。

雕花窗前的俏丽身影，石皮弄里的欢声笑语，古镇的幽径在于行，更在于心。

西塘，它吸引我的并非是古宅大院，也不仅是散落在各个旮旯里的小资情调。西塘，它平民化质朴的味道，它盈动着烟火气息的安适，恰是我眉间心上的千娇百媚。

在西塘，形形色色的店面，不胜枚举。让我心动的还是这家西塘本土的原创品牌"花制作"服饰，小巧的店面里清一色的棉麻质地，精致的手工刺绣，缤纷的色彩，浓郁的民俗风味，惹得我爱不释手。一件件地欣赏着，比试着，入乡随俗的欢悦扑面而来，若是可以，我定要做个枕河人家的女子，沉浸在闲逸安详的时光里，散漫地度过生命中每一个如常的日子。

踏着青石板路，伴着吴侬软语，我的西塘漫步，是如此的享受。

行走在西街，悠游在飞檐翘角的弄堂间，让我想起了古镇三河的"一人巷"，同样的狭窄，却有着不一样的体验；同为古镇，西递宏村给我的感觉是素朴也拥挤的，而千年古镇西塘给我的却是烟火人家的从容。

是地域的差异，更是一种习惯的延伸，临水而居，消闲自如。不管外界如何，小小的巷弄里我自悠然地生活着，还有什么能与之媲美的？

携着烟火的气息，远离喧嚣，该是如我这般俗世女子生命的必须。而西塘，清朴闲逸的格调，一不留神就会窜进眼眸，盈满心扉。想着想着，竟觉得自己已然是古镇人了。这不，对面的姑娘小伙，远道而来，欢天喜地的神情，让我格外好奇。看姑娘头戴漂亮的小花环，摆出各种姿势拍照；看小伙子们耐心十足地陪伴着，那么温情，那么融洽，我除了喜欢还是喜欢。

穿过西街，绕过北栅河，这里便是另一番天地了。形形色色的酒吧一个紧挨一个，来来往往的路人乐此不彼地溜达着。最让我诧异的是这酒吧一条街上白日的安静和夜下的喧嚣，竟是如此的鲜明，如此的格格不入。

站在卧龙桥头，俯瞰千姿百态的风情，舒朗的心意瞬时漫涌。世间如此繁盛，何不让自己尽享眼下呢？是，我不爱寻古，只是习惯凭借自己的感觉，在自娱自乐中肆意畅想，在小我的世界里悠然尽兴。

西塘漫步，我心怡然。漫步西塘，我心欢喜。西塘，我来过，未必留下印迹，但我会记得你繁盛中的幽径，浮华间的古朴，嘈杂里的民俗。

西塘，我来过。我，还会再来。

深秋，到北方看风景

船，行驶在江面。我，伫立在船头。

凭栏远望，山色葱茏，水色清冽。端着相机的我，任江风恣意在眉间发梢、起舞欢唱。一江之隔，如此遥远；一衣带水，截然不同。无力太多的笔墨，一半繁盛、一半苍凉的境像里，我的眼睛被浩浩江水牵引着，我的心儿被这一片明净蛊惑着，我的整个人就这么凝神屏息，想着看着、看着想着，这如绸缎般细腻柔滑的江水，恰似一颗颗温软的心，怎经得起一次又一次的风吹浪打？

每个人的心上都有一片圣洁，那是心灵的家园，是魂灵栖息的芳草地，一旦被侵蚀，怎会不痛心？若不能温柔以待，请不要轻易靠近；若无力撑起，请不要随意敞开。这澄澈如练的江水，让途经的我有了这小小的一悟，可想这柔波潋滟的江面，这汩汩涌动的江水，它叩击着心弦，撼动了心扉。

如此想来，是我太过矫情，抑或是眼前的风景太具魅力？以至于我浮想联翩，兴致盎然。

深秋，到北方看风景，我除了悸动，就是静怡。是，这"静"发自我的内心，让我的思绪翩然；这"怡"源自我的性情，让我的心境豁然。

北方，很远，远到只有学生时代课本里说的那些：位于我国的最北端，冬季寒冷干燥，夏季高温多雨，秋季风声肃杀，常年温差很大。

北方，很近，近得就在我的眼前，在我抬脚的方寸间。我的一呼一吸全是北方的凛冽；我的一抬眼一回眸哦，满满的全是北方的浓重与热烈，淳朴和绚丽。看啊，途经的田野里一垛垛高粱秸，一片片稻穗香，一树树柿子红，还有那些叫不出名的农作物，它们或沐风而立，或成群结队，构筑成一幅幅浓墨淡彩的画卷，叫我眼界大开，令我慨叹不已。这哪里是印象中的北方？所谓的"贫瘠"、所谓的"荒芜"，和我眼前的北方，相距甚远。此时此刻，北方，在我的眼帘，在我的心上，全然就是流动的风景，是飘扬的诗意，是丰收的喜庆，是凝固的音乐。面向这一片厚重，沉浸这一份古朴，一枚叫作"苍劲"的字符，呼啸着抵达，在我的脑海里，在我的唇齿间，在我眼前这片富饶的沃土上巍然挺拔，生动明媚。

沿着虎山长城，拾级而上，视野变得开阔，心事变得凝重。恕我无法进一步探究它的曾经，但我深知从眼下到未来它在我心中的地位，一定是柔韧刚毅的，是千娇百媚的，是富饶辽阔的，是坚不可摧的。

依附着古城墙，我轻轻地触摸着，我静静地聆听着，我极目远眺，放声高呼：我来了，古长城！我来看你了，深秋的北方。绿树山花绵延，江水烟波浩渺，阡陌纵横的两岸，一边是葱郁，一边是清寂。循着青砖筑就的石阶，赏巍巍雄姿、奔腾起伏；叹雄奇壮丽，江山如此多娇。

仰望蔚蓝，俯视苍郁，徒步向前的我如何不欣慰，又怎能不震撼。

在丹东，历经沧桑的百年老银杏树，随处可见。行走在银杏叶铺就的金光大道上，听，吱呀吱呀，这是落叶的低吟；看，飘飘摇摇，那是叶儿的舞蹈。走走停停间，阳光穿越树梢，把枝叶染得透亮，把屋檐镶上了金边，把路人的身影轻轻地拽着，拉着，忽而修长，忽而娇俏。徜徉在美不胜收的仙境里，一不留神，就会有银杏的芬芳，萦绕鼻翼；索性眯缝起眼睛，使劲地嗅闻着、陶醉着，整个人仿若走进了童话的世界，不知道下一个转角会遇见怎样的惊喜，也不知道再一次的定格会有怎样的玄妙。

秋风瑟瑟，枝叶翩翩，途经的路人，一些是三两结伴，摆着各种姿势，左拍右拍，好不尽兴；还有些该是有备而来的，他们背着相机，时而低头调试，时而聚焦取景，那份认真劲儿，实在喜欢。而我流连忘返，只为欣赏，只想沉溺。

行走在铺天盖地的银杏树下，看擦肩的行人，看街边的风情。此时此刻，会不会有看风景的人也在看我呢？

这样想着，不禁莞尔。

倘若有幸，我定是要微笑着向前，轻轻地道一句：原来，北方的深秋，竟是这般的魅力。

我不是游客，我只为寻访

抵达伦敦，已是当地时间的早晨七点。办理好所有手续，走出机场坐上地铁，时间刚好九点三十分。或者，正值出行高峰吧，等地铁的人不是很多但每一站都有乘客上上下下。十几个小时的飞行，确实有点儿疲倦了，但这并不妨碍我看风景，看魂牵梦绕我无数个日日夜夜的世界级大都市。

地铁向前飞驰，风景不断变换，我的兴致越发高涨，我的思绪一路飘扬。

撇开自然景观，先说这里的人群，第一感觉就是伦敦人喜欢阅读，地铁站台上，车厢里，甚至是路边，总会遇见这样的画面：手捧一本书，或者是一摞子报纸，静静地翻阅着。从年轻时尚的女子，到中年的妇人，阅读已然成风，于不动声色间充溢着我的视线。

到达宾馆快十一点，和我们预订入住时间还有一些距离，索性存了东西去附近的广场，以此也正式开启了我的英国之旅。

执笔的这刻，我依旧思忖着：究竟是转地铁时路人热情的相助，还是乘坐地铁时的耳濡目染，伦敦在我的眼里并没有书刊上描写的高大上，但它确是绅士的，精致的，又不乏生活情趣的。抬眼望去，沿街的剧院、酒吧以及门前三两结伴的金发女郎、儒雅男士，汇聚成一道道风景，妙曼生香在我的眼帘。

有情亦有景，方能暖人心。

伦敦以及它的周边，值得游览的景观不胜枚举，剑桥便是其中之一。

去剑桥并非因着那首《再别康桥》，可漫步在剑桥，我却是一次又一次、情不自禁地吟咏起那首脍炙人口的诗句来："那河畔的金柳，是夕阳中的新娘；波光里的艳影，在我的心头荡漾。"穿行在经典的建筑间，走近庄严肃穆的教堂，漫赏古意盎然的红砖房屋，这一刻，我不是游客，我只为寻访。

泛舟在剑桥河畔，听船夫叙说着剑桥悠远的历史和当下美丽的风貌；沿途那河畔的绿柳，摇曳成一行行诗笺，漾起的波光，曼舞轻吟；那或近或远的游船上，嬉戏的学子，温情的伴侣，还有那一只只或水中游弋或路边闲逛的小鸭子，构筑成一幅幅无以描摹的画卷，让我沉醉，令我飘然。这一刻，语言不是障碍，感觉更为重要。

据说剑桥没有通常意义上的完整校园，整个剑桥市都是它的校园。徜徉在剑桥的大街小巷，看来来往往的人群，我总会泛起这样的念头：哦，他们会不会就是剑桥某所院校里的学子呢，否则怎会如此的温雅，如此的可亲。这里人来人往，却不觉得嘈杂；这里的店面琳琅满目，却不觉得庸俗，一间一间地走过，那温馨的书店文具店，那装帧简单的小酒馆，那颇具诱惑的甜品店，让我目不暇接。行走在各个学院之间，嗅闻着草色，漫赏着花开。路灯柱上，阳台上，校舍的门廊和教堂的尖顶，哪儿哪儿都是繁花似锦，都是草色葳蕤，都是赏心悦目。而我，这个纯粹的花痴，遇见如此繁盛的气势，又怎么能安宁？相机手机不停地调换着，拍摄着，恨不能把所有的景象全部收录。

游剑桥，是英国行的必须；逛牛津，当属英国行的必然。

走在牛津的街道上，看古朴精致的建筑，赏典雅幽静的风情，如同无处不在的花骨朵儿一般，让我着迷，令我陶醉；何况还有哈利波特元素的渗透，让我眼里的这座顶级学府多了亲和力，更显端庄，更具魅力。然，相似的底蕴，不同的风貌，两者之间，究竟有着怎样内在的差别，于我来说似乎并不重要，重要的是我来过，足矣。

几天下来，我发现伦敦出行，乘坐小火车是极好的选择。

一路上有无垠的草色，有造型别致的房舍，途径的小站，对于我的诱惑实在是太大太大，就像那个叫作爱丁堡的地方。那么远，那么近，那么高雅，那么复古，邂逅的一瞬间，我真的真的是惊呆了。那些只是在电影中、画报上欣赏到的尖塔、城堡、峭壁和古典石柱，此时，真真切切地映入了我的眼底。漫步在有着"北方雅典"美誉的古城堡中，如同孩子一般欢呼着、雀跃着，上上下下，七拐八绕，终于找到了罗琳写哈利波特的咖啡馆，一边品尝着卡布基诺，一边享用着午后的时光，那一刻的我恨不能时光慢一些，再慢一些，好让自己也能静下来，铺一纸素笺，挥笔泼墨，肆意舒展。

这一程，游过温莎城堡，路过温德米尔小镇，走过古老与时尚完美交融的约克，最让我惊叹的当属那个叫作惠特比的地方。这里没有伦敦的精致，也不及爱丁堡的幽古；这里宛若迷宫一般蛊惑着我的心。行走在长满青苔的青石板路上，返璞归真的感觉不请自来，如梦似幻间我竟听到哒哒的马蹄声；沿着小径拾级而上，看古修道院的壮丽遗迹，俯瞰小镇的风情，一个美不胜收岂能表达我的感觉？如同这一程英国行，仅仅用文字又如何能够诠释其间的酣然？

后 记

于我来说，写或者不写，只是一种形式，所有的都已烙在我的眉间心上了，它们不会淡去。此间的记录，只为加深印记，如同我的拍摄，只为更形象地感知。

结一颗素心，花开纸上

它，饱蘸着时光的印迹，濡染着空蒙的水色。它，有小家碧玉的纤柔，也有大家闺秀的端庄。它，唯美也精致、朴素又大方；它，忽而幽暗，忽而明丽，忽而笨拙，忽而娇俏，如同女子，有着小情小调的女子。

一、古镇

我是有备而来的。

面向秋风中的残叶枯梗，面向池塘里挤挤挨挨的青莲，一抹萧索，几许神伤。我不再靠近，只是凝神，看它们依然挺拔的身姿，恋恋不舍在荷池间；看它们面容憔悴，不离不弃地相伴着。

我一直想象的古朴典雅，想象的端庄秀美，想象的纤尘不染，此间，却让我有了淡淡的焦虑。遗憾吗？阳光下涟漪缱绻，池塘里荷叶娉婷，即便没有期待的清丽、醉人的娇羞，可是，在我目光所及处，被时光漂洗过的绣楼庭院、粉墙墨瓦，实在是让我心生向往呀。

古老的院墙下曾有谁莲步轻移，幽静的阁楼上曾有谁低吟浅唱，镂花的轩窗前又是谁在对镜梳妆。循风而起的情节，在参差的绿意中，在潋滟的湖光里，绰绰影影，明媚生香。

是谁在诗吟"灼灼荷花瑞，亭亭出水中"。是谁在清唱"常恐秋风早，飘零君不知"。站在你的面前，看时光的苍凉，想你曾经的风韵，我又如何能沉寂？

这一程，不辞辛劳，与你相约；这一季，有幸相遇，与你同行，在秋风肆意的日子，在落叶纷飞时。

透过一抹清幽，穿越一片时光的海，我兴意阑珊。

二、女子，秋

遇见她，是在影视城。身着一件极为平常的白 T 恤，淡淡的笑容在蓝色花布遮阳伞下显得越发温和，不紧不慢的语速夹杂着些许的方言，听起来极为舒坦。随她轻言慢语地介绍，看她微笑恬静的神情，竟想到了戴望舒笔下的那个撑着油纸伞，从雨巷里走来的丁香一般的女子。

这不是雨巷，却有着水韵江南的娴雅和灵性。这更胜雨巷，那是源自古文化的传承和季节的馈赠；那无处不在的古朴和安谧，更有一种荡人心魂的幽美。或许是正在开发中，穿行在碧澈的湖畔，游走在廊桥水榭间，看古韵幽幽，听风声浅唱，返璞归真的舒然拂面而来，远离喧嚣的静美直入心怀。

走进古镇，收获的岂止是小桥流水的婉约，楼台亭榭的典雅。金秋的古镇，云蒸霞蔚，水色空蒙，更有大片大片的麦浪掠过路人的眼眸，恣意欢舞在蓝天下、田园间，让你不得不为之欢喜，随之畅想。

走过四季，看纯白与绚烂并蒂；走近古镇，赏纤巧与庄重同在，于是，我更想把秋视作女子了，一个尽情地挥霍着骨子里的薄凉，不屈从俗世间种种的女子；一个凡事无需顾左右而言它，竭力地做着真实的自己的女子，一个如同古镇般丰韵悠然、淳美旷达的女子。

有人说，太真实是另一种做作。而我以为，这样的"做作"相对于曲意逢迎，该是一种自我安抚，更是对自己的宠溺，不管结果如何，至少不会因违背自己的心而后悔，不会因瞬时的面子而委曲求全。

秋，亦是如此，如同一个性格沉敛的人儿，情绪饱满，蕴藉淳厚，无时无刻不显现出与众不同的特质、超越常规的气韵。

不说秋风肆意的冷寂，不恋秋阳高照的朗润，当一片荒芜衍变成一望无垠的金色麦浪，当一片丰收的喜悦撩拨着路人的视线时，可曾想过秋风秋雨的洗礼，可曾想到烈日骄阳下的辛勤。

秋，恰似一个固执的女子，不遮掩，不屈从，默默地坚守着真实的自己，自然地舒展着内心的种种，让懂得的人懂得，让不懂的人兀自迷茫。

秋，宛若一个恬淡的女子，不与春花争宠，不和冬雪媲美，不如夏风热忱。

秋，更是一个知性的女子，悠然地行走在自己的空间，喜欢和文字卿卿我我，与自己的心纠缠不清。她深知越朴实越妩媚，越简单越幸福。

三、素心

流连在古镇，远离俗世的净好如影相随，清净澄明的快意俯首皆是。

原来，寻一段时光，徜徉于花草树木，任理想和现实碰撞出如莲般的清香，在生命的长河里静静绽放，是这般的享受。

原来，植一缕清芬于心间，任馨香熏染，随洁净盛放，让骨子里的本真敞亮在途经的每一个角落，是这般尽兴。

原来，不去苛求一成不变的世事，不去遥想难以抵达的梦幻，保持心底的纯粹，让所有的自然而然，是这样的踏实与快乐。

萧风起，衣衫薄的日子里，试着拒喧闹于千里之外，以一颗禅心，流连于俗世；携一份清心，低眉于花草；结一颗素心，花开纸上，该是对自己最好的呵护了。

徽州小镇

徽州的小镇，特别适合早起的人儿。

清晨时分，空气是凉飕飕的，有没有风都能嗅得到流水的气息，那淡淡的腥味，幽媚也柔润，一不小心就会潜入心田。水是清凌凌的，有没有游客镇上的女人都会在水边洗洗涮涮。她们三两结伴，有说有笑，压根就不会顾忌到是不是有好奇的路人端着相机正对着她们取景，或者原本她们就知道自己是怎样的美丽，所以成为镜头里的主角，根本就是习以为常了。

小镇上人不多。特别是清晨，一个人，漫不经心地走着、看着，一个不小心就会被突然传来的"汪汪，汪汪汪"的叫声给唤醒，随后刺溜一下，不知从哪儿蹿出的狗儿，像是起哄一般打你的身边飞跑着、欢闹着远去。

小镇的路，是清一色的石板路，窄窄的幽幽的，一个人走着刚刚好，若是并肩而行反倒觉得束手束脚，有点儿拥挤了。小镇上的房屋，白墙青瓦，层层叠叠，不管以怎样的视角去观看，都是高高低低、错落有致的。小镇上的人家，似乎都是好客的，一扇扇木门或半掩或敞开，前庭里堆放着各类杂物，不管怎样的高墙深宅，只要踏进天井，就会被那些形象生动、高雅华贵的雕刻吸引着，蛊惑着，甚至会在情不自禁中想透过木格窗，窥探一番内里的摆设。

小镇像个迷宫，一个人，绕来绕去，边走边看，不会觉得疲劳，更不会觉得寂寞。遇见她就是在这谜一样的小镇里。

那是个阴天，偶尔会有很细很细的雨丝飘来，我没有撑伞，我只想全身心地融入小镇，好让自己能徜徉在小镇独有的气息里，悠悠缓缓，酣然尽兴。而她就在这个时候出现了，敞开的木门，摆满杂物、有点凌乱的厅堂。她低着头很专心地拾掇着身边那一堆东西，以至于我走近她的时候，她没有反应，我也没有说话，只是四下里打量着：一些陈旧的家什没有秩序地摆放着，透过浮灰，还是能够窥见形态各异的它们，神韵毕现，浑然天成。我不敢设想它们有着怎样的历史，可我深信它们绝对精致、精美和精湛的技艺。

是眼前的风景唤起了我的热忱，抑或是骨子里情绪的自然流露，我问她："你这是……?""新鲜笋子，刚从山里带回的。"听见我的问话，她才抬起头，一边侍弄着手里的东西，一边说着。

"就是饭店里用来炖火腿的竹笋?""是的，味道很鲜的。""怎么卖的?""你要? 十块钱一把，这些是我刚剥好的，全部拿去，十块钱。"她一边用手比画着，一边看着我。"这么多啊?""我是留着自家吃的，不是用来卖的。"

我转过身，指着那些堆放在一起的物品："这些都是你家的，该是很久了吧。""都是祖上留下的，后面还有呢。来，我带你去看看。"说着，她搁下手里的活计，领着我走进了里屋。

似有一股子霉味扑面而来，好在，我已经习惯了这种味道，小镇独有的味道。随着她如数家珍般地指点，我眼界大开。这挂在墙面的，这摆在桌上的，这搁在橱柜里的玉器、书画、碑帖、木雕等一律的古朴，一色的陈旧，一样的精美，实在是琳琅满目，美轮美奂。

我不懂行情，但这些"古董"着实地让我惊喜。我指着一个极为好看的木雕说："这个真好。"她走近一步，很是得意地说："这是祖上留下的窗子，上回有人看中了，价格没有谈好。现在很多人喜欢淘一些这样的古玩摆在家里当装饰。"我被眼前这构思巧妙绝伦，造型玲珑别致、格调清雅的古玩诱惑着，惊叹着，忍不住地打探："能把这些留下真是不容易。""是的，两个孩子都在外地，女儿学医，继承了祖上；儿子今年也考上了大学，学的建筑，我们老俩口就守着家。""两个孩子? 都在外地念书? 真不简单。""我们习惯了这里的生活，哪儿也不想去。"我回头，悄悄地瞥一眼她，有点败色的外套洗得很干净，映衬着一张有些粗糙的脸，看上去很淳朴，言谈举止间的毫无戒备，让我很是舒服，我甚至从她的眉眼间读出了幸福和安逸的感觉。

临走时，我用二十元钱买下了她已经剥好的笋子。当我跨出那扇陈旧的木门时，还听得门里的她用带着方言的普通话说："回家一定要用水滤一下再烧，味道很鲜的。"我回过头笑了笑，继续着我的小镇漫步。

去过世外桃源般的欧洲小镇，只是太遥远，很难随心抵达。去过风情万种的江南小镇，可惜它有点喧哗，我难以适从。我还是喜欢这徽州小镇。我喜欢它的幽静，静得我可以听见自己的心跳声；我喜欢它的繁盛，因为有着太多来自远古的清朴的风韵，会在一不小心中，魅了眼，暖了心。

◎ 偶尔庸俗，偶尔文艺

偶尔庸俗，偶尔文艺

喜欢对镜梳妆，也就习惯了对着镜子里的自己微笑。

带着微笑出门，带着微笑行走，带着微笑的我，总能感觉到浅浅的喜悦攀上眉梢，幽幽的情愫溢满心湖。

我常常告诫自己：不管昨日有过怎样的繁复，一觉醒来，室内会有光影重重，窗外会有车来人往；不管明日会有怎样的烦心，不强求，不迁就，自然而率真地行走就好。有时候，明知道仰头的刹那未必是蓝天，低头的瞬间不会处处有花开，我还是习惯把自己搁置在花开静美、云白水蓝的诗意间浅笑安然。

慵懒造就了我的简单，感性成就了我的文艺，它们根深蒂固在我的世界里，不可更改，亦无法拒绝。

未雨绸缪，于我，实在太难。

突如其来的事件里，学会沉默，让自己患上自闭症，在没有一丝缝隙的空间里兀自消遣，待到刚刚好的时候，把心重新放飞，在水秀山青的旖旎间飘游，在皎洁的月光下信步，该留的留，该散的散，一切随缘。如此，便是我的岁月静好。

受股市的影响，办公室里的气氛也变了，之前，几个整日里捧着手机叽叽咕咕的同事，像约定好了一般，各自埋头忙碌，不声不响。其实，这样挺好，累了或者闲了，安静地趴在电脑前轻点鼠标随意溜达，至少无牵无挂，闲逸舒坦。

"洗一个澡，看一朵花，吃一顿饭，假使你觉得快活，并非全因澡洗得干净，花开得好，或者食物符合你的口味，主要是因为你心上没有挂碍。"想起林语堂的这段话，不禁莞尔。世事如此繁盛，能腾出一段空闲，喝喝茶，发发呆，用一个舒服的姿势，天马行空在独我的世界里，是何等的酣畅？

表面上高冷，实际上没心没肺。这是某人给我的评价。

没错。我是那么的性情，忽而长裤短衫，一身休闲，独自漫步在湖畔柳岸，行走在街头巷尾；忽而穿上合体的旗袍，登上漂亮的高跟鞋，款款而行，看城市风景，听花间小语；忽而沉溺在某个画面里自顾自地抹着眼泪。有时候，我都为自己感到不可思议。哎，哎，我怎么可以这样的矫情，这么的文艺呀。

话说怎样的自我，也会有被"牵制"的时刻。为了生计，更为了抚慰我那敏感而虚荣的心，八小时之内，我不得不认真工作。毕竟，和谐社会的大环境下，做好自己的分内是首要；为了实现"中国梦"，顾大局、识大体亦是我的必须。

不是思想者，亦不是物质女，不求上进的我为了面子，必须学会沉思，必须勤奋努力，必须孜孜不倦。值得吗？我从不去深究，有过泥泞，有过风霜，更有过严重的"雾霾"，而我一直在路上，这样就好。

"不忘初心，方得始终"。尽管往事如风，而我不曾搁浅最初的信念。我该为自己庆幸了，毕竟，每一份坚守都是付出，每一次的付出难免会有动摇。稍稍的停息，只是一种调整，只为更好地延续，生活在偶尔庸俗、偶尔文艺中延续。这，就足够了。

再说细节

微博上看到奶茶刘若英在重庆吃火锅时拍的一段小视频，第一感觉是亲切，说话的神情，眉眼间的温情，总之，怎么看怎么舒服，可是，第二眼呢，我看见镜头里的奶茶用手捂着嘴巴，模仿着四川话边说边笑，那一瞬间，我居然生出小小的失落感，确切地说是一丝丝的遗憾。忍不住又仔细地瞅瞅，那只手啊怎么会如此突兀地"粗糙"？和她那素雅细腻的容颜，和她悦耳动听的声音，实在有点儿不般配呀。

对于奶茶这样会唱会演也会写的女子，我还是蛮欣赏的。知道她结了婚，有了孩子，生活得风生水起，只是我怎么也没有想到：一个心目中精致而聪慧的女子，怎会把自己的手"折腾"成那个样子？当然，我这样写，别无他意，只想说：女人要懂得爱自己，要学会爱自己身体的每一个部位，要善于透过细节将自身的美展示出来。

"手如柔荑指若葱。"对于人到中年的女子来说，确是强求了，可"粗糙而苍老"的手，又如何能叫人看了不纠结，不惋惜。更何况，是我心目中喜欢的女子。

所谓"粗糙"并非是与生俱来的。学会保养是关键，懂得护理是必须。然，我所说的保养并非是不做家务，护理也不是说把指甲留得长长的，涂上各种艳丽的色彩。相反，我更喜欢那种指甲剪得刚刚好，十指干干净净，甚至不带任何饰品的芊芊玉手。在我的心里：真正的美，是简净而自然的，是无需雕琢的，就像穿衣打扮，过多的装饰反而显得累赘；干净利落，那才是优雅端庄，更显风韵。

手是人的第二张面孔，说及呵护，那可是五花八门了，美甲便是其中之一吧。对于美甲我不反对，但也绝不支持，毕竟那些都是化学的东西，少一点沾染没有坏处。何况，留了长长的指甲，做起事情很不利落，说白了就连敲键盘都不方便，更别说在家里洗衣服、打扫卫生了。倘若是年轻的妈妈，那就更不适合美甲了，一方面是卫生，另一方面就是安全，退一步想，万一哪天不小心长指甲刮到了小娃娃的脸蛋儿那该咋办？当然会有人说我这是杞人忧天，可谁又能保证没有万一？

不同的环境不一样的需求，学会呵护好自己的第二张脸，确是每一个女子的本分。有事没事轻轻地搓揉手心和手背，洗完手后记得抹一些护手霜，总之，我对自己的手一直是小心呵护的，我的包包里，办公桌上，床头柜的抽屉里，哪儿哪儿都会有护手霜，以至于某人时不时会冷嘲热讽两句："真是不懂，都睡觉了还要把手抹得油乎乎的。"是，我就这么臭美，我就是爱美的女子。

爱美之心，人皆有之。而小细节里的美更能体现出内涵，更能彰显出一个人的素养。

"细节决定成败。"这看上去有点儿高大上的话题，似乎本不该在这里提及，可现实生活中，细节真的很重要。

想起近日看见的一则报道，有女子在乘坐地铁时嗑瓜子，且瓜子壳随处乱扔；再有前段日子的公交车啃鸡爪的画面。其实，诸如此类的事情时有发生，可是公共场合特别是小小的车厢里，品尝那些气味很浓的食物，不仅仅扰乱了环境卫生，多多少少也会导致空气的被污染。

随着社会的发展，改善我们的生活环境，营造良好的社会风貌，又如何能撇开这些细节呢？这好比一个女子，穿着一套很正点的职业装，脚上却趿拉着一双拖鞋，那感觉是不是有点儿不搭，甚至有些怪怪的？是的，忽略了细节的后果，哪里是言语能够表述清晰的？

执笔于此，感觉扯远了。但是，细节折射出品质，局部成就了整体。面对"手是女人的第二张脸"的说法，我想这该是每个女子必须关注的话题，如同公众场合，任何人都要为自己的言谈举止负责任一样。

但愿，所有的人都能行动起来，从细节做起，呵护好身体发肤，呵护好我们生活中的一花一草，呵护好我们视野所及的每一个角落，让精神的文明和物质的文明比翼双飞。

也说手机阅读

曾有段日子，每天要乘公交上下班，从上车到下车，约摸40分钟，因为高峰时段，人多拥挤，所以我有个习惯，上车就往后边站。于是，有了和这位姑娘的一面之缘，确切地说，她应该是比我早几站上车的，而且每次都是一个姿势：捧着手机，戴个耳机，津津有味地盯着小屏幕。

一样的时间段，几近相似的车程，不曾改变的姿势，连续几天的遇见，我还是有点儿新奇的。更让我好奇的是：不管车厢内怎样的拥挤，她总能悠然自得地看着她的小屏幕。

嗨，这缘分，实在太美妙了，我又如何能无动于衷呢？就这样又过了两天，我终于按捺不住自己了，下意识地瞥一眼她的手机屏幕，那画面看着像是什么古装片。只是，她聚精会神的样子，让我很是不解，有那么好看吗？以至于周围的一切都与她无关。

不明白，真的不明白！我甚至想问一问：姑娘，看啥呢，这么专心？哎，万一过了站，咋办？或者，来个急刹车，又怎么办？想想，还是忍住了，别人家的孩子，何须我操心？

为打发时间，为忽略这高峰时段的拥挤，玩玩手机未尝不可。但若是太过专注，忽略了沿途的风景，那岂不是有点不合算？

由此，我想到了有关"手机阅读"的话题。

网络飞速发展的今天，手机阅读早已成了一部分人的习惯。作为手机阅读的一份子，我不想去评论它的是与非，就像我从不用手机在路上看视频一样，但刷朋友圈倒是可以有的，更多的时候我喜欢浏览一些公众平台。我关注了十来个公众号，它们每天更新，甚至有个别平台每天分时间段地推送着各类话题，于我这个懒散而好奇心重的"杂家"来说，实在是贴心暖胃。

坦白说，手机阅读已经成为我阅读的重要渠道。就像我对于绿茶的习惯一样，没有手机阅读的一天总觉得缺失了点什么。

纤巧的手机，博大的世界。通过手机阅读，我足不出户，就能任意欣赏到世界各地的名胜；我轻轻一点，发生在天涯海角的暖心小事，便能生动在眼前。因为手机阅读，我常常会沉浸在没有不知道，只有想不到的欢喜中。

在各类公众平台不断推广的今天，我的手机阅读模式也在不断地调整，由从前的网上随意浏览到后来有选择性地阅读，直至眼下的情有独钟，读着读着，便读出了趣味，读出了习惯，读出了自信。

曾和友人聊起手机阅读的话题，他说："朋友圈里那些心灵鸡汤一样的小文，读来读去，都是一个味，如同快餐食品，长期下去，会造成严重的营养缺失，如何能提升一个人的思想高度？想涨知识，还是要返璞归真，去读那些纸质版的书籍，去看看那些名著。"友人的长篇大论，听得我一愣一愣的。罢了，罢了，真的是不在一个频道呢，话不投机半句多，何必较真，我保留我的观点。

不想说，唯阅读可保鲜大脑，拯救灵魂。但丰富多彩的阅读，确能打开思维的渠道，即便只是鸡汤似的小文，读多了也会被洗脑，也能沉淀出非凡的气质。

一段时间的体验，让我真真切切地感觉到手机阅读的知识点相当可观。只要有心，只要愿意，时事新闻、文学典故、生活常识、礼节仪容、旅游出行等各色各类的话题，可谓是应有尽有，风情万种了。

我的手机，就是我的阅览室，我的知心爱人，我的精神粮库。这里的新闻八卦，我可以随意挑选着读；这里的心灵咖啡，我可以任意选出适合自己口味的来品尝；这里的史记故事，我可以汲取其中的片段，慢慢咀嚼。总之，手机阅读，省时省力，方便迅捷，更是包罗万象。

落入低头一族后，我仿若走进了大观园，一不留神便会发现属于我的"新大陆"，那感觉实在是太给力了。可我明白，过于频繁的手机阅读，对眼睛不好；不分场合地沉溺手机阅读，也是一种素养的缺失。

记得之前去英国旅游，每每在地铁上、公园里遇见捧书阅读的人，我总会情不自禁地多看一眼，甚至会在瞬间涌动出小小的羡慕和无比的欣赏之情，不是我崇洋媚外，只因我这随心随性的懒人，实在没办法每天捧起厚厚的书籍，安静阅读。

但这些并不妨碍我喜欢墨香和纸张糅合在一起的味道。于我来说，一边捏着小书签，一边读着自己心仪的文章，若是有绿茶相伴那可是再美不过的时光了。可很多时候，喜欢只能是喜欢，现实里有太多的突如其来，不可能也不容许一意孤行地沉醉于某个情节，自顾自地消遣着。

就像我喜欢逛书店，且每次去书店，几乎不会空手而回。可买回来的书，基本就那么随意翻翻，然后束之高阁，很少能有一本书，完完整整地有序读完。不是不愿意，实在是没那么多的空闲时间。有时候刚刚翻开一页，还没进入状态，就不得已地被迫停下；有时候渐入佳境，却因着一点急事，只能很不情愿地把自己从故事中拉出来，回到现实。

其实，这世间，没有绝对，只有相对。

纸质阅读也好，手机阅读也罢，只要能把里面的内容读进心里，读出自己的见解来，就是赚了。即便有一些"不合时宜"的细节，我们同样可以阅读，通过阅读去梳理，跳出内容去反思，相信总会有收获的。

如此想来，刚刚好的时间，刚刚好的喜欢，那才是最美的享受。一如手机阅读，至少它可以让我们在随时随地中享受阅读的乐趣。

喜忧参半话网络

网络的迅捷，无需我去描绘。网络的繁盛，凭借我的笔力如何能淋漓尽致？可我还是要不自量力地书写，喋喋不休地絮叨。

工作上的往来信息，闲暇时的网络漫步，不得不承认，网络已在不觉中成了我生命的一部分，占据了我的大片时光。作为网络的受惠者，我从中确实学到了很多，看到了很多，拥有了很多，当然也失去了很多。说拥有，要感谢文字，它们或隽美或清逸，或深情或婉约，款款而来、直抵我心，让我有了久别重逢的快意，让我有了灯火阑珊处的玄妙，于是心心相惜，温情相伴。沉浸文字营造的氛围，我邂逅了一颗颗温润的心，我欣赏到祖国的大好河山，我知晓了乡里乡亲的人情世故，我感受到大中华悠远广博、坚不可摧的气势。

蜗居网络，我可以穿越古今，我可以抵达遥远，我可以沉溺过往。选择自己喜欢的话题，细细研读，久而久之便会生发出不说不痛快的感觉。

网络太强大，可以让蛛丝马迹如风蔓延，可以让空穴来风生动鲜活。在正能量不断涌现的今天，一些负面报道随之而来，如何拒绝确是值得深思也必须深究的。比如网络诈骗，比如极个别老师体罚幼儿，比如屡报不鲜的碰瓷现象等，看得人心惶惶，看得愤懑不止，看得长吁短叹。

网络是把双刃剑，如何透过现象看本质，让更多的人从中获取生活的经验这才是关键。

曾因一则"学生在校门口遇见一位摔倒的老人，于是好心上前搀扶，结果被讹诈"的报道和朋友聊起了"扶还是不扶"的话题，朋友很是生气，抱怨着怎么会有这样的老人？抱怨着现在的孩子一点社会经验都没有。我听得有些无语，联想到自己某日下班路上的遇见，还有那位瘫坐在地上无人问津的老人。那一刻，当恰好路过的我，毫不犹豫地上前搀扶老太太时，她一边配合着我艰难地站立起来，一边拉着我的手说："姑娘，你真好，我腿不行，摔倒在这里半天了没人理我，想让店里的人来拉我一把，可她们一动不动，当作没看见。"

我不想用自己的现身说法去证明"扶"是必须，但我的良心告诉我面对"受难的"他人，伸出援助之手是必然。朋友说："你那是运气，倘若遇见的是来碰瓷的，咋办，岂不是自寻烦恼？"我笑而不答，但我心里很清晰，退一万步说，运气也好，事故也罢，做自己想做的事情，没有什么可遗憾、可后悔的，何况是尽一臂之力、助他人之便。

执笔于此，只想呼吁：对于亲人必须关爱；对于友人需要关心；对于那些需要帮助的路人，我们也当尽力帮扶，让目光所及之处，美好可以久远，阳光可以抚慰，让这个世界不再有伤害，不会有冷漠。

我期待：每一位儿童都能健康快乐地成长，每一位学生都能拥有积极向上的情怀，每一个家庭都能幸福美满、恩爱到老，我更期盼着我们的亲人都能儿女膝下绕，安享度晚年。

不想所有的期待都只能是期待，我只想更多的人能学会去帮助和引导，学会去劝说和安抚，让那些"病态的思维"模式走出困境、早日康复，让那些真正需要关爱的人不再无辜地受伤害、被冷落。

絮絮叨叨地写下这些，不存在所谓的道德绑架，也不为标榜我的高尚情操。这里我只是袒露心声，就事论事。这些只是心性所致，习惯而已，如同每每遇见那些头发花白、步履蹒跚的老人，我都会放慢脚步，或者远远地打量，或者默默地观望，就像面对那些可爱的孩童一般，我会在看着、看着的过程中，不自觉地微笑盈盈，温情满满，甚至有着上前招呼一下的冲动。这些不知会不会遭到误解，但我很享受，我甚至格外喜欢这样充满爱意的自己，总想着能让那些老人，那些可爱的孩童在需要的时候，得到援助，哪怕只是一个微笑，一句问候，一个肯定的眼神。我真诚地期盼着我们的周边如歌里唱的一样一样："只要人人都献出一点爱，世界将变成美好的人间。"

然而，任何事物的生发，都不可能百分百地得到认可。如同没有一处风景，会始终如一，何况是虚拟的网络。学会面对，不论是美好还是丑陋，不管是阳光还是阴暗。能够取其精华，扬起优势，才是智慧。

写到网络，自然会想到网络里的书写。

缘于文字，我深深地眷恋着网络这片沃土。我曾是那么地执着，甚至忘乎所以。而眼下，说迷茫，有点儿言重；说失落，有点不情愿。事实如此，我承认我开始犹豫了，甚至有了抛下所有从此隐匿，绝不和文字再做任何纠缠的念头。

文字能当饭？网络可以管温饱？一直被视为知己、看作孩子的文字，一旦公布于网络，就失去了拥有权，我始终不理解一些人，究竟出于怎样的心理，能不顾忌其他，任意将别人的文字拆来搬去，随意张贴。这样的行为，说可恶都不解恨，说无耻也不解气。只是茫茫网海，哪里能寻得一片纯粹，何时能拥有真正的蓝天白云？

喜欢文字没有错，毕竟我们都是习惯了与文字相伴的人；面对或优美、或智慧的文字，爱不释手也可以理解，但若因文字走心，因着虚荣的做怪，大摇大摆地把别人家的文字随手牵走，把别人的心情安插在自己的名下，甚至连个"转载"两个字都不愿附上，这样的行为，令人无语。

好东西哪儿哪儿都有，善于发现是你的强项。可发现之后的顺手牵羊、占为己有就是你的错，且这样的错，是无知，是愚昧，是令人不齿的，也是遭人蔑视的。

也许我们只能阿 Q 地说：世界之大，无奇不有。

叹！叹！叹！

每一项存在都有其必然性。唯愿在面对的同时，尽微薄之力，让美好的发扬光大，让"负面的"日渐淡化，直至消失或者被遗忘。

倘若真能那样，该是何等的美好，何等的令人欢欣啊。

由"留住男人的心就要留住男人的胃"想起

说起家务事，姐妹们谈笑风生，好不热闹。

萍儿习惯性地长叹后，眯缝起那双可爱的猫眼抱怨着："别提了，我家那个人属于倒了油瓶都不去扶的，还能指望他做什么？不是为了儿子，我都懒得做饭了。"

娟说："我在家可是里里外外一把手呢，逢年过节婆家若是来了客人，所有的都由我张罗。直到现在，每天晚上都会把他的皮鞋擦干净，把他第二天需要换穿的衣服熨好、挂起来。"

杨姐说："男人不能惯，越惯越不上路。有时候就要放手让他做。"娟玩笑着说："留住男人的心，就要先留住男人的胃，伺候好了，他就不会把钱给别人花的。"这话一出，我们像约好了一般，不再说笑了。

瞥一眼浓妆淡抹的娟，莫名的滋味倏然而起。讲真，我没这么大的耐心，更没有那么高超的烹饪技术，所以我永远做不来娟那样贤惠的主妇。相比之下，被某人赐予"懒婆娘"这个绰号，我确是当之无愧的。

其实，女人从黄花闺女变成家庭主妇，不仅要照顾好孩子，还要料理着一个家庭的吃穿用行，个中的滋味只有自己明白。平日里，若不懂得呵护自己，实在是一种遗憾。

为了家庭的和睦，确切地说是为了孩子，女人会在不知不觉中奉献着自己，甚至到了忘我的地步。那么，做个懒婆娘，适度地宠爱着自己，也不为过吧。

"留住男人的心，就要先留住男人的胃？"

再次想到这句，细细品咂，忽然就觉得不对劲了。这貌似"至理名言"的话语，被时尚也美丽的娟如此地推崇，我有些诧异。是社会发展的需要？是另一种时尚的诠释？

什么时间开始，一些女人心甘情愿地走进厨房，大包大揽地学做各种美食，甚至不惜用自己的休息时间，走进课堂或求助度娘、书刊，阅读有关烹饪的技巧。什么时间开始，接送孩子，洗衣做饭，陪孩子写作业、练琴成了女人的专利。幸福蒸蒸日上，男女平分秋色的时代，为啥总要女人牺牲自己屈就男人、可不可以偷梁换柱地篡改一下："留住女人的心，就要先留住女人的胃"？

男人和女人，同行在职场，闲暇时彼此可能会谦让着，玩笑着，可一旦涉及利益，有几人会说，因为你是女的，那就把荣誉和奖励都给你吧。即便是搭乘公交，有些男士也未必会发扬"女士优先"的风度。当然从另一个角度说"女士优先"本就含有性别歧视的因子，废弃也未尝不可，免得担当名誉，深受其害。

男人和女人因自身的体能差异，奠定了"男女有别"的基础，各自担当着社会生活中不同的角色，彼此的体谅、共同的分担是一种爱，真实也自然，美好也温暖。可事实呢，有时候人们会不自觉地把定义偷换，把角色混淆。就连一些文艺作品中也常常会把男人刻画得超级强势，把女子描写成被动和受害的一方。就像歌里唱的"我已剪短我的发，剪断了牵挂"，"我愿意为你放弃我姓名，就算多一秒停留在你怀里，失去世界也不可惜""你身上有她的香水味，是我鼻子犯的罪；你身上有她的香水味，是你赐给的自卑"。优美的旋律中有着太多的感伤，听着听着就觉得别扭。

是女人天生逆来顺受？抑或是女人习惯被伤害？我想应该是人们的思维定式导致了女人总是受害的一方，被视作弱势群体，以至于衍生出"留住男人的心，就要先留住男人的胃"这句"至理名言"吧。

想用美食把胃留住，只不过是一个暂时。再好的美食天天食用也就失去了滋味，推陈出新未必是一件易事，爱吃美食也不可能天天有胃口的。

真的想留住对方的心，需要从点点滴滴的小细节入手，以心换心，彼此尊重，相互理解，而不是一味地屈从和迁就。家务事，不仅仅属于女人，也属于男人。聪明的女子定会调教出一位"进得了厅堂，入得了厨房"的男人。

也说貌美如花

"身边的友人总有貌美如花"，第一眼瞅见这题目，呼之欲出的欢喜，让我蠢蠢欲动。

想起鲁豫访谈徐静蕾的专辑，犹记得才女老徐和那个叫黄立行的台湾男子，并肩而坐彼此默契的眼神，那一刻，我的心有点小失落，更有着大惊喜。

心目中的老徐，给我的感觉是活脱脱的一个"杜拉拉"。可是黄立行呢？倘若用"身边的男人总有貌美如花"这句话，我是极不情愿的。仔细想想，也未必，至少那个看上去不够硬朗的男子，言谈举止间的温文儒雅，终是令人有着闪念间的悸动，何况，人家好歹也是一个公众人物，只因遇见了老徐这个知性女子，才会在某个瞬间甘愿沦为配角的。才女老徐会如此地"器重"他，这就是魅力所致吧。

魅力，是否源于一念之间，我不敢断定。但一念之间可让魅力陡增，我可以确信。

就像那些真正喜欢写作的人，平日里，彼此奔波在各自的圈子中，除了文字间远远近近的欣赏，一切都在隐约中沉寂着、感知着。即便久不遇见，也不会忘记相互的存在。

文字是真实的心迹，喜欢摆弄文字的人，定是性情中人。拥有良善之心，怀揣美好心念，也许他的智商远不及他的情商，但他率真坦诚的心性必会消弱他不善言辞的弱势、不谙事理的寡淡。

两两相望间你的暖他懂，她的冷你知。有时候，只一句，就那么漫不经心的一句，便会让所有的提防轰然塌陷。有人说："文字是西门吹雪的宝剑，见血封喉。"我更以为：文字如剑，一剑穿心。感觉到的时候，已经回不到当初了。

文字是蛊，诱引无数。也许，只是一个闪念，就能让彼此在心目中貌美如花。

此"貌"非彼"貌"，心目中的貌美如花，是多层次的，由点到面的、由表及里的，外在的"貌"犹如昙花，内在的"貌"最是蛊惑人心。

　　男人也好，女人也罢，在稳定的事业基础上，该有一两个铁杆的哥们，一些自己的小爱好，以此来调节身心，怡情养性。想，一个整天除了工作就是工作的人，即便怎样的出色，也会缺失引力。有可能，你就站在他的面前，他也未必能感觉到你的存在。

　　男人如山，顶天立地，倘若喋喋不休，太过小气，纠缠着丁点事情、耿耿于怀，最是令人无语。总以为男人温和的容颜下该有一种坚硬，不是邪气，是顶真；不是疏忽，是大度；不是匪气，是霸气。偶尔地发作，适时地收敛，切不可肆无忌惮，任意行事。就像女子，可以任性刁蛮但绝不能随意放纵；可以千娇百媚，但绝不可不分场合。女人如水，柔情缱绻，倘若没有节制地"撒娇"，那才是叫人悚然呢。

　　女子的感性，牵扯出太多太多的情结，"找一个值得欣赏的帅哥，并驾驭他"该是众多女子的心声了。而男人的理性，往往会给人以误会，总觉得他们如风一样不定性，对任何东西都不在乎。

　　其实不然。男人的英雄情结一旦得以被认可，就会变得格外仗义，格外顺从，格外温和。因而，女人不能太强势，男人不要太计较，彼此间善于示弱，才会体味到身边的友人总有貌美如花的快意。

越凡俗越诗意

　　什么时间开始，"抢红包"成了热门。

　　从春晚到新浪微博，从各网站到各类群，关于抢红包的话题，如风一般卷席着，蔓延着。只可惜我的身手不够敏捷，加之没啥兴趣，如此，哪儿的红包都与我无关。说白了，我与红包无缘，红包和我不搭界。也罢，这样蛮好，至少我可以隐身看别人发口令，抢红包，我也可以大摇大摆地路过逗乐一下。我不抢也不发，你奈我如何？我就是偶尔看看热闹，图个开心。就像某些群里时不时蹦出的链接，只怪我又笨又懒，始终迷迷瞪瞪地毫无感觉，可那一个个跳动的头像却给我带来了无限欢快的想象。如同今儿流行的"抢红包"，全民皆动，快乐无限。

话又说回来，这"抢红包"活动究竟是谁发明的，居然能如此兴师动众，惹得老老少少都热情高涨，积极投入？退一步想：逢年过节，以"抢红包"来渲染节日的气氛，远比放鞭炮来得更实惠，更安全，更环保。当然，一定会有人跳出来说，这两者不能等同！没错，一个是民俗的，一个是流行的，怎能相提并论？

我不想较真，我只是有点儿小任性。在我以为，民俗也罢，流行也好，若是深究下去，定有异曲同工之妙处。事实如此，很多看上去根本就是两个世界的物像，其内在却有着难舍难分的姻缘。不信的话，你可以沏一壶茶，坐下来，慢慢想。

我不爱动，逢年过节喜欢猫在家里，吃吃喝喝，玩玩乐乐，长肉肉怕是免不了了，好在应该不会有太大的失落。总之，心情好才是真的好。

"放下你的手机，看看你的家人"，这是因着某个画面而联想到的，某人夸我说："厉害，厉害，说出来好像还蛮押韵的。"笑，"必须的，我这正儿八经的文艺范儿，可不是两三天的事啊"。

闲来无事，看见女儿低头玩手机，我会凑上去，笑眯眯地来一句"放下你的手机，看看你的家人吧"。只可惜那丫头无动于衷，依旧自顾自地玩着，还说我像复读机。哎，哎，随她去，一家人难得一聚，何必闹得不开心，大家伙都放纵一下，各得其乐，未尝不可。欢欢喜喜过日子，眼下，还有什么能比这个更重要呢？

微信上关注了两个朗读的公众号，有空了就会点开，循着历史消息去欣赏，去聆听，于我来说，声音的魅力远比画面更具诱惑，特别是我喜欢的一些美文，若是有好听的声音咏读出来，那实在是一道极具诱惑的听觉盛宴。戴上耳机，独自消遣，在阳光下，在月色里，在晨曦微露的时光，眯缝起眼睛，一路沉吟，那感觉实在是妙不可言。

"慢下来，发发呆，做自己想做的事情，哪怕孤独，哪怕和这个时代隔开也无所谓"，这是在一次网络电台的访谈节目中听到的，它切切实实地吻合了我的心性，那一瞬间让我有了他乡遇知己的快感和小兴奋。

话说，人生能遇一知己，如同能始终做着自己喜欢的事情一样，是幸福的更是幸运的。因为心中有寄托，怎样的烦扰也会转瞬被忽略，怎样的疲乏也会在不知不觉中被忘记。

说及这些，我不得不为自己窃喜一下。因为我始终活在自己的世界里，不愿走进人群，也就免去了很多繁杂。平日里除了工作，我很少与人交流，甚至不交流。大部分时间我属于我自己，一个人，一片天，悠然自得，虽然我的日子还不能成为诗，但我的心境实在悠闲，养养花，听听歌，看看剧，写写字，拍拍照，甚至可以弹弹琴，等等，很多时候我觉得自己真的就像一个杂家，什么都拿不上台面，但什么都能知道些皮毛，生活充实而美好。

事实如此，我本就一个凡俗的女子，过着凡俗的日子，在复复又重重的日子里，编织着属于自己的诗意，如此，实在惬意。

也说关系

偶然间邂逅，迫不及待中追随，终于看完了电视剧《中国式关系》。不敢说这部剧拍得如何好，但我被吸引了，甚至有滋有味地沉浸其中。

在颜值当道、穿越泛滥的今天，用一项工程贯穿全剧，借一些情感撑起剧情，一部 36 集的连续剧可谓是面面俱到，以至于剧情结束我还意犹未尽。如此看来，这部剧的导演实在是严谨也用心，理智更智慧。

这是一部涉及商场、职场和官场，牵涉到爱情、亲情和友情的连续剧。仔细回想，这部剧的场景变换不多，时间跨度不长，角色关系不算复杂，就连一些道具的使用也是竭力从简的。由此可见，八项规定的贯彻落实，社会生活的方方面面有了极大的改善，就连电视娱乐也紧追慢赶合上了节拍。

捧腹之后的反思，哑然之后的醒悟，惆怅之后的崛起，在这部被誉为现实题材的教科书《中国式关系》里，潜在的正能量不断涌现，随着剧情的展开，作为观众的我看得实在过瘾，时常会在情不自禁中赞叹：这"关系"正点！绝对正点！

事实如此：这部剧值得一看。

剧中的老马正直善良、不怒自威以及他坚韧的意志和不可侵犯的原则，在一个眼神、一句道白、一个不经意的动作里呈现；他的气场贯穿于整部剧中，以至于我时不时就会被感染，就想要感叹。老马不是神，然而，他在生命最为低迷之时能够忽略小我、顾及他人的一些情节，真真切切地打动了作为观众的我。朋友说这是电视剧，生活中不可能存在这样的人。但我坚信艺术源自生活，所以老马一定在我们生活的周边，一定会被需要他的人遇见的。

说及剧中的"北京小爷"小关总，如何用一个恰当的词语来描述，一时半会，我还真的拿不准，说他油嘴滑舌？说他唯利是图？说他华而不实？似乎都有些武断。毕竟他的心中拥有一片圣洁，那是对美好的执着，对才学的仰慕，对爱情的向往，仅凭剧中他对一楠的情感，足见淳朴也温良的心性。何况，是人都会犯错，但知错能改很可贵，敢于担当，学会思考，善于思考，才是真正的可爱。

中国式的关系，有时看起来很简单，不外乎是亲情、友情、爱情，有时候却显得错综复杂，甚至难以理清，稍不在意就会陷入扯不断理还乱的深渊，何况吃着五谷杂粮的我们，如何能时时清明、事事理智？犯错不可怕，可怕的是不知收手，不懂回旋，不愿止步，如此一意孤行，终究是自己和自己上演了竹篮打水一场空的闹剧。试想，大环境下的职场、商场和官场，怎能容下太多的"小伎俩"？试图以自己的"小聪明"和国家的法律法规较量，岂不是自寻烦恼？作为政府部门的官员，私欲太重，报复心强，只能自食其果，这就是剧中另一个男主沈运的"现身说法"。

这部剧中，酒桌文化"浓厚"，商场交易残酷，官场竞争激烈，但每一次几近绝望的回转，都会带来阳光总在风雨后的欣慰，大环境下智慧的博弈、利益的争夺中，我们依然能循着"关系"的展开，看见陈旧思维模式下的人情味缺失，看见真善美，看见正能量，这也是《中国式关系》有别于其他国产剧的可贵之处。剧中丈母娘、霍家父子等一些老戏骨精彩到位的表演，让"中国特色"的桥段淋漓尽致，足以打动每一颗良善的心。想必，这也是剧情引人入胜的缘由之一吧。

一部《中国式关系》，让我看见了蓝天白云，看见了人心向暖，看见了花好月圆。

执笔于此，我不得不承认，这部剧中格外让我牵挂的当属女主江一楠，她的经历让我再次相信：生命中，最宝贵的东西不是你拥有的物质，而是陪伴在你身边的人。

人情社会的"人情"关系中，我尤为在意这点，然，我不想说上那句有些老套甚至有点阿Q的"好人终有好报"，但我坚信，这远不是我一个文艺女中年矫情的见解。不是吗？不管身在何处，心清净了，一切都会顺应自然地美起来。

装是一种大智慧

最美的爱情是昙花一现，想到这句话绝非是我这类低调严谨的女子心甘情愿的，而是一个个鲜活案例的写真。

——题记

看了一档鲁豫访谈老徐的节目。这次，那个叫黄立行的男子依旧作陪。距离上次看杜拉拉似乎有一段时间吧，感觉老徐还是那样的恬淡率真，说起话来笑意盈盈，极其养眼。整个访谈围绕新片《亲密敌人》展开，随着镜头的切换，老徐和鲁豫谈笑风生好不惬意，而那个看上去瘦瘦小小的黄立行呢，时而微笑，时而不紧不慢地应和着，那做派，那神情，想去忽略实在太难。

一直觉得粗犷、稳健是男人的标记，更没有想过如黄立行这样外表看上去和伟岸、豪气不搭界的男人，怎么会被那个特立独行、才情横溢的老徐所器重？随着访谈话题的深入，一种难以言说的柔软，悠悠然然，拂面而来。浮躁的尘世间，男人能做到如此地不染纤尘，不落俗事，该是何等的魅力啊。也难怪老徐会找他二次合作吧。一个知性里透着率性，一个儒雅中凸显沉敛，这样的搭档简直绝配了。

曾和朋友讨论过相关话题，总觉得男人应该有宽厚也沉着的心胸，更应有粗犷也细腻的情怀。否则又怎么能担待起"男人如山"这落地有声的赞誉呢。

男人如山，此"山"非彼"山"。未必有高大的身躯，但一定具有相当的包容心；未必有丰厚的才情，但一定要有温和的性情；未必有俊朗的容颜，但一定要有阳光的心态。

如山的男人，是有责任感的男人。凡事拿得起放得下，与他交往不存在功利，只缘于心性，只是单纯的欣赏，且会在不经意的细节中获取一份心理上的安慰和充分的信赖。没有知己的温馨，但有朋友的默契。这样的男人，未必需要常常相遇，但一定会时常惦记、偶尔问候的；这样的男人，未必是善言的，却会在你需要的时候，担当起听众的角色，使得你在不设防中打开心扉，将所有的全盘托出。有时候，他更像一位可亲的兄

218

长，能让你在情不自禁中依附他的帮助，化解内心的烦扰。这样的男人，不仅仅如"垃圾桶"一般，能适时地容纳你的愁绪和浮躁，更能在需要的时候，带来理性的认知和中肯的建议，使你懵懂出恨不逢君早相识的感慨，使你在不觉中放下繁复，微笑恬然。

如山的男人，是忠厚也诚实的男人。不轻易表达内心的喜好，却习惯以固有的姿态默守着心中的美好；于起起伏伏的人潮中，练就出浩然的风骨，细腻的情怀。不媚俗，不喧闹，以严谨的态度行走在嘈杂的人群里，以敏锐的嗅觉感知着生命的真谛，以踏实的作风享受着生活的馈赠。

如山的男人，是积极向上又极富爱心的男人。他们懂生活，会享受，无论怎样的忙碌，亦会偷得浮生半日闲，为家庭营造一种温馨的氛围，为朋友带来轻松的感觉。一杯清茶，一阕小令，是他们尤为沉迷的时光，偶尔的诗情画意间，更显出骨子里的儒雅和温良。他们真情却不煽情，明智却不市侩，懂爱却不滥爱。以温情面对良善，以柔情呵护纯净，感性做人、理性做事是他们一贯的坚守。

如山的男人，是可爱的更是可亲的，因为他们是"善于装的男人"。这个"装"字，我的理解是一种定力，是一种情调，更是一种智慧。

"装"，是要有资本的，与灵魂有关，和修为有染，更与人格境界相辅相成。一个心无大志、行事坍塌的人，无论怎么的乔装打扮，也遮掩不了骨子里的庸俗和虚假。一个做事稳健、心胸开阔的人，无论以怎样的姿容出现，都会叫人心生敬意，念念难忘的。

"装"，是一种本能；会"装"，却是一种大智慧。

若是可能，请尽情地"装"吧。

男人也好，女人也好，让自身的美丽伴着真诚的心念，装出空谷幽兰的气韵，装出海纳百川的气势，装出人间烟火的暖意。

何必"矫"情

人到中年，一些习惯会改变。但所有的终究摆脱不了初始的自己。因为喜欢，所以关注。

就拿近期的奥运赛事来说，我早已不如从前那么热衷，偶尔浏览，却也难免。当国歌奏响，当五星红旗冉冉升起，我的心会激动，我的喉咙会哽咽，我的眼眶会湿润。

是，我确实感性，感性到矫情。当我看到那个18岁的女孩"药检呈阳性"的报道后，用"万般沮丧"来表达我的心情，一点儿也不夸张。记得那一瞬间，跳出的新闻，我以为是自己午休尚未醒来，迷糊中看错了，眨眨眼，定睛细瞅，确信无疑，一个个链接点开，一则则新闻八卦，如同海浪般一波又一波地潮涌而来。

怎么会有这种事情发生？怎么会呢！

18岁，多么美好的年华，何况是一个运动生涯刚刚开启的小姑娘啊。记得午饭时间，我在食堂的一角，边咀嚼着早已腻歪的午餐边看着记者的访谈，小姑娘眉清目秀，一脸稚气，当记者问及她这次比赛有何感想时，她沉稳而简单地说：因为加强了训练，因为教练的训导，所以进步，至于后面的成绩，一切随缘。

"一切随缘。"简单的四个字，隐匿着怎样的艰辛？无需设想。那一刻，我感觉到自己的眼泪就要下来，是激动，是感动，或者就是情不自禁。多么懂事的孩子，我不得不为她感到骄傲，为这样一名新生代的体育健儿感到自豪。只是，只是转眼间，两个小时不到的工夫，一切的一切，完全变了模样。

对于这样一名运动员，用前途无量来形容，未尝不可。在奥运会上，这世人瞩目的国际赛事间，怎就会犯下如此"低级"的错误？投机取巧的心理似乎没有谁能完全摆脱，可关键时刻又怎能出状况？我真的，真的想不明白。不管怎样的前因后果，检验的事实就在那里，怎样的雄辩都无济于事。何况，新闻媒体的爆发力岂是言语能够描绘的？好在，有一点我完全相信：那就是每一个有良知的人，应当会有或多或少的反思，责任不能全部落在小姑娘的身上！不是抱不平，实在是令人痛心，叫人失望。试想，这样的急功近利，带来的后果，谁能担待！谁有权利说承担？

整个下午，我唠唠叨叨，心情极度的不好，我不停地安慰着自己，却怎么也摆脱不了困扰。一时间，我的脑海里仿若来了两个小小人，你一言我一语地纠缠着，争论着：

干嘛为这事难过，与你有关吗？这是杞人忧天啊。

运动员的责任不可推卸。可孩子的辨别能力又怎能抵得上"外界"的干扰。

哎，毕竟是孩子，此时此刻，她的父母又会有怎样的心情呢？是呀，是呀，金牌真的很重要？竟然会这么不惜一切代价？

没有规矩不成方圆。一旦违反，必须严惩。人啊，为什么不能宽下心来，享受过程？其实，无论怎样的赛事，本着公平竞争的原则，以健康阳光的心态，尽自己的能力，获取更好的成绩，如此，才能获得尊严，赢得完美。

何必跟自己过不去？何必矫情，奥运比赛看就看呗，与我有半毛钱关系，何至于让我如此亢奋，如此深陷，如此被干扰。

罢了，罢了。撇开奥运不说，这人心浮躁的当下，网络也好，现实也罢，鱼目混杂的赛事此起彼伏，若要觅得一方绝对的公正，实在困难。赛场如战场，作为选手的个体，若不能具备面临各类"突发"事件的本能，若不能心胸坦然，若不能笑着走过，又如何能走得更远？这样想着，整个人似乎舒坦一些。

起身，为自己续茶，搁下水杯的那一刻，我看见窗外，天空蔚蓝，阳光明媚。亮晃晃的光影，如同顽皮的孩子，在高耸的大厦间，在五彩的屋檐下，蹦蹦跳跳，煞是欢喜。想必，它们也会在川流的车海中游弋？那么，它们会不会在行人裸露的肌肤上留下或深或浅的吻痕呢？

这又一波的高温天气，究竟会延续到哪一天，我不得而知，就像这高温酷暑和前期的暴雨，自然现象谁又能阻止？我们唯一能做的就是防患于未然，尽量地减少危害，避免事故发生。至于其他，一切随缘，何必"矫"情！

角度，角度而已

终于看完了《芈月传》。这期间，偶尔也会在博客上浏览一些关于这部剧的评说，可谓众说纷纭。在我感觉"一个史上只有百来个字描述的女子，被编剧编撰成长达180万字"的剧作，实属难得。而"一味迎合女性口味"这点，足见剧组的用心，足以证明在当下良莠不齐、鱼龙混杂的国产影视剧中，《芈月传》实乃成功之作。

荡气回肠也好，女人心计也罢，大千世界，精彩纷呈，能脱颖而出，能成为炙手可热的"桥段"被广为流传，想必它自有超越寻常的特质，这一点，谁能否认？

尽管，一些情节编纂嫁接的痕迹太重，一些细节的展示存在着瑕疵，一些服饰和道具显得很不堪，好在它们并不影响我对这部剧的沉迷，是剧情更是角色让我一再陷入，想来亦会有不少人如我一样的感觉吧。何况，缺憾也是一种美。因为喜欢，可以忽略，甚至会自觉不自觉地换个角度去思考，去欣赏，去发现"世事"的另一面。

头发长，见识短，是女人的本性；不爱读史，不懂史事，也是我的陋习。然，我只负责看戏，入戏和出戏，自会有同谋。

回到剧情，看生离死别，看国恨家仇，看穿行在岁月里的沧桑，孙俪出神入化的演技，以及如父如兄、心怀宏图大志的铁血帝王，桀骜不驯却能相知相守的义渠君，温润儒雅、风度翩翩的公子黄歇，他们的重情重义，他们的谦逊内敛，他们的深谙人性，是剧中芈月一生不可或缺的陪伴。退一步说，这点是不是成全了它"一味迎合女性口味"的源头呢？然，是或者不是，已经无须赘述了。

大王的宠爱，黄歇的懂得，义渠君的相助，戏里的温情，戏外的联想，这些该是看剧人的热衷。

作为女子，不管怎样的年龄段，浪漫的心性很难消减，向往美好的心念不会搁浅。一个不经意的细节，会泪眼婆娑；一次漫不经心的对话，会轻叩心扉，引领着一路深陷、冥思。

薄凉的世界里，感性地生活着，被剧情牵引，为故事流泪，乃司空见惯，亦理所当然，至少我便如此。

一向简单的我，总以为影视剧作和文字一样，能够引发共鸣的就有可圈可点的细节，就值得去观赏。比如《甄嬛传》，比如《芈月传》等，网传说她俩是如何如何的相似，在我看来，非也。甄嬛有甄嬛的精致，芈月有芈月的特色，同为女子慧心巧思是共性，但细节的差异却被一而再地忽略，可叹也可悲。

一个人的思想他人无权干涉，但所有的事实存在，有谁能轻易抹去？

由此，我想到了，看似有牵连却又无牵扯，存在于不同范畴的两个词"记忆"和"文字"。

记忆会随着时光的流失变得模糊，甚至会一改最初的印迹，完全变成另一个样子。而文字不同，平平仄仄的方块字，记载着某时某刻的心情，描绘出某年某月的景象，纵使时光如梭，一经翻开，字里行间定格的情怀，依旧如初，倘若真要寻求不同，那便是昔日的墨迹会淡一些，看字的人儿心境会与往日不一样。

如出一辙，多是幻觉，是臆想。善于将相似的"物像"通过比对，去发现各自的特质，去感受不一样的内蕴是智慧。

读过这样一句话：面对尘世间的所有，懂得接纳是最好的温柔。可是，放眼看去，又有几人能真正做到？信息时代，一个人物，一段情怀，乃至一部连续剧的出现，由此带来不一样的声音这是必然，有争论才有提升的空间也是自然。

但，一切，唯适可而止，才好。

想起文友《雅致中国》里关于美玉的抒写，我竟是无比激动，甚至浮想联翩。

我可不可以把一部影视作品看作一块玉石，不懂欣赏或者不能静下来把玩，那么它只能是一块普通的石头，冷冰冰的甚至毫无棱角可说。若是有人欣赏，懂得欣赏，那它便是百媚千娇，便是"忽如一夜春风来，千树万树梨花开"了。

玉石也好，灵璧石也罢，哪怕只是一枚小小的鹅卵石，只要你觉得它够美够珍贵，它就是谦谦君子，温润如"玉"；它就是儒雅之士，值得去欣赏。

面对一块石头，把它想象成"玉"器，用手去触摸，会感觉它由冰凉到温暖的渐变；用心去观赏，它纹络里的细腻，如同爱人缜密的心思，柔润而贴心；它丰满的蕴藉，恰似学识渊博的长者；它灵透的气息，宛若孩童的眼睛，清澈明净、敞亮心窗。

是，面向一块石头，你以怎样的视角去欣赏，便会有着怎样的收获。

由此我想到了做人和处事。善待是一种胸怀，理解是一种涵养，欣赏是一种境界，可以成就无限的空间，可以让数九寒冬里绽放出花开春暖的柔情。不是吗？

执笔于此，便也释然。凡事，不必太刻意，爱我所爱，随心而行，于淡泊中浅笑安然，如此，足矣。

有事没事，照照镜子

我喜欢照镜子。别说在家里，就是在路上，也不想轻易放过任何一个能照镜子的机会。

悄悄瞥一眼玻璃橱窗，偷偷看一下对面镜子里的自己，明知道这样的匆匆忙忙，未必能看出个所以然，可我偏偏独好。

有事没事，照照镜子是对自己的负责，也是对他人的尊重。何况爱美之心，人皆有之。通过照镜子，窥见自己的美丽，那份欢喜不必赘述；通过照镜子，及时发现一些小瑕疵，然后调整是机智。何况以"貌"取人的当下，以更好的姿容，行走尘世，有谁会拒绝。

于我来说，面对镜子，凝神静赏，一瞬间的神游，一刹那的豁然，一忽而的沉醉，那感觉可谓是微妙至极。扪心自问，哪位男士不愿看见镜子里精神饱满、儒雅倜傥的自己；又有哪个女子不愿镜子里看到的自己是貌美如花、气若幽兰的？

照镜子照出的好心情，如同漫步在绿草青青、花开遍地的花园幽径，那份窃喜唯心知晓；照镜子照出的好感觉，如同穿了一件心仪又得体的衣裳，怎么想怎么美。

镜子不会说话，却能把愉悦和哀愁轻轻勾勒，把美丽和粗糙表现得淋漓尽致，把"人"的内在涵养和外界侵扰之后的真实面貌和盘托出。

镜子里的学问，并非三言两语能够道清的。学会照镜子是一个人悟性的体现，也是一个人提高自身素养不可或缺的环节。

日常生活中，以"镜子"为道具，随时随地地调整状态，使得一切都是刚刚好，那种妙不可言的快意，岂止是一个"爽"能够涵盖的？

镜子的用途千变万化。平面镜，放大镜，哈哈镜，种类繁多的镜子在生活中承担着不同的任务。当然，不同的角色也需要不同的镜子。学会在镜子面前看清自己是必须，善于在镜子面前读懂自己是智慧。

真正高情商的人，会随时备有两面镜子，一个是平面镜，置于案前，随时照一照；一个是多棱镜，置于心底，适时悟一悟。

有事没事，对着平面镜看自己的容颜是否整洁，这是形象工程，必须落实；行走尘世，会有形形色色的遇见，善于借助多棱镜，从不同的角度去发现、去思考、去拓展，这是可贵，必须学会。

当然，习惯归习惯，凡事过于依赖也是不可取的。何况红尘俗世，千人千面，不同的心性会有着不一样的处事方法，学会适应，未必是混淆所有、不管不顾地顺服；学会理解，并非是没有底线、没有原则的屈从。

生活中以得体的妆容，以温雅的神情展现在众人面前，有谁不向往？换个角度，有谁不喜欢自然的清新，又有谁会拒绝美好的镜像？

试着用平面镜看自己，用显微镜看细节，用多棱镜看整体，还有什么不能解决、不好解决的问题呢？

可是，人生怎能事事如愿？偶尔的躁动，无以名状的情绪，会在不经意中潜入，左右着我们的感觉，影响到我们的行为，最终导致自我膨胀，不可一世。或怨气十足，情绪低迷，这时候平面镜失去了意义，多棱镜闪亮登场，哈哈镜独当一面；这时候，面向镜子，纵情放任，你会发现原来事情未必如想象的那样。原来形形色色、斑斑驳驳的印痕，都会在多棱镜前暴露无遗；原来，怎样的奇形怪状，都会在哈哈镜前化为乌有。

如此想来，学会照镜子，是放松和梳理；善于照镜子，是调整和完善。

那么，有事没事，照照镜子，你，还会犹豫吗？

有些事，依着自己的心才好

近日读到这样一段话：你的气质里，藏着你读过的书。

说不上是喜欢，可我足足回味了好几天。我甚至悄悄地站在镜子前细细地打量起自己来。"无奈啊无奈，气质好，穿啥都好。"想着友人的趣话，忍不住地笑了。

这里，不为标榜我有多高雅，但我绝对认同：人不读书会俗气。

关于阅读，我始终认为：内容是很重要，因人而异是必须。否则，只能呵呵呵。其实，较之于那些厚重的史记和名著，我更趋向于散文和诗词的阅读。在我的认知里，最好的阅读，是不因目的而阅读，只为喜欢而吟咏。

阅读能照亮内心，可以载着我们的思想一路飞翔。摆脱一些约束，抛下一些形式，不带"负担"的阅读，定能生发出轻盈畅快的感觉；反之，引发的会不会是沉重，是痛苦呢？当然所有的都将会化为生活的阅历，丰满我们的世界观、人生观和价值观，只是角度不同罢了。

坦白说，我不是一个爱读书的人，可我偏偏喜欢油墨和纸张互为糅合氤氲出来的那种味道；它好似一剂迷魂药，一旦嗅得，心会格外安宁，整个人也变得极为舒坦。为此，家里的床头柜上，飘窗上，茶几上，甚至卫生间里，哪儿哪儿都摆放着各种书籍，当然，它们不是文献资料，更不是所谓的中外名著，它们全是独属于我的"小资情调"。

讲真，让家里随手捡拾皆有书，更直接的目的是满足我的欲望和虚荣，以便我在突然想起时，不会两手空空。毕竟，无书令人俗嘛。

关乎阅读的至理名言，实在太多，而毛姆的这段，恰如城里的月光，照亮了我的心，陪伴着我在浩瀚的书山文海中悠然而行。是的，"阅读是一座随身携带的小型避难所。你读过的那些书，如同一轮明月，能够照亮你心里的暗路，让你在兵荒马乱的日子里，也能安顿好自己的心"。

于我来说，读自己喜欢的书，如同做自己喜欢的事情，那份酣然，那种畅快，你不经历，永远不会明白。在浪漫的诗行间流连忘返，在红笺小字中闲庭信步，恰似我向往蓝天白云也沉迷雨中漫步一样，我真的陶醉那种清莹妙曼的感觉、那种温情缱绻的氛围，它们是我心中的"烟火人家"，它们是我心神驰往的静好生活。

缘于我的阅读习惯，我的文字始终是简净的，偶尔的感伤不过是缓冲，忽而的哀怨只是为赋新词强说愁。缘于我的阅读习惯，我始终保有一颗素简的心，甚至像个长不大的孩子一样，单纯而幼稚地行走着，观赏着。偶尔的傻气，让我收获了别样的快乐；偶尔的后知后觉，让我免去了很多烦扰；偶尔的委屈，只能怪罪于我的"格格不入"。好在，一切无妨。

这么多年来，我矫情也真情地活在自己的世界里，尽情也纵情地抒写着我的美丽与哀愁。我想我会一直这样有滋有味地继续着，在文字间、在盈盈墨香里。

当然，我也会在影视剧中去阅读那些虐心的爱情，沉重的生活。其实，作为观众的我，能置身在故事之外，想象着故事里的故事，心痛着叹息，默默地流泪，微笑着释然，这，就足够了。

原本生活就是美好的，哪里有那么多的纷繁和嘈杂？偶尔的狂躁，只是迂回，它们终将会蓄积出柴米油盐酱醋茶的甘醇。

阅读，是对平淡生活的救赎。用读进心里的书，去感知生活，这才是真正意义上的阅读。"年轻的时候以为不读书不足以了解人生，直到后来才发现如果不了解人生，是读不懂书的。"想到杨绛先生的这段话，甚是欣喜。

其实，复复又重重的日子里，又何止是阅读呢？有时候，有些事，我们就该依着自己的喜欢，哪怕一意孤行。试着抛开繁杂，回归自然，让身心在蓝天白云下放飞，在花草树木间流连，在水光潋滟中摇曳。如此，才是畅快。

越老越优雅，不能只是口头说说

朋友圈里看到这样一组照片：90 岁的英国老太太，浓妆淡抹，神采飞扬，形如模特，十分抢眼。

这让我想起前段日子和朋友的聊天。我们仨"败家娘们"，兴高采烈地畅想着，美滋滋地表决着：没错，没错，乘着还有一个好身材，乘着现在还有美的资本，就要对自己好一些，年纪大了就用不着花费太多的钱去购买衣饰了。年老的时候，能够走得动，就尽量地走出门，看看喜欢的风景，尝尝可口的小吃。总之，只要有机会，我们就要做一个快乐的背包族，行走在大自然的风景中。

我甚至不止一次地想象着：老了，我会变得白发苍苍，我的身姿也不再挺拔了，那时候，我的穿衣打扮无须求新，只要干净，只要整洁，一切就 OK 了。

可是，这组照片中，英国老太太们的装束，不但让我开了眼界，还让我有了不小的震惊。90 岁的年龄，高跟鞋穿得稳稳当当的，衣衫整洁且格外靓丽，那发饰更不用说了，仔细瞅瞅那一身装扮啊，简直比人到中年的我们还要讲究，还要时尚。嗨！

不得不服，那些老太太们的开明，更不得不思考环境造就的思想意识和消费观念。这里，我必须强调的是：不爱打扮未必就是不懂生活，但认真生活、懂得享受生活的人一定会把自己拾掇得更美。毕竟，梳妆打扮和心情有着千丝万缕的关系，美丽的心情可以让日子更加丰富多彩，可以让生活更有情趣。

人到中年，细节上的精致可以撑起气质上的优雅。宁缺毋滥，是智慧的选择，也是必须坚守的原则。

一直以来，我对衣衫的质地很在乎。喜欢那种纯棉的、丝质的面料；喜欢那种有质感的衣裳；喜欢那种素净的色调。毕竟好的质地，穿在身上非但视觉好更会对肌肤摩擦出极其熨帖的舒适感。至于款式嘛不强求时尚，但一定要得体端庄。平日里，高跟鞋不敢恭维，若不是为了搭配衣裳，一般都会收藏在鞋柜里。对我来说，首饰不是点缀，也不是习惯，除了手表，手腕和手指上不会有任何"负累"，项链倒是不可或缺，如同高跟鞋一样，为了搭配衣裳。说白了也是为了一身装束的"和谐"吧。

说及穿衣打扮，总以为自己的审美观还是一套一套，完全可以拿得出手的。当然，一向低调的我，"自知之明"也是有的。一些年轻女子钟爱的淡扫蛾眉、略施粉黛与我格格不入。人到中年的我始终保持着年轻时的好习惯，素颜朝天，自然而然。

随着时光的流逝，我的肌肤不再像从前那样柔滑光嫩了，可我的爱美之心一直没有丢失，人到中年的我，没有一双明净的眼睛，却依旧保持一颗纯净的心。我一直在追求完美的路上，款款而行；我一直循着心中的那份美好，悠然漫步。

讲真，这组照片以及照片中的老太太，确是让我有着不小的撼动，确切地说是启发，是动力，亦是反思。

想起在英国旅游时遇见的那些老太太；想到近期《朗读者》舞台上，气质卓越，文采斐然，被董卿亲切地称为"先生"的诗词老人叶嘉莹。原来，不管怎样的年龄段，都要加强自身的内心修养，注重外在举止，让自己美起来，尽力做到越老越美丽，才是真正的享受生活，才是最为可爱的老人。当然，这美不仅仅是仪容仪表的美，更在举手投足间，在一言一行中；这美，是生活的打磨，是思想的沉淀；这美，是高贵典雅的代言，是优雅知性的再现。

穿衣打扮，决定着对生活的态度，泄露出内在素养。越老越优雅，又岂止是口头说说？

怎样的情节，也抵不过好素养

看连续剧《欢乐颂2》，看安迪和包奕凡渐入佳境的爱情，看遗产事件给安迪带来的烦扰，我的心也随之起起伏伏。分明知道这些都是剧情的需要，只为埋下伏笔，设下悬念，我依旧会把自己置于剧中或欢喜，或哀愁。坦白说，我这替"古人"担忧的嗜好，非但没有随着年龄的增长而递减，反倒是越发入境了。

究其原因：是善感的心性？是心思的缜密？三言两语，难以道清。

想来，生活有时候就是这么的奇葩，才将风清云白的柔曼轻轻展露，转眼又出现了张牙舞爪的混乱。这突然窜出的"戏剧"化情节，让你不知如何去隐藏，又不得不面对。

有时候，我还真是挺羡慕古人的，他们可以循着隔墙的花影，放飞自己的心念，畅想美好的情思；他们可以在曲径通幽处，用意念为自己营造出广袤的山水田园。而我们呢，分明有丰富的物质，有美好的前景，有多彩的生活，却偏偏要把自己置于窘境，何苦啊！

那日在湖畔散步，遇见一位骑小黄车的女子。看她由远及近，颤悠悠地骑来，我赶忙躲闪一边，只想着能为她腾出空间便于行驶。毕竟这是湖畔小道，两人并行都显得拥挤，又怎么能轻松骑行而过？可更让我诧异的是那女子，在和我擦肩之后，居然停下来，稍事整理便丢下车子，拎起手袋，自己走了。看着孤零零停靠在草丛边的小黄车，看着那个渐行渐远的女子，我有些不可思议。

讲真，我没有使用小黄车的经验，但我知道这样的停靠不合理。印象中湖畔是散步的好地儿，来这里的人，喜欢边走边赏，悠然而行，加之鹅卵石铺就的路面高高低低不够平坦，也不适合骑车。有谁会来这里扫码取车呢？何况，这幽僻的湖畔，行人不多，若是无人及时使用，那这辆小黄车会不会就此在这里"安家"，直至被遗忘，沦为名副其实的"僵尸"车？退一步说，长时间不被使用，加之风吹日晒，会不会导致它的"生命"被减弱？

放眼望去，这个以"骑时可以更轻松"为理念的城市小黄车，确实满足了一部分人短途代步的需求。就连我居住的小区里，每天也会停放着好几辆这样的小黄车，然而，在给众人带来便捷的同时，正确使用小黄车的方式远不止这些。

据说随着各地小黄车的投放使用，针对乱停放、乱占道、扰乱城市管理等不文明现象，不少城市先后出台了相关规定。

如何让规定成为习惯，而不是一纸空文？如何让小黄车真正化为城市里一道亮丽的风景线？这是一项大工程，其间受益人的素养，尤为重要。

众所周知，家庭教育，学校教育，社会传播等是成就个人素养的因子；言谈举止是泄露个人素养的渠道。

"马不伏历，不可以趋道；士不素养，不可以重国。"《汉书·李寻传》上的这段话，让我联想到作为一部分人代步工具的小黄车，究竟有没有真正体现出它的价值呢？环保、便捷是一方面；乱停放导致的种种，不可小看。如此拓展深究，话题可能会扯远，但围绕素养展开的思考，不能被忽略。

作为社会的一份子，面对城市的飞速发展，面向精彩纷呈的新事物，我们是不是该从自身做起，在构建和谐社会的同时，唱响正气歌，真正实现物质文明建设和精神文明建设的比翼双飞？

答案是肯定的。

然而，现实总是变幻莫测。就像我开篇提及的《欢乐颂2》里安迪以及与她有关的种种，就像城市里小黄车的出现，起初看上去都是那么的美好，结局如何暂且不去设想，好在历经一波三折后，大方向终究叫人欣慰。

这里我不是偷换概念。相信稍有生活常识的人都能理解它们之间的异曲同工。如此看来，不按常理出牌的事情时有发生，连贯着奇葩的剧情频频上演，仅仅坦然面对，远远是不够的。有些"剧情"，还真的需要我们放下身段，积极投入，热情引导，让良好的个人素养如春雨润无声般蔓延，渗透在每一个角落，浸染着途经的风景，看如初的美好悄然而至。

闲侃阅读

说及阅读，我不敢大声出气，因为我的阅读基本就是一些碎片式的阅读，何况我也没有那个时间和耐心去阅读大块头的著作。讲真，我的心里还是挺羡慕那些能够捧起一本书一看就是大半天的人。坦白说，我真的做不到。

在我的理解中，当读书成为一种愉悦身心的事情时，一切都不是问题，最怕的就是逼迫自己去读，带着任务去阅读，效果如何不好说，与此同时耽搁了其他，反倒有些得不偿失。

关于阅读，总有说不尽的话题。于我来说，喜欢阅读是好事情，善于阅读是聪明人，能够在阅读中收获快乐是幸福的人。

倘若说，生活不仅有远方的诗意，还有眼前的苟且。那么阅读只能算是远方的诗意，只能慰藉诗意的心，永远不能安抚眼前的苟且。试想，一个人连正常的生活都在凑合中，那么再多的诗意和远方，又有什么意义？当然会有人说，精神的愉悦比任何都重要。对，这话没错，我的内心也是极为偏向这个理的。可离开了温饱，你的精神又能愉悦多久？你丰盈的精神世界，又能坚持多久？

如此想来，不如在安顿好苟且的眼前之后，再去憧憬和追逐远方的诗意。当然，这样的提议很俗气，很没情调，但这样的想法很实在。稍有生活常识的人，都能明白：凡事有了底气，就有了无穷的力量，就可以极尽全力，毫无顾虑；就可以任性地朝向心中的目标，勇往直前。

克尼雅日宁说："读书有三种方法：一种是读而不懂，另一种是既读也懂，还有一种是读而懂得书上所没有的东西。"想来这第三种读书才是真正意义上的读书，只是这境界不是谁人都能够抵达的。

不同的阅历，成就了不同的思考方式；不同的环境，造就了不一样的心性。阅读是生活的一部分，有人求多，想当然的以为多多益善；有人求稳，只要品质，宁缺毋滥。

然而，一个人若耐不住清简，又如何能守得住繁华？这等同于：读透一本书和囫囵吞枣地读上一百本书，哪个更有意义？在此，我无需赘述，相信各有各的观点。

恕我直言：阅读不是万能，有时候纯粹是纸上谈兵。就像我喜欢浪漫也美丽的诗篇，我不分白日黑夜地读诗，就能写出唯美飘逸的诗歌吗？NO。有人喜欢摄影，整日里去阅读那些有关摄影的书籍，就真的能拍摄出高颜值的大片吗？毋庸置疑，还是需要动手操作，反复练习，在循序渐进中掌握要领，学会捕捉瞬间的精彩，方能拍摄出更好的作品。

生活，没有固定的模式。仅仅依托书本知识，怎能应付那些突发事件？理论知识和生活实践的有机结合，才能呈现出真正的和谐。不管是谁，不懂得料理生活，阅读再多的书籍，不过是一个书呆子，一个不懂生活情趣的人。

其实，世界上任何书籍都不能带给你好运，但是它们能让你悄悄成为你自己。其实，善于选择适合自己的阅读素材，方能在阅读中不断提升自我，收获更多的美好，才能成为一个真正智慧的读者。

习惯为自己敲边鼓的人，才是真正的大智慧

旅游回来，因时差的缠磨，浑身上下没有一点精神气，整个人混混沌沌，像个游魂。

不是我不想调整，只是行动和意志难以和谐。无奈之下，我尝试着在睡意来袭时喝浓茶、吃冷饮，甚至硬生生地不让自己靠近沙发和床等能够安放身体的地方，可惜效果并不理想。依旧的迷糊，依然的乏力，整日里浑浑噩噩，除了吃就是睡，整个混吃等死的模式。挤不出半个文字，撩不出任何热情，这极具杀伤力的"颓废"，让我百般不适，令我忧心忡忡。

潜意识里，我一直想着能尽快走出这样的困境。几回回突然惊觉，几回回强作精神，只怨意志力薄弱。我寻根究底，我暗自较真，我不依不饶，终于在某个午后，一杯浓茶的催化下醍醐灌顶，原来，原来所有的皆因惰性，根深蒂固的惰性，将我困扰在心有意而力不足的状态中。

时差颠倒，引发生活规律的紊乱，不过是一次意外。千变万化的现实世界里，真正能够人为控制的故事或者事故，能有多少？

联想到学习这件事。总有人揣着明白装糊涂地抱怨时间不够用，使得看书学习的机会少之又少，直至被省略。其实，人生在世，哪有事事顺心？杂事多，琐事烦，这是每个人都会亲历的，然而，为什么有人能够在坚持学习的同时，把生活打理得有条不紊；有人却以种种借口，诉说时间的稀缺，精力的有限。也罢，各人自有难处，谁又能替代谁？

骨感的现实，需要我们身体力行去面对。只是千人千面，行事的风格也会随之不同，如此一些事情只能被搁置，一些昔日的精致化作眼前的苟且；半遮半掩半混沌中，有人将时间白白地耗费，人为地把自己捆扎在几近麻木的境地。

讲真，懒惰不可怕，可怕的是一直散漫；颓废不可怕，可怕的是总在沉溺。偶尔的消沉是一个缓冲，可以让你看清自己的需要，发现更浩瀚的

前景。如果，在本该坚强的细节里选择了放弃，所有的终将会功亏一篑，乃至一败涂地。不管怎样的逆境，不放弃，不抛弃，就可能有逆转，就可以收获别样的惊喜。

寻常日子里，看书学习如此，亲情之间的相处也不例外。职场的竞争，学业的繁重，让亲人之间的小聚成了难能可贵。曾经的亲笔书信，彼此传递，见字如面的感觉，很是亲切。更早之前，为了亲人相聚的那一刻，有人会不远万里，徒步而行。今天，随着科技的发展，微信、手机、电子邮件的广泛使用，使得人类最原始、最本真的交流方式，活生生地被电子设备替代，亲情的传递在不知不觉中被模式化，如此循环往复，亲人之间的那份温情，那种执手相看、促膝谈心的场面成了稀罕。以车代步的时代，人与人之间的距离在不觉中被拉开，心与心之间变得遥远而陌生。

一屏之间，万重山水。如今，我就站在你的面前，你却看不清我的样子，日渐成了习惯。无法见怪不怪，更不能任其自然地把所有困于"网"中。

生命本是一个过程，环环相扣的情节中，哪一个节点出了偏差，都会导致事倍功半，乃至全军覆没。

由此想到，做人不能太任性，做事不可太随性，时不时地为自己敲边鼓，这才是真正的大情怀、大格局、大智慧。

画地为牢不可取，作茧自缚要不得。人在旅途，因为迷茫而艰辛，因为无奈而痛苦，因为收获而快乐，不管怎样的境地，试着调整好心情，试着换个角度看问题。试着热爱，学着热心，带着热情，在能力范围内，在条件许可中，在不干扰他人的前提下，不放弃每一个精彩，不忽略每一次探究，也唯有此，才能真正地战胜自己，成为生活的智者，才能拥有更趋完美的人格魅力。

学会适时放下，以宽容的心行走

说及"追剧"，感觉是与我不搭界的一个词。至少我的记忆中，从来没有过这样的经历，为了一部剧，每天要掐准时间，打开电视，恭候精彩。何况，我很少在电视上看剧，为啥，总觉得广告太多，叨扰了我看剧的雅兴，再加上一旦坐在电视机前，我会极为不自在的，看着看着就躺下了，躺着躺着就睡着了，如此对于剧情的被迫断档，总有点小遗憾，毕竟我这人做事太专注，要么不介入，要么就是水深火热。

扯上这么多题外话，不过是想说：我开始追剧啦！就是《我的前半生》，这部眼下被炒作得很厉害、很厉害的连续剧。

据说，之前没有半点预兆。好像就是那种突然间屏幕上出现一个画面，随之音乐响起，镜头切换，字幕跳出"某月某日，闪亮登场，敬请关注"的感觉。至于那个片花（看剧以后才知道是女主角罗子君的背影），色调是我喜欢的风格。坦白说这条"根据亦舒同名小说改编"的字幕，在我并没有任何惊喜；剧中几个实力派的演员，倒是吊足了胃口。

之后的几天，我并没有刻意地去关注这部剧。稳妥妥的感觉不是来自我的不在乎，而是经验的暗示：但凡这样的阵容，一定会被里三层外三层地说个透彻、评个倒胃。

随着剧情的播出，我也渐入佳境，原来，这部剧只是借助了亦舒小说的外壳，由编剧精心加工、竭力打造的以上海为生发地，一群职场精英，一些有关婚姻爱情及家庭的故事。几个实力派演员，为这部剧创下了良好的口碑，加之剧情的接地气，使得网络媒体为此炒作的声音，一浪高过一浪。

出于对马伊琍、靳东、陈道明等几位演员的欣赏，关注那些炒作也是必然。只是看着看着，觉得实在无聊，甚至有点儿生气。看剧说剧，何必要翻出那些陈芝麻烂谷子的事情？我甚至以为那些炒作的人，有些本身就没有看剧，更或者是以断章取义为乐子，只想哗众取宠。

换个角度说，一部剧能被热炒，仅仅因为剧情那是不可能的；一部剧想要被推上头条，剧中演员精准到位的演技，是万万不可缺的。

一千个观众就有一千个哈姆雷特，该八卦的八卦，爱看剧的看剧，各自尽兴，才是王道。

回归剧情，就要说到子君，这个曾经的全职太太，眼下为了生活，更为了证明自己并非只是被爱情抛弃的女子，凭着自己的"能力"开始了职场生涯。这里的"能力"，我之所以加了引号，只想啰嗦一下，熟人好办事，在这里又一次得到了印证。就拿子君找工作这事，之前看上去不咋样的工作居然会被挑三拣四、不断碰壁，而这个看上去蛮上档次的鞋店销售员，却能爽快地接纳她，这期间的林林总总，才俊暖男贺涵功不可没。

当然，累赘地点上这一笔，我是别有用心的，相信有人懂。那就是不管身居何方，为人处世都要有度，这样才会拥有更多的朋友，才会在患难之中得到友情援助。也许看字的你会觉得我很势利，没错，这就是大环境，也是必然趋势，不懂这道理的人，有必要赶紧地为自己补课了。常言说：朋友不在多，三两知己就好。现在看来非也，知心朋友很难得，但平日里坦诚待人、严谨处事是必须，有了信誉度，就会有"隐身"的朋友，就会在需要的时候得到更多的真心相助。所以说看剧的你，切不可只看剧情不思考生活。要知道影视剧也是来源于生活，更高于生活的。做个有心人，那才是真正的好观众。

折回剧中，再说子君，一个刚刚走进社会的娇滴滴的女子，能在高档鞋店里做得风生水起、业绩一路上扬，不仅仅因为她的勤奋，更在于她的聪明伶俐。其实，开启职场生涯的子君，诸多的琐事一桩接着一桩很不易。你看她面向曾经不如她的同学，能在一秒之间放低身架，微笑服务，换来自己的销售量；在面向前夫和小三时，并没有意气用事地回避或者声讨，而是不卑不亢、得心应手地做着一名销售员的本分，这就是自立自强的表现，也是走向成熟的必然。面对不愉快的过去，能够适时放下，能够以宽容的心面对，是智慧更是魅力女人必须具备的素养。

面对这样的女子，老天也是眷顾的。你看，离婚之后的她不仅能很快地转换角色，投入新生活，还得到了如父如母如兄般好闺蜜的细心呵护，以至于怎样的疑难杂症都能迎刃而解，怎样的艰辛痛苦都会随之淡化。

剧中的子君，由先前十足的"作女"，变成一个职场新秀，从说话的语气到眉眼的神韵，以及穿衣打扮和走路的姿势，拿捏得可是分分钟精准得体，以至于我盯着屏幕，不想错过任一细节。有人说富太太的子君，每次出场穿着大红大绿太鲜亮，看着刺眼，太作了。嗨，别说我觉得这刺眼才是正点，毕竟人家貌美如花，毕竟是一个自我感觉很好的全职富太太，一笑一颦当然要矫揉造作啊。离婚之后，浅灰、淡蓝、月白，毛衫、牛仔裤外搭风衣一件，为了上班赶路不再有意外差错，脚蹬一双看上去极为便利的平跟鞋，整个一热情向上的职场"潜力股"，怎么看怎么喜欢。

说到子君，必须想到唐晶，这个被称为业界标杆的女子，每一次出场都让我有着干净利落的快意，特别是对于子君的照顾真是无微不至，感人至深。只是有一点，我不得不说：嗨，这个聪明的精英女子，咋就这么不开窍呢？你想想对面的贺涵，那个暖男一般帅气又成功的孔雀男，你怎么就不懂得配合一下？人家可是对你一腔赤诚、守身如玉的，而你，怎么就拗不过那丁点的花边绯闻，一次又一次地冷落他？

女人要坚强，但一定不要真强。换个角度说：再怎么强大的内心，也难以招架这样的磨砺，何况是心高气傲的业界精英贺涵。魅力是女人的力量，正如力量是男人的魅力。唐晶啊唐晶，你知道吗？学会宽容，要有一颗宽容的爱心面对爱你的人和你爱的人，这才是真正的魅力所在。有些事不能太较真，当然也不能委曲求全，你是这样，贺涵一定也是这样，将心比心嘛。

说及唐晶，又怎么能撇开贺涵以及他俩之间的种种？精英对标杆，结局如何，暂时搁浅，静待剧情。

写到这里，不得不慨叹：这部剧，咋就这么地虐心啊？你瞧瞧，一个作女消失了，另一个作女又出现了，哎，可惜了，我们的中国好闺蜜唐晶。嗨，可喜啊，自强自立的好女人子君，能这么快地适应新生活，我为你高兴。

好吧，就此先八卦一下过个瘾，再去看剧。相信，好戏在后面。

今夜，有风吹过（后记）

心如素，文如烟，薄荷的清芬悠悠然。写下这句话的时候，我的窗外，有风吹过。

——题记

不为重逢，只因喜欢。

循着月色，我在一阕诗行里沉溺。此刻，眼帘的字符，安静而柔软，一如我心中那段有你同在的日子。秋意阑珊时我们不期而遇；桂子飘香时我们情结小巷；雪花飞扬时，我们默然相惜；陌上花开时，我揣着如素心简，行走在文字的大漠。

远去的时光里，一场邂逅，成就一段铭心；一款执念，滋生出别样的柔暖，魂牵梦绕在我的神秘园。

风声瑟瑟，恋音缱绻。

尘封已久的往事，翩跹着裙袂，欢呼而来。是怎样的缘起，我等你，在清秋时节；是怎样的牵念，想你的时候，即为重逢；是怎样的情怀哦，我一边清唱着执迷不悔，一边安抚着自己说清寂时光，我自悠然。守望荒芜的岁月里，寂静之声在心中婉转；且等春归的日子里，结一颗素心，花开纸上。

匆匆的时光，只因有你，如棉的女子，心，净如莲。

逝水流连，寂寞如歌。

孤帆只影的你呵，是否记得曾经，清旋脉脉绕心田的时光。侧耳聆听，风儿呀，你是不是满载着一腔心恋，为我而来？月下漫思，偶尔庸俗，偶尔文艺的我，喜欢循香而行，在画里的故事中，听花开花又落。独步清秋，看戏里戏外，雏菊花开。抬头，微笑，朝着有你的方向，轻轻地道一句：你若安好，便是晴天。珊然独步的日子里，一些习惯亦是自然。记得你也说过：总有些风景，让我们恋恋不舍。

其实，用文字演绎的那份纯美，我们如何能搁浅。用文字串起的时光，谁又能说那不是一种永恒。

绿意融融，光影摇曳。

我眯缝起眼睛，想着你的模样还有写诗的你。轻捡流光，浅夏深春时，我沉溺雨雾中徒步；清风明月中，我揽香入怀，听五月花语，看时光静好。春去春又来，一曲听海是我给你的守候，越孤独越美丽成了我的柔软时光。特别的日子，特别的心情。而我只要在你的一纸素简中，诗意地栖居。可好？

提笔之时，有薄荷色的悠莲，徐徐绽放。抬眼处，我好像看见你，隔一张纸的距离，一笔一画地写着：执手，春天。